Periplaneta

CKLKH Fischers Große Kannibalenschau
Roman
Original Erstausgabe - November 2010

Lektorat und Projektleitung: Julia Bossart Meister
Covergestaltung: Marion Alexa Müller
Karte: Deutsches Koloniallexikon, 1920, Quelle & Mayer, Leipzig, CC-PD
Satz, Layout: Thomas Manegold
Druck: META Systems Wustermark, Deutschland

periplaneta - Verlag und Mediengruppe
Marion Alexa Müller
Postfach: 580664
10415 Berlin
www.periplaneta.com
ISBN: 978-3-940767-60-8

periplaneta präsentiert

CKLKH FISCHERS

GROSSE KANNIBALENSCHAU

Roman

„Es gibt nur eine Sünde: Begrenztheit.“
Emerson

„Am besten aber man bleibt daheim und festigt seine Sittlichkeit.“
Max Goldt

1

Obwohl Heinrich Hermann bereits vor fünf Wochen nach Hamburg zurückgekehrt ist, erwacht er noch immer jeden Morgen mit Traumbildern aus dem Urwald. Er ist umgeben von Schlingpflanzen und Insektenschwärmen, hinter jedem Busch verstecken sich Phantome und zwergenhafte Medizinmänner, während er durch dem Schlamm rutscht und verzweifelt versucht, die Verträge trocken zu halten. Seine Reisebegleiter sind verschollen und er ist allein, bis auf die Geräusche, bis auf das Zischen und Wispern und Schreien der Wildnis. Es ist ein Alptraum, doch nicht etwa wegen der Fremdheit und der Bedrohlichkeit des Dschungels, sondern weil es ihm nie gelingt, seine Verträge zu schützen. Die Tinte verläuft und die Unterschriften zerfließen im niemals endenden Regen.

Doch kaum, dass er seine Augen öffnet und sein Schlafzimmer erkennt, wächst die Distanz zu all diesen Geräuschen, Gerüchen und Nöten. Der Wald bleibt zurück. In Gegenwart seiner Familie verblassen diese Bilder wie Erinnerungen an ein vor langer Zeit gelesenes Buch. Und wenn seine Tochter mit aufgeblasenen Wangen am Tisch sitzt, gibt es nur noch sein Leben hier.

Zucker rieselt auf den Teller.

„Dann werd ich eben gar nichts essen", verkündet Mechthild und verschränkt ihre Arme vor der Brust.

Was für ein Trotzköpfchen, denkt er.

Seine Frau, in einem leichten Kleid mit gelben Blumen und einem Dutt wie aus Seide geflochten, legt ihrer Tochter nachdrücklich eine Scheibe Brot auf den Teller.

„Ich will aber Streuselkuchen!" sagt Mechthild.

Die drei Kuchenstücke liegen zu einer kleinen Pyramide

geschichtet auf einem Teller in der Mitte des Tisches - unerreichbar für das Mädchen. Zumindest so lange sie sich nicht lang über ihr Gedeck, die Butter und das kleine Töpfchen mit Mirabellen streckt, was, wie sie sehr gut weiß, ihre Mutter nicht durchgehen lassen wird.

Wieder rieselt Zucker auf Heinrichs Teller. Er nimmt einen weiteren Bissen, den er zuvor großzügig in seinen Kaffee getunkt hat, und beginnt mit vollem Mund zu lachen, während etwas Kaffee auf das Abendblatt vom Vortag, dem 12. September 1899, tropft. Mechthild giftet ihn mit großen braunen Augen an.

„Komm. Hier." Er hält ihr eine Ecke hin, in die sie so dankbar und gierig beißt, dass er Angst um seine Finger bekommt.

„Streuselkuchen zum Frühstück." Greta Hermann schüttelt den Kopf, erhebt aber keine weiteren Einwände. Dafür schmiert sie etwas Butter auf ihr Weizenbrot. Sie lässt sich dabei Zeit, es ist ein demonstrativer Akt. Ihre norddeutsche Haut, dünn und zart, rötet sich nur ein wenig.

„Du auch?" fragt Heinrich.

Das bringt sie zum lächeln und sie lockert den Kragen ihres Kleides. Heinrich hat es in Kapstadt für sie ausgesucht, auf dem Rückweg seiner letzten Reise, als die Rosenberg Kohle, Wasser und Vorräte aufnahm. Ein niederländischer Händler hatte ihn mit einem kühlen Bier in sein Geschäft gelockt. Gute Stoffe zu den besten Preisen hatte er versprochen. Das Kleid ist aus einfacher Baumwolle, ein unauffälliger Schnitt und wahrscheinlich schon lange aus der Mode. Doch es stammt vom anderen Ende der Welt, was ihm einen ganz besonderen Glanz verleiht. Auch die Vorhänge im Esszimmer sind ein solches Mitbringsel. Greta hatte sie aus den dicken, samtigen Ballen schneidern lassen, die ein Händler in Brasilien Heinrich praktisch nachgeworfen hatte, weil dessen Waren durch die immerwährende Feuchtigkeit zu faulen und zu schimmeln begonnen hatten. „Ebenso wie meine Zähne und Geschlechtsteile", hatte der Mann vor sich hin gemurmelt, als er großzügig den Stoff abmaß und Heinrich Geschichten von Giftspinnen erzählte, die nur Europäer jagten und bissen.

Mechthild springt vom Tisch auf, als Anna mit der zweiten Kanne Kaffee eintritt.

„Kann ich helfen?", fragt sie die Haushälterin.

„Gleich, meine Liebe", sagt diese und schenkt etwas Kaffee in die Tassen. Dann sammelt Anna mit schnellen Griffen das schmutzige Geschirr ein, um mit Mechthild wieder in der Küche zu verschwinden.

„Du lässt ihr zu viel durchgehen." sagt Greta leise.

Sie hören das Lachen ihrer Tochter.

Heinrich nickt. „Aber was soll ich machen? Wie könnte ich anders?" Er nimmt Gretas Hand für einen Moment in die seine.

„Wann sollen wir heute da sein?", fragt sie anstatt einer Antwort und entzieht sich. Es geht um den Geburtstag seiner Mutter, der mit einem Gartenfest am Nachmittag begangen wird.

„Gegen drei", sagt Heinrich, während er weiter der Stimme aus der Küche lauscht. Mechthild klingt glücklich. Es ist viel zu selten, dass er sie so sieht, denn er erlebt die Entwicklung seiner Tochter nur in kurzen Abschnitten. Wenn er nach langen Wochen und Monaten des Reisens wieder nach Hause zurückkehrt, scheint es ihm, als sei es immer ein anderes, ein neues Mädchen, das ihn begrüßt. Die ersten Tage lächelt ihn seine Tochter nur scheu an, aber zu seinem Glück erinnert sie sich mit jedem Jahr besser an ihn. Ihr Überschwang ist groß und sie erzählt ihm alles, was ihr widerfahren ist, in wasserfallartigen Monologen, während sie um den Sessel herum rennt und sich vor Stolz aufplustert wie ein Küken.

Anna betritt wieder das Esszimmer und bringt den Eheleuten Hermann ihre Medizin. Mechthild fuhrwerkt währenddessen laut in der Küche herum, bis plötzlich ein Teller zerspringt und sie mit nassen Händen zurück zu ihren Eltern flüchtet. Greta verdreht die Augen.

Heinrich stellt den Kaffee zur Seite und zieht seine Tochter zu sich. „Himmel, Mädchen, so groß und immer noch so ungestüm."

„Pah!"

„Wie alt bist du denn mittlerweile?" Er weiß es im Moment wirklich nicht, zumindest kann er es nicht sicher sagen. Er hat die meisten ihrer Geburtstage verpasst, auch ihren letzten. An jenem Tag ist er durch einen dürren, vertrockneten Wald in Deutschwestafrika gestapft, auf der Suche nach einem christianisierten Herero namens Friedrich Maharero, von dem es hieß, er könne einen Kontakt zu drei Familien herstellen, die bereit wären, mit Sack und Tieren nach Europa zu kommen.

Wieder mit reichlich Stolz erfüllt, antwortet sie: „Neun, Herr Papa!" Dabei schiebt sie ihre braunen Locken aus dem Gesicht, und ihre Nasenspitze leuchtet im Sonnenlicht. „Aber in zwei Wochen werde ich zehn!"

„Ich weiß", lügt Heinrich.

Greta verweist ihre Tochter daraufhin mit einem sanften Schubs in den Garten, damit sie zumindest ihre Medizin in Ruhe einnehmen können.

„Sie ist viel zu keck", sagt sie.

„Macht sie dir Ärger?"

„Die Nachbarskinder sind ihr nicht gewachsen. Die Eltern beschweren sich. Sie sei von Sinnen. Vor allem die Niemosers. Es fehle bei uns an Ordnung und Struktur und der starken Hand, die ein Kind brauche." Sie öffnet ihr Medizinfläschchen und lässt den Rest unausgesprochen.

„Sagen die Niemosers?“

„Mir natürlich nicht. Das habe ich von der Kehlmann erfahren.“

„Dieser alten Tratschbase.“

„Sie ist nicht die einzige.“

„Wirkt deine neue Medizin denn gut?“, wechselt Heinrich das Thema.

„Der Wiener Arzt hat nicht zu viel versprochen. Es wirkt. Und es heitert das Gemüt auf.“ Sie schwingt ihre Hand wie eine Operettensängerin über den Kopf: „Drei Mal täglich genommen und alle tristen Gedanken sind verschwunden.“ Es klingt, als würde sie eine Melodie singen.

Heinrich öffnet sein eigenes kleines Glasfläschchen „Heroin“ der Farbenfabriken Friedrich Bayer & Co. Er muss gestehen, dass ihn ausgerechnet die Plakatkampagne überzeugt hat, es damit zu versuchen, war er doch lange davon ausgegangen, dass es sich bei dieser Medizin nur um einen Hustensaft handle. Doch die Schmerzen, die er seit dem Ausbruch seiner namenlosen Tropenkrankheit mit sich herum trägt, bekämpft es ganz vorzüglich. Er lässt drei der heroischen Tropfen in seinen Kaffee fallen, während Greta sich ihr Pülverchen anrührt. So nehmen sie in Ruhe ihr zweites Frühstück ein.

Dann schlägt er wieder das Abendblatt auf, wo ihm eine bunte Anzeige ins Auge fällt:

Verpassen Sie Nicht
Carl Hagenbecks
Grosse Kannibalen Ausstellung!
Nur noch zwei Wochen in Hamburg!

Eine Zeichnung zeigt um ein Feuer tanzende kleine Männlein, deren Haut ganz dunkel ist und deren Gesichter lächerlich und gruslig zugleich erscheinen.

Vielleicht werde ich auch noch einmal auf einen Besuch vorbeischauen, denkt Heinrich.

Er will sich gerade eine Zigarette drehen, als es heftig läutet. Er blickt auf die Standuhr.

„Ein Gast, um diese Zeit?“ murmelt er. Heinrich ist an diesem Morgen keine Störung willkommen, er möchte diese Ruhe noch ein wenig genießen, die Feier am Nachmittag dürfte noch aufreibend genug werden. Außerdem hat er sich fest vorgenommen, die kommende Stunde mit seiner Tochter zu spielen.

„Wahrscheinlich ein Bote von deiner Mutter.“ sagt Greta. „Zur Erinnerung. Nicht, dass wir noch vergessen, zu kommen.“

Anna betritt einen Augenblick später mit eiligen Schritten den Salon, um den Gast zu melden. Sie hat hektische, rote Flecken im Gesicht.

„Herr Hermann, da ist jemand vom Tierpark. Er sagt, Sie sollen schnell mitkommen. Er sagt, es eilt. Er komme von Herrn Dieterich.“

Das ist mir heute allerdings einerlei, denkt Heinrich.

„Er sagt, Sie müssen helfen.“

Tja, denkt Heinrich gleichgültig.

„Er sagt auch...“ Anna blickt ihren Herren an: „Er sagt, Ihre Wilden würden... streiken.“

Heinrich glaubt, sich verhört zu haben.

„Wie bitte?“ Sein Tabak fällt auf den Teppich.

„Und er sagt, sie hätten sich Anwälte genommen.“

2

Heinrich hat seit Jahren prophezeit, dass etwas in dieser Art früher oder später passieren müsse. Die Frage war nur gewesen, wann es geschehen würde, mit welchen Objekten - und wer der Agent ist, der diese Objekte angeworben hat.

„Sie sind mein Mann!" Mit diesen Worten hatte Carl Hagenbeck Heinrich in die Schutzgebiete nach Kaiser-Wilhelms-Land geschickt. „Ich zähle auf Sie!"

Hagenbeck, dessen Bart ihn selbst in seinem Büro wie einen verwegenen Abenteurer erscheinen ließ, hatte ihm auf die Schultern geklopft und mit den nötigen Briefen und Papieren ausgestattet.

„Sie haben mein ganzes Vertrauen", sagte er noch.

Eine Woche später hatte Heinrich sich mit seinem Assistenten Ludwig Kresse in Bremerhaven auf der S.M.S Rosenberg eingeschifft, einem Dampfer der Norddeutschen Lloyd, die Standardverträge in der Tasche sowie die lange Liste mit Kontaktadressen in der fernen Welt, von denen er wusste, dass die meisten veraltet und nutzlos sein würden: Die Kontaktpersonen waren oft verschollen, manche Bürokraten und Offiziere waren bereits durch andere Bürokraten oder Offiziere ausgetauscht worden, viele waren durch Krankheiten dem Wahnsinn verfallen oder mittlerweile tot und manche waren einfach nicht zur Zusammenarbeit bereit.

Seinen robusten Rucksack mit dem Bargeld, den Kreditbriefen und der Unterwäsche trug Ludwig bei sich, die beiden Koffer mit ihren Überröcken, den Karten und all den Utensilien, die sie auf einer Reise in den Urwald benötigen würden, wurden von den Seemännern an Bord geworfen.

„Die Kamera!“, schrie Ludwig bei diesem Anblick. „Vorsicht, in Gottes Namen, die Kamera!“

Es herrschte ein ungeheueres Gewühl am Pier. Matrosen und Hafenarbeiter wuselten wie riesige Ameisen umher, Lasten tragend und ständig schreiend und fluchend, die Passagiere drängten sich an Bord und über allem kreischten die Möwen.

„Das geht sonst nicht gut“, stöhnte Ludwig, als er zurückkam, den Koffer mit dem Fotoapparat an seine Brust gedrückt.

Als die Rosenberg ablegte, fühlte sich Heinrich wunderlich. Aufbruch und Ankunft waren Zwischenräume, in denen er nicht recht wusste, wer er nun wirklich war: Handelsreisender oder Vater, Hagenbecks Agent oder Ehemann. Es war eine Phase des Übergangs, seine Aufgaben im Leben vermischten sich für diese Zeit.

Sie hatten kaum das offene Meer erreicht, als sich das Schiff ganz den rauen Wellen der Nordsee hingab und Heinrich zunächst einmal eine ganz andere Rolle spielte.

„Ihre erste Reise?“, hatte der Schiffszahlmeister neugierig gefragt, während Heinrich an der Reling stand und auf den nächsten unbeherrschbaren Anfall von Übelkeit wartete.

„Nein.“ Er atmete schwer. „Das ist die - lassen Sie mich nachdenken - die vierzehnte müsste es sein. Ja.“

„Na, Himmel! Sie Ärmster. Darf ich fragen, was Sie dazu bringt, sich das anzutun?“

„Das ist mein Beruf.“ Auch um sich von seinen Magenkrämpfen abzulenken, berichtete Heinrich von seiner Arbeit und den großen Völkerausstellungen - eine Geschichte, die er auf jeder Reise mehrfach erzählte, fast als wäre er ein wandelndes Prospekt der Firma Hagenbeck:

„Wussten Sie, dass der ganze Geschäftszweig nur durch

einen Zufall entstanden war? Ich arbeitete damals seit kurzem in der Verwaltung von Hagenbeck, wo ich eine Ausbildung zum Handelskaufmann begonnen hatte."

Der Zahlmeister war ganz Ohr. Ob aus Mitleid oder Neugier, wusste Heinrich nicht. Damals, fuhr er trotzdem fort, war eine Expedition mit Rentieren für Hagenbecks Tierpark aus Lappland angekommen, und zu ihrer aller Verwunderung hatte sich auch eine Familie Einheimischer darunter befunden, so genannte Samen oder Lappen, mitsamt ihrer Zelte, Fellmäntel und Knochenschmuck. Wenn Heinrich sich recht erinnerte, war es die Idee eines Freundes des alten Hagenbeck, des Malers Leutemann, gewesen, auch die Menschen mitzubringen.

„Es war ein großes Spektakel gewesen, als sie in ihren Kostümen ankamen. Niemand wusste zunächst, wohin mit ihnen. Hagenbeck entschied, dass sie ihre Zelte im Gehege für die Rentiere aufschlagen sollten. Eine seiner besten Eingebungen."

Der Zahlmeister, der lange Jahre in Hamburg gelebt hatte, glaubte sich zu erinnern, auch wenn er es nie mit eigenen Augen gesehen hatte. Das Hamburger Publikum war vom Anblick der kleinen, breitgesichtigen Fremden gleichzeitig entzückt und erschrocken gewesen.

„Und diese nomadischen Berglappen zogen gleich Tausende von Besuchern an. Es war erstaunlich. Ein Phänomen! Zu Anfang musste sogar die Polizei einschreiten und am Haupteingang für Ordnung sorgen."

Das Schiff bewegte sich immerfort auf und ab. Heinrich hatte schon vor langer Zeit die Nordsee hassen gelernt. Er atmete so tief, wie seine Lungen sich zu dehnen vermochten.

„Nomadische Berglappen", echote der Zahlmeister, wedelte mit einem Tuch und lachte pflichtschuldig.

„Aber diese Tage sind mittlerweile vorbei." Heute musste

Heinrich schon ganze Völkerscharen auftreiben, die mit all ihren Haustieren, mit Trommeln, Zelten, Kriegsgegnern, Jagdbeute und vielleicht noch dem halben Urwald oder einer kompletten Oase nach Hamburg verschifft wurden. So hatte er schon ganze Dörfer nach Deutschland gebracht.

„Sie müssen wissen, es gibt heutzutage kaum eine Menagerie, die ihr Programm nicht um ein paar Beispiele fremder Völker erweitern will."

Dann war wieder einer dieser Momente gekommen.

„Entschuldigen Sie", sagte er noch, bevor er sich wieder über die Reling beugte.

Der Zahlmeister organisierte ihm später beim Schiffsarzt ein kleines Fläschchen, dessen Tropfen Heinrich gegen die Übelkeit helfen sollten. Doch Tropfen hin, Tropfen her – an Tagen wie diesem genügten selbst die an sich beruhigenden Vibrationen der Maschinen, um ihn die Kontrolle über seinen Magen verlieren zu lassen. Der Seegang besorgte den Rest. Seine ersten Reisen waren fast alle über Land gegangen, mit nur kurzen Schiffspassagen. Heutzutage jedoch musste er an das Ende der Welt. Irgendwann, so sagte er sich, würde sich sein Körper daran gewöhnt haben. Contenance, sagte er sich. Nur Geduld. Er versuchte sich mit jedem Morgengrauen auf den Horizont zu konzentrieren und manchmal, für viele Tage, funktionierte es. Er konnte sich in die Sonne legen und Zwieback, ein, zwei Früchte essen und sogar Fisch, doch oft fühlte er sich so hilflos wie ein Kind, das sich nur seine Mutter und einen beruhigenden Klaps wünscht. Stattdessen machte sich sein Assistent sogar einen Spaß aus Heinrichs Zustand.

„Heute hat's Krakauer Würste zum Kaffee gegeben", lachte Ludwig eines Nachmittags.

Heinrich hielt sich an der Reling fest, während sich Wellen von vier Metern Höhe am Rumpf abarbeiteten.

„Warum kannst du mich nicht in Ruhe lassen?“, fragte er.

„Recht knackige Dinger, das muss ich sagen.“

„Du bist doch hier, um mir zu helfen.“

„Deftige, fettige Dinger.“

„Bitte!“

Sein Assistent lachte.

„Riechen Sie mal“, und dann hielt er seine großen, glänzenden Finger unter Heinrichs Nase.

Aber Ludwig war auch derjenige, der Heinrich wenig später in die Kajüte trug, die Petroleumlampe entzündete und ein feuchtes Tuch auf seine Stirn legte.

„Werden schon sehen“, sagte sein Assistent dann, „morgen wird das Meer ganz still sein.“

Ludwig Kresse war ein Bär von einem Mann, der wohl gut und gerne einen Zentner wog. Er war Heinrichs Begleiter und Assistent seit der Expedition nach Togoland vor drei Jahren. Der Vorgänger, ein hagerer Bursche namens Gertenstoot, den Hagenbeck aufgrund seiner Sprachbegabung eingestellt hatte, war dem Leben in der Fremde nicht gewachsen gewesen. Gertenstoot trug zwar immer ein oder sogar zwei Bücher vom Nietzsche bei sich, aber sie schienen ihm kaum den nötigen Halt zu geben, um sich in diesem Leben zurechtzufinden. Er litt ständig unter Durchfall und Angstattacken beim Anblick fremder Rassen. Schon nach seiner ersten Woche in der Wildnis hatte er zu stottern begonnen, und dieses Leiden packte ihn auf jeder Reise erneut, bis er nach einem Nervenzusammenbruch in den Sümpfen des Amazonas nach Hause begleitet werden musste, wo man ihn aufs Land bei Lüneburg schickte, um zu genesen.

Wenn Ludwigs Talent auch nicht im Übersetzen oder gar in charmanter Konversation lag, sondern eher und vor allem in einem imposanten Auftreten bestand, so war er für Heinrich doch vom ersten Moment an der bessere Reisegefährte gewesen - anpackend, direkt im Umgang und nie faul. Man musste nur lernen, mit seinem Humor zurechtzukommen.

Die Tage vergingen langsam. Eines Nachmittags, kurz nachdem sie den Suez-Kanal durchquert hatten, streunte Heinrich durch die Lagerräume und entdeckte zu seiner Überraschung zwei Esel und Käfige mit wohl hundert Hühnern und einigen Gockeln, Tiere, die für die Schutzgebiete in Asien bestimmt waren. Er streichelte einem der Esel über die Ohren und gab ihm eine holzige Möhre, die in einem Eimer neben den festgezurrten Tieren lag, gerade außerhalb ihrer Reichweite.

„Ist Ihnen auch so langweilig?“, hörte Heinrich jemanden fragen. Ein Mann in einem ehemals feinen, nun leicht zerschlissenen Gehrock spazierte mit ausladenden Schritten durch die muffige Dunkelheit und Enge des Decks wie durch einen Schlosspark. Heinrich lachte und die Hühner begannen zu gackern, als sollten sie jeden Moment geschlachtet werden.

„Seereisen verlieren schnell ihren Reiz“, kommentierte er.

„Obwohl dies meine erste ist, weiß ich trotzdem bereits, wovon Sie sprechen.“

Der Mann trat näher.

„Habe die Ehre – Baron von Riekke.“

Von diesem Moment an versuchte der Baron, Heinrich davon zu überzeugen, dass er der Erbe großer Ländereien voller fruchtbarer Wildnis sei, die einer seiner Vorfahren für sich – „und selbstverständlich für unser Deutsches Reich“ – unter den Schutz der christlichen Zivilisation gestellt hatte, als dieser Vorfahr den Kaiserin-Augusta-Fluss lange vor den Reisen von Otto Finsch entdeckt und befahren hatte, ja, sogar lange bevor Hansemann überhaupt die Neuguinea-Kompanie gegründet hatte.

„Dann wird es allerdings schwerlich möglich gewesen sein, dass Ihr Vorfahr die kaiserliche Flagge gehisst hat“, bemerkte Heinrich.

Sie waren nach dem Essen gemeinsam an die frische Luft gegangen. Die Rosenberg hatte das Rote Meer seit zwei Tagen hinter sich gelassen und der Indische Ozean lag so still und glatt, dass Heinrich sich fast vorstellen konnte, an Land zu sein.

„Nun“, gestand der Baron ein, „das ist wohl wahr. Es war zugegebenermaßen eine Flagge mit dem Wappen derer von Riekke. Aber deutsches Blut bleibt deutsches Blut.“

Während sie den Sonnenuntergang betrachteten, ließ der Baron sich ausführlich in Detailbeschreibungen über das Aussehen und die Herkunft des Wappens aus und warf, zu allem Überdruss, auch noch sein allgemeines Wissen über Heraldik ein.

„Soll sein, soll sein“, murmelte Heinrich ab und an. Vom Bug her hörte er plötzlich Gelächter und Rufe. Der Baron fuhr derweilen fort und ließ sich in seinen Ausführungen durch den Lärm nicht stören, denn – und dies sei der Grund seiner Reise – schreckliche Fehler und eine Vielzahl von Irrtümern hätten schon die nächste Generation – sprich ihn – um ihr Erbe betrogen.

„Das Schicksal ist ein launig Weib“, sagte Heinrich.

Der Baron hielt sich auch an diesem Abend wieder an einer Flasche klaren Korns fest, als wäre er einer der Maschinisten und nicht von altem preußischem Adel. Er leerte solche Flaschen in ruhiger Beharrlichkeit, ohne Scham, Tag für Tag, und es schien, als würde er so bereits seit Jahren seinen Glauben an Besitz und Gott festigen. Betrunken schien er davon nur in geringem Ausmaß zu werden. Ludwig hatte eines Nachts versucht, dem Baron Paroli zu bieten, was allerdings nur dazu geführt hatte, dass er, Ludwig, schnell einschlief und selig träumte, während der Baron sich auf die Suche nach einer neuen Flasche und Heinrich begeben hatte, um ihm etwas zu erzählen.

Als sie am Bug ankamen, sahen sie eine muntere Menschentraube. „Was wird denn hier gespielt?“, fragte der Baron. Sie traten näher.

Jemand hatte die beiden Esel an Deck gebracht. Es schien, als würden einige Matrosen und drei Passagiere ein Rennen vorbereiten. An Backbord, auf halbem Weg zum Heck, hatte man bereits ein Band gespannt, während die Reiter noch versuchten, sich auf die mürrisch schreienden Esel zu setzen. Dabei wurden sie kräftig von den Umstehenden angefeuert. Erst jetzt erkannte Heinrich, dass einer der beiden Reiter Ludwig war.

„Wir sind wohl nicht die einzigen, denen die Zeit hier zu lang wird.“ Er winkte seinem Assistenten zu, der ihn aber nicht bemerkte. Ludwig hatte schon genug damit zu kämpfen, auf seinem bockigen Esel das Gleichgewicht zu halten.

„Wie wäre es? Haben Sie Freude an einer kleinen Wette unter Ehrenmännern?“, fragte der Baron unschuldig.

Warum nicht, dachte Heinrich. „Um wie viel? Sagen wir fünf Mark?“

„Ach, Geld. Geld ist doch nicht sehr aufregend. Warten Sie – was halten Sie davon: Der Verlierer muss das nächste Rennen bestreiten!“ Der Baron streckte ihm die Hand entgegen. „Sind Sie dabei? Schlagen Sie ein?“

„Na, von mir aus“, stimmte Heinrich kopfschüttelnd, aber energisch zu und nahm die Hand mit kräftigem Griff.

„Sie setzen auf Ihren Mann, nehme ich an?“

Ludwig ruderte in diesem Moment wieder mit den Armen und der einzige Grund, dass er bisher noch nicht gefallen war, waren drei Matrosen, die versuchten, den Esel und

Ludwig zu halten. Ludwigs Gegner, ein kleiner Schiffsjunge, hatte es nicht einfacher. Er klammerte sich am Hals des Tieres fest und versuchte, ihm gut zuzureden, aber er wurde offensichtlich nicht erhört.

„Sie setzen dann auf den anderen Burschen?“

„Abgemacht!“ tönte der Baron.

In diesem Moment – die Esel waren, so gut es ging, auf das Ziel ausgerichtet – drückten zwei Männer auf ein lautes „Und los!“, ihre Zigarettenglut auf die Hinterteile der Tiere. Einen Moment später rasten die Esel samt Reiter unter Mitleid erregendem Gebrüll und dem Gelächter der Anwesenden los.

„Auf auf!“, rief der Baron hinterher.

„Für Hagenbeck!“ Heinrich winkte seinem Assistenten wieder zu, der sich allerdings ganz darauf konzentrierte, nicht abgeworfen zu werden. Dabei trieb er das Tier mit klatschenden Schlägen aufs Hinterteil weiter an. Die Esel schlitterten mehr über das Deck, als dass sie liefen. Jeden Moment rechnete Heinrich damit, dass einer auf dem Bauch landen würde, alle Gliedmaßen von sich gestreckt.

„Vorwärts Ludwig!“, rief er.

Der Baron kicherte. Zwei Damen mit Sonnenschirmen in der Hand und mit besonders eng geschnürten Taillen, die von einer Balustrade über der Rennstrecke aus zusahen, warfen den Reitern Kusshände zu. Sogar der erste Offizier, der neben ihnen auftauchte, grinste schelmisch.

Anfangs sah es ganz so aus, als würde der dünne Schiffsjunge seinen Gewichtsvorteil in einen klaren Vorsprung ummünzen können. „Ich hab Sie im Sack“, sagte der Baron bereits siegesgewiss, aber dann, kurz vor dem Ziel, warf das Tier den Schiffsjungen doch noch ab. Und dieser hatte auch mit dem Aufprall kein Glück, denn er verfehlte das Band nur um eine Handbreit – während Ludwig jubelnd und mit in die

Luft gereckten Armen an ihm vorbeizog. Um dann ebenfalls rücklings vom Esel zu fallen. Das Publikum eilte den Reitern nach, Geldscheine wechselten den Besitzer, dem Jungen wurde aufgeholfen. Ludwig wurde beglückwünscht und seine Schulter geklopft, als wäre er ein derber Teppich.

Der Baron reichte dem Sieger seine Flasche: „Na, da haben Sie mir ja was eingebrockt. Aber nehmen Sie ruhig einen Schluck. Und passen Sie gut drauf auf."

„Worum geht es?", fragte Ludwig, doch er bekam keine Antwort und wurde stattdessen in ein Gespräch mit den Matrosen verwickelt.

„Wer will gegen mich antreten?", rief der Baron in die Runde.

Heinrich wusste nicht, was in ihn gefahren war, als er antwortete: „Ach, was soll's. Ich bin dabei."

Schon wurden neue Wetten abgeschlossen.

„Ein Mann nach meinem Geschmack!" sagte der Baron. Er näherte sich bereits vorsichtig einem der Tiere.

„Na, dann komm mal her, du."

Heinrichs Esel schien ihn wieder zu erkennen.

„Können Sie gut mit Tieren?", fragte ein ihm unbekannter Mann.

„Wissen Sie, wenn man so viel Zeit in einem Zoo verbracht hat wie ich..." Er streichelte dem Tier über die Ohren.

„Woher dieser Übermut, Herr Hermann?", fragte Ludwig glucksend bei diesem Anblick. Seit seinem Sturz hielt er sich mit der Linken den Steiß.

„Tut es sehr weh?"

Ludwig lachte und nickte.

Dann ließ Heinrich sich von zwei Matrosen beim Aufsteigen helfen, und kaum aufgesessen, grüßte er die Damen mit den Sonnenschirmen, woraufhin eine der beiden zart errötete.

„Bereit?“, rief jemand.
Heinrich salutierte noch einmal.
„Na! Dann mal auf!“, rief der Baron.
Dieses Mal waren die Esel nicht zu bändigen. Als die Tiere wieder die Glut der Zigaretten spürten und erneut losjagten, kam Heinrich sich vor, als würde er einen Bullen reiten. Auch der Baron hüpfte auf dem Rücken seines Tiers auf und ab und gemeinsam stürmten sie wie kleine Jungen lachend in die falsche Richtung. Beide Reiter lagen wenige Augenblicke später auf den Planken und doch wurden sie gefeiert wie die Helden des Siebziger Krieges.

3

„Ja, mein Gott, ich komme ja“, mault Heinrich.
„Er ist wirklich sehr aufgebracht!“
„Das sagtest du bereits.“
„Bitte. Beeilen Sie sich.“
„Ja doch.“ Heinrich zupft seinen Kragen zurecht. „Einen Augenblick noch.“
Der kleine Friedhelm, Dieterichs Bursche für alles Praktische, weicht ihm nicht von der Seite. Während Heinrich sich in seinen Gehrock zwängt, steht der Junge mit klappernden Augenliedern in der Tür, in Gedanken ganz bei seinem Vorgesetzten. Eine Minute später eilen sie gemeinsam durch die Diele, wobei Heinrich noch immer an seiner Kleidung nestelt.
„Wie lange wird es dauern?“, fragt Greta und hält ihren Mann fest, um seine Krawatte zu richten.
„Bestimmt nicht allzu lange“, sagt Heinrich unsicher.
„Können wir dann aufbrechen?“, fragt Friedhelm wieder.

Ihm ist seine Ungeduld sichtlich peinlich.

„Wo ist denn Meggy?"

„Im Garten, spielen. Anna wird sie gleich baden."

„Fein. Gut." Ein Kuss auf die kühle Stirn seiner Frau.

„Bitte sei pünktlich!", sagt sie währenddessen spitz, so als würde er den Plan hegen, diese Gelegenheit zu nutzen, um seinen Verpflichtungen zu entkommen.

„Natürlich, Liebes", sagt Heinrich und gibt endlich Friedhelms flehendem Blick nach. Beide eilen die wenigen Schritte, bis sie in den wartenden Wagen steigen und das Pferd sich widerwillig in Gang setzt. Es war wohl eingeschlafen.

„Worum geht es denn nun genau?", will Heinrich wissen, worauf Friedhelm mit einem Schwall von Sätzen antwortet, aus denen er beim besten Willen keinen rechten Sinn zu filtern vermag. So rumpeln sie auf Kopfsteinpflaster durch Hamburg in Richtung St. Pauli und Heinrich stellt fest, wie sehr er den Komfort dieser neuen vulkanisierten Gummireifen zu schätzen weiß. Sie fahren an Häusern und Fabriken vorbei, die Heinrich noch nie zuvor gesehen hat. Speicher aus rotem Ziegel, Häuser für zehn oder gar zwanzig Familien, manchmal glaubt er, der Stadt beim Wachsen zusehen zu können. Über ihnen ziehen Wolken aus hohen Schloten Richtung Inland, manche so mächtig, dass sie die Straßen verdunkeln. Ein neues Umspannwerk am Rande des Schanzenviertels scheint selbst außen vor Elektrizität zu funkeln. Überall bemerkt er neue Firmennamen an den Wänden, bunte Blechschilder mit Familiennamen und den erfindungsreichsten Produkten, als wären es die Wappen des neuen Kaiserreichs. Jedes Mal wenn er nach einer seiner Reisen zurückkehrt, entdeckt er eine neue Welt. Es ist kaum anders als die Wiedersehen mit seiner Tochter. Mechthild verändert sich genau so rasant wie die Stadt und das Land und auch hier hat er den Eindruck, etwas verpasst zu haben.

Immer wieder muss ihre Kutsche anhalten und warten, da Männer den Pferdemist vom Kopfsteinpflaster schaufeln, Pausen, die ihr Pferd dazu nutzt, neue Haufen abzusetzen. Zu guter Letzt hält sie auch noch eines der neusten Automobile auf. Ein ratloser Mann starrt auf den dampfenden und zischenden Motor und einige Passanten gesellen sich dazu, um sich hilfreich mit Bemerkungen und Fragen einzubringen.

So kommen sie erst kurz nach neun Uhr am Neuen Pferdemarkt 13 an. Hier im Hinterhof hat der „Thierpark Hagenbeck“ seit 74 seine Heimstatt, alles in allem wohl an die 76.000 Quadratfuß, mit Hallen, Lagern, Gehegen, Futtermagazinen und der berühmten Parkanlage.

Vor dem Eingang erwartet sie bereits der Chefbuchhalter Franz Dieterich mit unruhigem Fuß und ebenso aufgeplusterten Backen, wie Heinrichs Tochter sie vor einer Stunde zur Schau gestellt hat. Man sah den Mann so selten außerhalb des Kontors, dass man allein für seine Anwesenheit Geld hätte nehmen können. Heinrich steigt aus und will grüßen, doch er kommt nicht dazu.

„Endlich! Kommen Sie mit. Kommen Sie schon!“ Dieterichs Haare stehen ab, als trüge er einen Dornbusch auf dem Kopf. „Das ist Ihre Schuld, Hermann, das ist alles Ihre Schuld!“

Heinrich schweigt dazu vorerst und versucht stattdessen, Schritt zu halten. Sie gehen durch den Eingang und huschen an der Kasse und den wartenden Besuchern vorbei.

Heute herrscht Kaiserwetter, es ist ein wunderschöner, warmer Septembertag, und nicht nur seine Majestät braucht Sonne. Nach der letzten, gänzlich verregneten Woche wird der blaue Himmel über der Stadt viele Menschen anziehen, insbesondere, da die kannibalischen Indianer von der „Deutschen Insel am Ende der Welt“ noch immer Stadtgespräch sind. Die Gäste tragen Ausgehkleidung, die Herren mit gestärkten Kragen und sauberen Westen, aus deren Taschen kleine Gold-, Silber- oder Bronzeketten hängen, dazu oftmals blitzende Zwickel auf den Nasen und frisch gewichste Schnurr-, Backen- und Vollbärte. Die Damen tragen farbenfrohe Hüte, manche erscheinen wie Blumenbeete, manche wie Fruchtkörbe, andere sind reine Schleifenkompositionen. Kinder in unbequemen Sachen stehen mit ihnen an, unruhig und quengelnd.

Am Postkartenstand rennt Heinrich fast eine Frau um, die sich die Bilder ansieht, ohne es zu wagen, auch nur eine der Karten in die Hand zu nehmen. Aus Scham vor den nackten Körpern hat sie ihren breiten, blumengeschmückten Hut tief ins Gesicht gezogen. Unbemerkt lässt sie ihren Blick über die Abbildungen schweifen, doch trotzdem kichert sie unsicher, nur für den Fall, dass es einem Beobachter auffallen mag, wie schwerlich sie sich von dem Stand losreißen kann. Wie als Alibi hält sie Leutemanns etwas früh veröffentlichte und 50 Pfennig teure „Lebensbeschreibung des Thierhändlers Carl Hagenbeck“ in der Hand.

Heinrich, Friedhelm und Dieterich eilen an den Tiergehegen vorbei und schenken den Ameisenbären ebenso wenig Aufmerksamkeit wie dem typischen Geruch, der aus dem beeindruckenden Raubtierhaus mit seinen zwei Türmen kommt. Die ganze Menagerie von Tiger bis Löwe zeigt sich unter der Domptur von Herrn Sawade im Sonnenschein. Der ehemalige Tierpfleger lässt für seine Tiere und die Zuschauer regelmäßig die Peitsche knallen und verbeugt sich gerade vor einem entzückten Publikum. Man erkennt an seinem Gesichtsausdruck, dass er diese Arbeit mehr genießt, als es der autoritären und würdevollen Position eines Bestienbändigers zusteht. Er lacht wie ein Kind.

Nächste Vorstellung in zwei Stunden.

„Können Sie mir nun sagen, was denn eigentlich vorgeht?“, will Heinrich erfahren. Er hört die Großkatzen gelangweilt fauchen.

„Sie werden es gleich selber sehen.“ Dieterich rümpft die Nase und durchschreitet den Park, als wäre es sein eigener.

Vom anderen Ende des Zoos hört man die Elefanten bei ihrer morgendlichen Dusche trompeten, was ihnen laute Antworten von Affen, den tropischen Vögeln und einer heulenden Hyäne einbringt. Zurzeit mögen sich hier an die siebenhundert Tiere aufhalten, bereit zum Weiterverkauf in alle Welt. Man munkelt, dass der Tenno in Japan vor kurzem eine große Bestellung aufgegeben hat, aber genaueres ist noch nicht an die Öffentlichkeit gedrungen. Letztendlich ist die Firma Hagenbeck noch immer zuvorderst eine Händlerdynastie.

„Wo ist Carl?“

„Herr Hagenbeck? Nicht in der Stadt. Sein Sohn kümmert sich gerade um alles.“

Welcher, will Heinrich noch wissen, aber der Buchhalter hört seine Frage nicht.

Besucher beobachten schlafende Tiere, immer in sicherem Abstand zu den Gittern, als könnte ihre Nähe die Kreaturen reizen auszubrechen und sie zu fressen. Doch es ist schon von hier aus zu sehen, dass eine Attraktion die meisten Menschen anzieht. Eine große Ansammlung von Körpern verstellt den Blick auf den Bereich, in dem die Völker der Welt – oder das, was Hagenbeck davon gerade im Angebot hat – ausgestellt werden.

„Entschuldigen Sie bitte.“

„Dürfen wir bitte einmal hindurch?“

„Verzeihung.“

Heinrich wird mit jedem Schritt angespannter. Er muss gestehen, dass er solche Menschenmengen kaum noch gewohnt ist. Dieterich wendet sich ihm in dem Moment zu, als Heinrich versucht, zwei Herren von sechzig Jahren vorsichtig beiseite zu schieben.

„Hoffentlich durchbrechen die Menschen nicht wieder die Umzäunungen", sagt er zu Heinrich.

Sogar auf den Bänken stehen Männer und recken die Hälse, ein Vater trägt seinen Sohn auf den Schultern, so dass der Junge wie ein Leuchtturm über den wogenden Körpern ragt.

„Diese Tumulte sind nicht schön", bestätigt Heinrich.

Doch Dieterich hört ihm wieder nicht zu: „Sorgen Sie bitte einfach dafür, dass die da drinnen mit den Berlinern kooperieren. Das ist jetzt das Wichtigste. In einer Stunde erwarten wir die Anthropologen von der Kaiser-Wilhelm-Universität. Diese Herren werden sehr ungehalten sein, wenn sie den weiten Weg umsonst gemacht haben. Alle Details können Sie von mir aus danach klären."

„Sicher", presst Heinrich hervor, und „Entschuldigen Sie, bitte", und wieder „Verzeihung." Es ist eine Mühsal. Zwei Offizieren, die in die Gegenrichtung unterwegs sind, wird hingegen klaglos und teilweise salutierend Platz geschaffen. Auch Heinrich und Dieterich drücken sich beiseite, um die Herren vorbei zu lassen, bevor sie sich wieder in das Gewühl stürzen.

Was es denn zu sehen gäbe, will eine Dame wissen.

„Lassen Sie doch mal das Kind durch!", kommt es von hinten. Und dies ist nur der Andrang vor dem ersten Zaun.

Eine Gruppe von Wüstennomaden, in helle Tücher gehüllt, sitzt um einen Dorfplatz, frühstückt ihr flaches Brot und trinkt Wasser, das vorher, für das Publikum unsichtbar, mit

Ostfriesenmischung aufgebrüht worden ist. Lustlos kauen die Nomaden auf den Fladen herum und die Hamburger Bürger in den ersten fünf Reihen sehen ihnen fasziniert dabei zu. Ihre Umhänge und Turbane sind prunkvoll mit goldenen Ketten geschmückt und verhüllen die Männer fast gänzlich.

Eine Absperrung weiter schlafen die meisten der Südamerikaner noch und kümmern sich herzlich wenig um die vorbei wandernden Menschen und den Rabatz, den die Hamburger erzeugen. An ihrem Zaun ist ein Schild befestigt: Eine Geburt im Dorf! Diese Sensation zieht seit einer Woche besonders viele weibliche Besucher an. Auch wenn der Säugling bisher nur zweimal zu sehen gewesen ist – es genügt das Wissen, dass er dort irgendwo sein muss, und dass irgendjemand, den man kennt, jemanden kennt, der ihn damals gesehen hat. Ein echtes Indianerkind!

„Es sieht fast aus wie eines von unseren Kindern", flüstert eine Dame mit Doppelkinn und roten Wangen.

„Nicht möglich", antwortet ihre Begleiterin.

„Meine Cousine selbst hat es mir erzählt."

Zurzeit jedoch kann man nur beobachten, wie sich die drei Bergindianer aus Peru, die gerade nicht dösen, um ihre Lamas kümmern.

Dass im Moment so viele Völker bei Hagenbeck zu sehen sind, ist recht außergewöhnlich. Meist ist nur eine Ausstellung in der Stadt. Aber die Verträge der Nomaden und Südamerikaner laufen nach vielen Monaten nun endlich aus und eigentlich bereiten sich beide Völker auf die Rückreise vor. Die Afrikaner weiter hinten sollten hingegen seit Wochen auf dem Weg nach Mailand sein, aber der dortige Aussteller leidet unter finanziellen Engpässen, die den Transport momentan unmöglich machen.

Doch ein Gatter weiter starren die Besucher trotzdem auf einen menschenleeren Platz und warten. Man sieht nur vier Hütten aus Palmblättern und drei Palmen, die aus einer Schreinerei aus Bergedorf stammen und in denen einige exotisch aussehende Vögel mit gestutzten Flügeln sitzen und krächzen. Keine Wilden, nirgends. Und das zur besten Besuchszeit.

Eine Gruppe von Bier trinkenden Studenten in Burschenschaftsmontur skandiert bereits einen kleinen Chor: „Kannibalen her! Kannibalen her! Bitte sehr!"

Aber weit und breit zeigt sich keiner der gewünschten Barbaren.

„Unternehmen Sie etwas." Dieterich zeigt auf die Leere, dort, wo eigentlich buntes Treiben herrschen sollte.

Meinetwegen, denkt Heinrich, entschlossen, der Sache nun auf den Grund zu gehen.

„Wo ist denn der junge Hagenbeck?", fragt er noch.

„Nicht im Haus", gibt Dieterich zurück und winkt ihn weiter. Heinrich folgt dem Buchhalter jedoch nicht, sondern geht direkt an das Gatter.

„Und Sie könnten auch diskret den Personaleingang nehmen, Herr Hermann!", bemerkt Dieterich, doch Heinrich klettert bereits über den hüfthohen Zaun. Er kommt federnd auf der anderen Seite auf und geht auf die größte der Hütten im Zentrum des nicht ganz glücklich benannten „Kaiser-Wilhelm-Gatters" zu, während er versucht, sich nicht aufzuregen. Was soll dieses Theater? Diese Hütten sind nicht sehr originalgetreu. Sie sind doppelt so groß und die Wände und das Dach wohl doppelt so dick wie bei ihren Vorbilder in den Tropen, doch das Wetter in Norddeutschland ist auch nicht mit dem in Neuguinea zu vergleichen. Deshalb kann Heinrich eintreten, ohne sich bücken zu müssen.

Auf dem Boden sitzen die dünne, muskulöse erste Frau des Häuptlings, dessen fast bleicher Bruder und der stets gut gelaunte Vater, der Schamane, Zauberer und manchmal auch Gaukler in einer Person ist. Alle tragen ihre traditionelle Tracht aus geflochtenen Palmwedeln, Kleintierfellen und kratzigen, bunten Stoffen, die ihre kurzen, dicken Unterhosen aus Erfurter Produktion verstecken. Hier drin tragen sie auch gerne Mäntel, aber an einem warmen Tag wie heute sind ihre Oberkörper wieder nackt und glänzend. Die Kraushaare scheinen heute geradezu in Blüte zu stehen. Nur der Häuptling selbst sitzt nicht. Peter ist ein Mann, der Heinrich selbst im Stehen gerade bis zu den Schultern reicht – so klein von Wuchs wie alle aus seiner Rasse. Er trägt seinen Halsschmuck, fünf Ketten aus Muscheln und Federn des Paradiesvogels, und er hat sich trotz seiner Arbeitsverweigerung weiß-rote Streifen vom Mundwinkel bis zu den Schläfen gemalt. Vielleicht ist er auf dem Kriegspfad.

Doch etwas passt hier nicht ins Bild. Links von Peter stehen zwei deutsche Herren in dunklen Anzügen, die Peter ebenfalls um einen Kopf überragen und anscheinend nur auf Heinrich gewartet haben.

„Wer sind denn Sie?“, fragt Heinrich verblüfft und beginnt, an seiner Taschenuhr herumzufummeln.

„Und mit wem haben wir es bei Ihnen zu tun?“, fragt der ältere der beiden zurück. Sein Schnauzer hüpft dabei auf und ab, als wäre es der Bart, der spricht. Beide haben feucht zurückgekämmte Haare, die Scheitel links und als messerscharfe Linie frisiert.

„Was soll das denn?“, wendet Heinrich sich an Peter.

„Bitte, der Herr. Wir sprechen hier für unseren Mandanten.“

„Seien Sie still“, fährt Heinrich den Schnauzer mit einem schlangengleichen Zischen an. Dieser lässt ihn in einem kurzen Moment der Verblüffung vorbei. Heinrich denkt noch, dass das gar nicht seine Art ist. Er hört auf, an der Uhr in seiner Tasche herumzuspielen, greift Peter an der Schulter und zieht ihn zur Seite.

„Kannst du mir bitte erklären, was hier vor sich geht? Mir wurde gesagt, dass die Anthropologen aus Berlin jeden Moment hier sein müssen. Du weißt, wie wichtig das ist. Wir haben einen Vertag!"

„Den haben wir." Mehr sagt er nicht. Stattdessen starrt er Heinrich wieder auf diese Art an, die Heinrich ganz und gar nicht leiden kann.

„Was soll das denn nun bedeuten?"

Der Schnauzer hat sich mittlerweile wieder gefasst und tritt zu ihnen:

„Herr Peter hat die Kanzlei Holland & Holland beauftragt, sich um die Einhaltung des besagten Vertrages zu kümmern und gegebenenfalls nötige Maßnahmen zu ergreifen."

Heinrich kümmert sich nicht um diesen Herrn Holland.

„Worum geht es denn?", fragt er den Stammesführer.

Peter aber scheint nicht gewillt zu sein, mit ihm zu reden. Er zeigt auf seine Anwälte und guckt ihn weiterhin durchdringend an. Heinrich hatte gedacht, dass er auf dieses Spiel nicht mehr reinfallen würde, aber offensichtlich hat er sich geirrt. Dieser Blick ist entnervend. Peter zeigt noch einmal auf den Anwalt. Heinrich bleibt nichts weiter übrig, als sich den Advokaten zuzuwenden.

„Nun?", fragt er spitz.

Herr Holland streicht sich ausgiebig über den Bart. Nun, wo er die volle Aufmerksamkeit hat, nimmt er sich Zeit, bevor er mit seinen Ausführungen beginnt.

„Nun gut. Es geht um folgendes. Unser Mandant, Herr Peter, ist bereit, eine Klage gegen Sie, Herrn Heinrich Hermann, und die Firma Hagenbeck einzureichen und somit die Einhaltung des Vertrages Nr.98d/3 vom vierten Julei dieses Jahres anzustreben."

Heinrich blickt den Advokaten verblüfft an, als dessen Begleiter bereits fortfährt: „Es geht um einige Paragrafen, die bisher nicht erfüllt worden sind. Wir beginnen einmal mit Punkt Eins: In Paragraf Acht, Absatz Drei versichert die Firma Hagenbeck durch ihren Vertreter Herrn Heinrich Hermann zunächst einmal eine wöchentliche Auszahlung von vierzig Mark in barem Geld."

Heinrich möchte sich setzen, aber es gibt keine Möbel in dieser Hütte.

Der Advokat blättert in einer Akte: „Bisher allerdings..."

4

Als sie in Friedrich-Wilhelm-Hafen ankamen, nach weiteren zwei Wochen der endlosen Langeweile, angefüllt mit Seemannswitzen, deren Pointen Heinrich ewig ein Rätsel bleiben würden, obwohl sich die Matrosen vor Lachen die Bäuche hielten, dankte Heinrich dem Herrn mit einer halbstündigen Privatmesse in der Schiffskapelle. Seit ihrem kurzen Aufenthalt in Singapur hatte er sich von morgens bis abends nach dem Ende der Reise gesehnt. Das Schiff war zu einem Ort der Körpergerüche geworden. Alles auf diesen modernen Handelsschiffen war aus Metall. Er begann irgendwann, die Nieten zu studieren und das Stampfen der Maschinen und den ewigen Geruch nach Metall, Öl, Dampf und Kohle zu verachten. Während der ganzen Fahrt wurden nicht ein einziges Mal die Segel gesetzt, so als wären sie nur noch Relikte. Gesten an die Vergangenheit. Aberglaube.

Eine schwere Melancholie hielt ihn die letzten Tage in

ihrem festen Griff, bis am Horizont endlich die dunkelgrünen Berge von Neuguinea erschienen und seine Schritte wieder leichter wurden. Das waren die Momente, in denen er sich Gott näher fühlte als zu irgendeinem anderen Zeitpunkt: Erde unter den Füßen zu haben, Bäume in seiner Nähe zu sehen, den Möwenkot unter der Sohle, die begrenzten Horizonte. All das war wie eine erneute Geburt. Dass plötzlich der Boden unter ihm nicht mehr vibrierte und schlingerte, brachte allerdings seine gesamte Koordination durcheinander. Er würde etwas Zeit brauchen, um sich daran zu gewöhnen.

Der Baron von Riekke verabschiedete sich noch an der Anlegestelle mit einer schnellen und frischen Verbeugung, um auf nicht minder unsicheren Füßen ins nächste Bordell zu gehen, einer kleinen Hütte etwas außerhalb des Hafens, wo er, wie sie später erfahren sollten, die folgenden zwei Nächte verbrachte.

„Willkommen in Kaiser-Wilhelms-Land", der Hafenmeister kam ihnen entgegen.

„Danke. Es ist uns eine Freude, hier zu sein", antwortete Heinrich freundlich.

„Formidables Wetter, nicht wahr? Ich hoffe, Sie hatten eine ruhige Überfahrt." Dann verschaffte er den beiden Agenten einen kurzen Überblick über die Standorte der wichtigsten Gebäude in der Stadt.

„Letztlich können Sie hier nichts verfehlen", schloss er. „Einmal um die eigene Achse gedreht und Sie finden schon, was Sie suchen."

Der Mann kratzte sich ununterbrochen, wie Heinrich auffiel.

„Flohbisse", bemerkte Ludwig, als sie gingen.

„Du hast doch ausreichend vom Pulver eingepackt?"

Heinrich kratzte sich ebenfalls, doch es war nur ein nervöses Kratzen, ein Echo, das der Anblick des Hafenmeisters in ihm ausgelöst hatte.

„Alles was wir noch besitzen, um genau zu sein.“, sagte Ludwig.

Dunst und feuchter Nebel hingen an diesem Abend in der Bucht, es war, als wären Schleier über den Gebäuden und Schiffe ausgebreitet worden. Auf dem großen Platz zwischen Hafen und der Kirche hießen auch die Einwohner sie mit einem deutlich hochdeutschen Gruß willkommen, obwohl im Stimmengewirr zu hören war, dass die englische Sprache nicht minder verbreitet war als das Deutsche.

Der Hafenmeister hatte recht gehabt – Heinrich und sein Begleiter fanden das einzige Hotel, das Friedrich-Wilhelm-Hafen zu bieten hatte, wie von selbst. Gefolgt von den vier Trägern, die ihnen der Hafenmeister abgestellt hatte, betraten sie das Haus. Der Engländer, der das Hotel führte und sich gutgelaunt und in bestem Deutsch als „Ned, das alte Walross“ vorstellte, sah aus wie ein runder Ofen und roch wie eine gute Tasse Tee. Er trug ein chinesisches Gewand aus rotem, glänzendem Stoff, der voll von goldenen Drachen und Ornamenten war, und alles in allem schien er eher Nachfahre der East India Company zu sein als ein Sohn des Empires.

„Meine Ahnen hatten wahrscheinlich schon seit einem Jahrhundert keinen Fuß mehr auf die Heimatinsel gesetzt.“ kommentierte Ned auch gut gelaunt. Er bat seine Gäste in den Speisesaal, wo er ihnen einen kleinen Imbiss anbot.

„Das erste Mal hier, nehme ich an?“

„Oh, sicher, ja. Es scheint ja ein hübsches Fleckchen zu sein.“

„Bestimmt. Und mit Ihnen ist die Bevölkerungszahl nicht unerheblich gewachsen.“

In Kaiser-Wilhelms-Land lebten zu dieser Zeit ungefähr fünfzig Deutsche, erklärte Ned. Vielleicht noch einmal so viele andere Europäer. Außerdem hatte er vor kurzem auch zwei Australier, einen Franzosen mit Begleitung und einen Amerikaner in seinem Haus willkommen geheißen.

„Es herrscht also ein regelrechter Trubel. Was glauben Sie, wie wenig neue Menschen einem hier sonst begegnen?"

„Genug, wie ich für Sie hoffe." Heinrich lobte daraufhin das Hotel des Engländers.

„Danke, was heißt denn schon Hotel? Eine Pension. Bestenfalls. Wenn auch eine vorbildlich geführte, das sage ich gerne. In seiner kurzen Geschichte hat das Haus übrigens bereits als Lagerhaus und als Gefängnis gedient – und in jeder dieser Phasen bot es den Bewohnern Schutz vor endlosen Tagen des Regens. Endlosem, endlosem Regen. Kommen Sie nie zur Regenzeit hierher, rate ich Ihnen."

Dieser Brite brachte Heinrich zum Lachen. Er lauschte ihm einige Zeit. Noch als er und Ludwig sich in ihre Zimmer zurückzogen, gluckste er, worauf Ludwig ihm anbot, etwas vom Magensalz zu geben.

„Keiner da", war der erste Kommentar am nächsten Morgen. Ludwig hatte Friedrich-Wilhelm-Hafen bereits nach den angegebenen Kontakten durchsucht, bevor er Heinrich weckte.

„Dann muss ich also doch zum Landeshauptmann", sagte Heinrich mürrisch und stand auf. Es gab keine Zeit zu verlieren. Er beugte sich über ein Seifenbecken aus Blech, schäumte sich ein und kratzte sich mit einem Rasiermesser die Stoppeln vom Kinn. Dann ließ er sich beim Ankleiden helfen und Ludwig rieb ihm noch flink das Gesicht mit Creme ein, bevor er verschwand und sich auf die Suche nach anderen Dingen machte, von denen Heinrich keine Ahnung hatte und nach denen er auch nie fragte.

„Hab viel Vergnügen", wünschte er ihm noch. Das „Sie", mit dem sie immer wieder aufs Neue zu Beginn ihrer Reisen anfingen, verlor sich mit all der anderen Förmlichkeit recht schnell.

Nach einem späten Frühstück, das aus trockenem Kuchen und einem annehmbaren Kaffee bestand, starrte Heinrich von seinem Tisch auf der Veranda aus zum Meer. Er beobachtete einige Minuten lang das Treiben auf dem Kanonenboot und verlor den Faden seine Gedanken, während er in das Kielwasser der Rosenberg blickte. Der Handelsdampfer würde nun weiter durch die Bismarcksee kreuzen, um die anderen deutschen Schutzgebiete anzulaufen – die Bismarck-Inseln, Neupommern und Neumecklenburg, Palau und Neuhannover.

Zwei prächtige blau-gelbe Schmetterlinge tanzten vor seinem Gesicht. Bei all seinen Reisen war ihm womöglich noch nichts Schöneres begegnet als diese Bucht, stellte er überrascht fest.

Heinrich sah den einheimischen Kindern beim Schwimmen und Tauchen zu. Ihre dünnen, aber kräftigen Körperchen schienen leicht wie Kork zu sein. Einige Möwen kreisten lauthals über ihren Köpfen und jagten nach Fisch oder klauten den Fischern am Ufer die Krabben aus den Körben. Ein junger, fast schwarzhäutiger Mann schlug einen Kraken gegen eine Palme und zwei weitere Jungs feuerten ihn dabei an. Trotzdem erschien alles sehr still hier, so sehr, dass Heinrich glaubte, den Wind hören zu können.

Er wäre wohl eingenickt, wenn nicht ein Rabatz vor dem Hotel ihn plötzlich aus seiner Trance hätte erwachen lassen. Ein einheimischer Polizist hatte einen Arbeiter bei etwas beobachtet, was dieser wohl nicht hätte tun sollen. Er versetzte dem kleinen Mann eine gewaltige Ohrfeige und ließ einen solchen Sturzregen an Flüchen aller Zungen auf ihn hernieder gehen, dass der arme Mann weinend die Flucht ergriff.

„Also“, sagte sich Heinrich nach dieser Stunde Müßiggang motivierend, „auf auf.“ Wie gesagt, es gab keine Zeit zu verlieren.

In der Stadt lebten überwiegend christianisierte Einheimische. Manche führten ihre eigenen, kleinen Läden, die meisten jedoch schienen im Hafen zu arbeiten. Er sah viele Männer mit Lasten durch die Stadt laufen, einige kamen direkt aus dem Wald und verkauften im Handelsposten ihr Palmöl oder ihre Früchte. Andere fuhren in Kutschen vor, trugen deutsche Hosen, lieferten die Waren von den Plantagen und holen neue Materialien ab. Einige Mädchen, manche kaum dem Kindesalter entstiegen, aber deswegen besonders zart und exotisch, mit Taillen so dünn wie mancher Männer Oberarme, boten sich direkt am Steg an. Zwei Matrosen beäugten sie aus sicherer Entfernung. Andere, ältere Frauen trugen Bündel von Palmblättern auf ihren Köpfen oder hievten Säcke wie die Männer.

Die Verwaltung dieses Schutzgebietes lag noch in den Händen der verantwortlichen Handelsgesellschaft, der Deutsch-Neuguinea-Kompanie. Hier gab es nicht einmal einen Gouverneur. Aber am ersten April – das konnte man ihm hier nicht oft genug erzählen, wie er feststellen sollte – würde Deutsch-Neuguinea endlich den Status einer Kolonie erlangen.

Der Handelsposten war ein langes Haus, das anstelle von Fenstern Klappen aus Bast hatte, die bei Bedarf hinunter gelassen werden konnten. Auf dem Dach wehte die Flagge der Kompanie: fast gänzlich weiß, in der linken oberen Ecke die Reichsfahne und in der unteren rechten ein schwarzer Löwe, der etwas Rotes in einer Pranke hielt, das Heinrich auch bei längerer Betrachtung nicht identifizieren konnte. Gleich nebenan befand sich auch das Militärquartier und einige Marinesoldaten in ihren weißen Uniformen und hohen Tropenhelmen gingen gemächlichen Schrittes ein und aus. Es war das einzige Gebäude, das aus Steinen errichtet worden war, und es wirkte so massiv wie eine Festung.

Heinrich und die einheimische Polizeitruppe in ihren ebenfalls weißen Fantasieuniformen ignorierten einander, als er den Handelsposten betrat.

„Guten Tag", sagte er höflich.

Heinrich hatte die meisten Angestellten in den Handelsposten nie als sehr hilfreich empfunden. Sie hielten ihn oft tagelang allein damit auf, die Rechtmäßigkeit seines Vorhabens zu überprüfen. Aber es gab letztendlich auch für die widerspenstigsten Bürokraten schlagende Argumente. Wenn Heinrich recht informiert worden war, handelte diese Insel vor allem mit Edelhölzern, Gold, Silber, Kokosnüssen und Kautschuk, und Heinrichs bestes Argument war wie immer, dass er dieser Liste einen weiteren Punkt hinzufügen würde. Was den nicht gerade Gewinn abwerfenden Kolonien immer recht war. „Und – ganz nebenbei – ist es doch auch eine wunderbare Reklame für die Kolonialpolitik unseres geliebten Kaisers!" schloss er seine Überzeugungsarbeiten gewöhnlich, ein patriotischer Ton kam besonders in der Ferne gut an.

Im Vorraum schaute eine alte Frau von ihren Unterlagen auf.

„Auch Ihnen einen guten Tag!"

Ihre Haut war von einer Bräune, die sich über Jahre festgesetzt haben musste. Es sah in Heinrichs Augen sehr ungesund aus. Er selbst achtete immer darauf, nicht zu viel seiner Blässe zu verlieren.

„Aus Deutschland, nicht wahr?"

„Sehr richtig." Er nahm seinen Hut ab.

Doch anstatt zu fragen, was er begehrte oder wer er sei, zeigte sie ihm eine Briefmarke: „Wollen Sie einen Satz?"

Auf dem Weg hierher hatte man bereits zwei Mal versucht, ihm Postkarten aufzudrängen, mit Zeichnungen von Gebäuden in Kaiser-Wilhelm-Hafen oder von Einheimischen in Berlinhafen.

„Nun. Danke sehr. Aber eigentlich nicht."

„Wir sind recht stolz auf sie, müssen Sie wissen. Unsere eigenen Briefmarken. Selbst gedruckt! Bedenken Sie doch, wie sich die Lieben Zuhause über diese Briefmarke wundern könnten! Das Motiv wäre die Kaiserjacht Hohenzollern."

Heinrich lehnte nochmals dankend ab.

„Sind Sie hier dann wohl auch die Post?", fragte er noch, um nicht zu abweisend zu erscheinen, aber die Frau hatte schon das Interesse an ihm verloren.

„Sicherlich, der Herr." Sie beugte sich wieder über Briefe und Unterlagen und begann, laut zu stempeln.

Der Landeshauptmann selbst, Herr von Bennigsen, war entweder nicht anwesend oder nicht gewillt mit ihm zu reden. Stattdessen wurde er von einem Sekretär an einen Herrn Jakob Hippen verwiesen. Hippen, in weißer Tropenhose, weißem Hemd und mit blitzenden Kürrasierstiefeln, fuchtelte rührend hilflos mit den Armen. Er stand hinter seinem Schreibtisch – voll mit Unterlagen, Tintenklecksen, einem Morsegerät, den Memoiren Bismarcks und einem ausgestopften, rattenähnlichem Tier, das einen kleinen Säbel in der Pfote hielt und zackig salutierte – und versuchte Insekten zu erschlagen, die sich seinem Ohr näherten. Hippen war die Sinnlosigkeit seines Tuns offensichtlich bewusst, aber er konnte damit nicht aufhören, selbst als er die für den Agenten in Deutschland ausgestellten Papiere der

Handelsgesellschaft studierte.

„Die bringen mich um den Verstand. Kennen Sie dieses Geräusch? Ich komme damit nicht zurecht. Das ist nicht auszuhalten. Ich bin ein deutsches Gemüt."

Hippen lamentierte noch einige Minuten, bevor er sich verschwitzt und traurig auf seinen Stuhl sinken ließ, für diesen Moment bereit, die Plage zu ertragen. Er sah sich seinen Besucher jetzt genauer an und der Anblick zauberte ein Lächeln auf sein Gesicht.

„Nichts für ungut. Es ist doch immer eine Freude, einen Landsmann zu sehen. Woher stammen Sie? Doch nicht zufälligerweise auch aus Pommern? Nein? Hamburg – ja, große Stadt. Aber aus dem Norden, das sah ich sofort. Gestern angekommen, nehm ich an, mit der guten Rosenberg, nicht wahr? Sagen Sie mir doch, wie steht´s in der Heimat? Mein Herz vermisst sie doch arg! Ist schon zwei Jahre her, seit ich sie verlassen habe. Zwei Jahre und drei Wochen. Und heute ist schon wieder ein neuer Tag. Ach herrje. Was ich für einen Schlag gut gewürzter Blutwurst mit Kraut geben würde! Oder für ein Glas Milch. Wissen Sie, wann ich zum letzten Mal eine Kuh gesehen habe? Kaum ein Euter in diesem Teil der Welt. Schweine, ja. Einige Ziegen auch. Ich habe auch lange keinen Schnee mehr gesehen. Habe Schnee immer sehr geschätzt. Aber sagen Sie, was macht der Feind? Pinkelt sich der Franzmann immer noch ein, wenn er an uns denkt? Sie müssen wissen, ich war mit dabei damals, Paris einundsiebzig. Ein Fest, sage ich Ihnen! Und was für glorreiche Zeiten für uns alle. Ich gehörte zu denen, die dann siegreich durch das Brandenburger Tor gezogen sind. Waren Sie auch dabei? Nein? Natürlich, entschuldigen Sie, Sie sind ja viel zu jung! Wo haben Sie gleich gedient? Marine? Ja, wunderbar, da können Sie sehr stolz sein. Ohne unsere kaiserliche Marine, ohne die berühmte Hyäne, gäbe es hier ja noch immer keine

Doktoren und keine Gesetze und nicht eine Kirche. Es freut mich sehr, dass unser Kaiser die Seefahrt so fördert, ein guter Entschluss, die Flotte auszubauen, nicht wahr? Fein, sehr fein. Sehr weise. Entschuldigen Sie - was kann ich denn eigentlich nun für Sie tun, Herr Hermann? Welche Geschäfte führen Sie in diese von Gott verlassene Wildnis? Sind es die Hölzer? Erze?“

„Menschen“, sagte Heinrich, doch Hippen hatte seine Antwort nicht gehört, da er wieder ein besonders lästiges Insekt verscheuchen musste, das es sich brummend in seinem Ohr bequem machen wollte.

Das Büro war mit Erinnerungsstücken aus der Heimat geschmückt, mit Bildern der deutschen Küste, einer gerahmten Sammlung von Orden und Bändern, einigen Fotos von Herren und Damen auf einer großen Gesellschaft und einer Vitrine voller Kompanieabzeichen, dazu zwei Wimpel und eine kleine Fahne. Im Zentrum all dessen befand sich ein Säbel und direkt darüber hing eine Kuckucksuhr. Während Hippen sich seinem Redefluss hingegeben hatte – dankbar, einen Zuhörer zu haben – hatte Heinrich immer wieder nach oben geschaut und auf den Kuckuck gewartet. Der große Zeiger schien nicht recht zu funktionieren, er sprang ohne Rhythmusgefühl voran.

„Ich bin auf der Suche nach einigen Einheimischen für den Hamburger Tierpark“, setzte Heinrich noch einmal an, als das Insekt erlegt worden war.

„Außer Schlangen gibt es hier eigentlich nicht viele interessante Tiere. Die stürzen sich auf Sie wie die gottvergessenen Mosquitos hier.“

Hippen fing wieder an, wild um sich zu schlagen. Daher brauchte Heinrich gut eine Viertelstunde, um ihm verständlich zu machen, dass er nach echten Menschen suchte und sie mit nach Deutschland zu nehmen gedachte.

Als diese Botschaft endlich Jacob Hippens Verstand erreicht hatte, gewann dieser überraschend schnell seine Selbstbeherrschung und Konzentration zurück.

„Was springt denn für meine Gesellschaft dabei heraus?", fragte er.

Hübsch gesagt, dachte Heinrich.

„Zwischenhändler und Kontaktpersonen erhalten selbstverständlich Auslagen und Honorar, gemäß unserer Kontrakte."

Flink zog er eine seiner Standardlisten mit dem Briefkopf der Firma Hagenbeck hervor. Hippen überflog das Schriftstück und nickte.

„Ja. Da kann ich Ihnen bestimmt helfen."

Heinrich lehnte sich zurück. So weit, so gut, dachte er und lugte wieder nach der Uhr.

„Ich bräuchte vor allem einige Männer als Träger und Führer, nicht einmal sehr viele, aber es sollten Männer sein, die sich hier auskennen und im Fall der Fälle auch für Sicherheit sorgen können."

„Die finden sich."

„Es wäre auch von Vorteil, wenn sie Kontakte hätten. Die rechten Einheimischen kennen. Sie verstehen?"

Hippen nickte, als hätte er schon jemanden Bestimmten im Kopf.

„Allerdings muss ich Ihnen da noch etwas erzählen", sagt er.

„Ja?", fragte Heinrich arglos.

„Ein Zufall. Unglaublich eigentlich, jetzt wo Sie da sind. Vor einer guten Woche war nämlich bereits ein Franzmann hier – aus Paris, ausgerechnet! – der ebenfalls ein paar Wilde fangen wollte. Debelier, oder so. Roher Kerl, muss ich sagen."

Ausgerechnet Debelier, dachte Heinrich.

In diesem Augenblick sprang der Kuckuck aus dem

Uhrgehäuse und Heinrich, der ihn zu guter Letzt doch aus den Augen gelassen hatte, zuckte so heftig zusammen, dass ihm seine Formulare aus der Hand fielen.

5

Das Publikum wartet noch immer auf das Erscheinen der Wesen, die Darwins Theorie der Verbindung zwischen Affen und Menschen bestätigen sollen. Und die darüber hinaus aus einem kaiserlich-deutschen Dschungel stammen! Auf den Postkarten sieht dieses andere Deutschland ganz und gar fremd aus und lässt mehr Raum für Fantasien, als vielen gut tut. Die halb nackten Wilden lösen bei dem einen oder anderen zarten Gemüt sogar Anfälle von Herzrasen oder Bewusstseinsverlust aus, man hat im Zoo schon so manches Fläschchen Riechsalz knacken müssen.

Zurzeit jedoch langweilt man sich nur. Als sich plötzlich und endlich doch noch etwas tut, tritt zur Enttäuschung aller Wartenden ein nicht ganz schicklich braun gebrannter Mann im dunklen Anzug aus der Hütte. Immerhin schaut er grimmig. Er klettert über den Zaun und als er beginnt, laut auf einen anderen Mann einzureden, haben diese beiden Deutschen die ungeteilte Aufmerksamkeit der Besucher.

„Warum zahlen Sie denn nicht einfach, Himmelherrgott", beschwert sich Heinrich.

„Nun, sehen Sie, Hermann – dieser Kontrakt, den Sie da geschlossen haben, das ist nicht unser Standardkontrakt."

Dieterich schaut Heinrich nicht an, stattdessen blickt er nervös um sich. Jeden Moment erwartet der Chefbuchhalter die Professoren aus Berlin und ihm ist anzusehen, dass er sich bis jetzt noch keine Ausrede für das Verhalten der

Forschungsobjekte zurechtlegen konnte. Immerhin hat die Universität einen Pauschalpreis mit der Firma Hagenbeck ausgemacht, der ihnen einen fast unbegrenzten Zugang zu den Untersuchungsobjekten ihrer Wahl zusichert.

„Aber das wissen Sie ja nun schon seit einem Monat", ereifert sich Heinrich.

„Sie haben dort eigenmächtig Änderungen – Erweiterungen gar! – rein geschrieben. Das habe ich nie so abgesegnet."

„Aber der Stamm ist hier."

„Und wir behandeln sie wie alle anderen. Die sich übrigens und zu Recht auch noch nie beklagt haben."

Ein Herr von fünfzig Jahren mit Homburg und Stock schiebt sich neugierig zwischen sie: „Kommen die Affen da noch mal raus heute?", fragt er.

Seine Frau zupft neugierig an seinem Rock: “Und? Kommen sie?"

„Ja, Moment noch Lieschen, ich frage die Herren ja gerade." Doch die Angesprochenen sind mit sich selbst beschäftigt. Heinrich schüttelt den Kopf: „Das ist doch nun aber eigentlich ganz Ihr Problem, mein lieber Dieterich."

„Nun, aber es ist ganz allein Ihr Vertag, mein lieber Hermann."

„Und was wollen Sie damit andeuten?"

Der Herr versucht ein weiteres Mal die Aufmerksamkeit der beiden Männer zu erringen, während seine Frau nicht aufhört, an ihm zu zupfen.

„Die Affen, meine Herren. Zeigen die sich heute noch?"

„Das bedeutet, Sie haben diesen Vertrag ganz auf Ihre eigene Verantwortung abgeschlossen und nun stehen Sie bitte auch dafür ein."

„Ich bin hier nur der Agent, nicht der Impresario!"

„Das müssen Sie dann mal bei Gelegenheit mit Herrn Hagenbeck besprechen."

„Himmel!“ Heinrich stampft mit dem Fuß auf. „Ich protestiere!“

„Bitte, bitte. Aber das ändert nichts.“

Der Herr wendet sich nun ab und seiner Frau zu.

„Anscheinend nicht. Aber Affen gibt’s ja doch schon“, sagt er mit deutlichem Schniefen. „Und hör endlich auf an mir rumzufummeln, Lieschen!“

„Wann kommt denn einer der Hagenbecks wieder?“

Dieterich zuckt mit den Schultern.

„Heute würde ich nicht mehr mit ihnen rechnen. Herr Hagenbeck Senior ist am Mittelmeer, Haifische jagen, und der junge Herr Lorenz hat etwas Geschäftliches in Lübeck zu arrangieren.“

„Und Heinrich?“, fragt Heinrich.

„Auch. Es ist an Ihnen.“ Nachdrücklich versucht Dieterich, sich die Haare glatt zu streichen, und beginnt nochmals zu argumentieren. „Sie wissen doch – diese Herren sind Mitglieder der Berliner Gesellschaft für Anthropologie, Ethnologie und Urgeschichte! Ausgerechnet heute, wo sie den weiten Weg mit der Eisenbahn auf sich nehmen - “ Er bricht ab, als einige Menschen im Publikum laut zu fluchen anfangen, während eine andere, helle Stimme sich ebenso laut entschuldigt und kurz darauf nach Herrn Dieterich ruft.

Dieterich winkt: „Ja doch. Hier. Hier!“

Friedhelm, dem ein Schwall aus unhöflichen Bemerkungen folgt, bremst kurz vor seinem Chef ab.

„Herr Dieterich, Gott sei Dank“, schnauft er. „Sie sind da: Die Berliner!“

Das kommt gar nicht recht – Dieterichs Haare richten sich augenblicklich wieder auf.

„Hermann, so oder so, machen Sie jetzt etwas! Alles Weitere besprechen wir dann. Reden Sie mit denen. Die kennen Sie doch.“

Heinrich gibt sich geschlagen und gräbt in seinen Taschen.
„Wie viel Geld haben Sie denn dabei?“, fragt er.
„Was meinen Sie?“
„Nun schauen Sie schon nach.“
Sie sehen bereits die drei verschwitzten Professoren im Geleit eines Tierparkmitarbeiters näher kommen. Die Herren sind alle viel zu warm angezogen und bewegen sich, als wären sie den ganzen weiten Weg von Berlin nach Hamburg gelaufen.
„Einen Moment“, murmelt Dieterich und beginnt, tief in der Vielzahl seiner Taschen zu suchen. Erst in der Hose, dann in Weste und Jackett, und abschließend in den Brusttaschen des weißen Hemdes.
„Übrigens,“ fragt er, während er kramt, „haben Sie denen Deutsch beigebracht? Sie wissen, wie wenig es geschätzt wird, es zerstört die Authentizität.“
„Müssen sie hier aufgeschnappt haben“, sagt Heinrich leise und friemelt in seiner Brieftasche rum.
„Aha. Talentierte Burschen, Ihre Wilden.“
Jetzt scheint Dieterich fündig geworden zu sein. Es klimpert in seinen Taschen.
„Friedhelm?“, fragt Heinrich.
„Ähm, ich habe nichts dabei.“ Der Junge schaut in den Himmel.
Heinrich findet währenddessen das Geld, mit dem er die Torte bei Bäcker Krusen, die Flaschen Wein und den Champagner bezahlen wollte, die mittlerweile hoffentlich geliefert worden sind. Was er an sich hatte überwachen wollen, aber daran möchte er jetzt gar nicht denken. Er findet in einer Westentasche noch etwas Wechselgeld und kommt so auf gut vierzig Mark.
„Hier.“ Dieterich reicht Heinrich eine Hand voll Münzen und einen zerknitterten Schein.

Für einen Buchalter eine ganz schön lausige Art, mit Geld umzugehen, denkt Heinrich und sieht, wie Dieterich nochmals eilig versucht, sich herzurichten.

„Geben Sie mir noch fünf Minuten", raunt Heinrich dem Buchhalter zu. Dann springt er wieder über den Zaun und zwei Gäste klatschen.

„Da Capo!", lacht ein Mann und zieht seine Kinder zur nächsten Sensation, während der Chefbuchhalter mit einem vornehmen Lächeln und weit geöffneten Armen auf die drei Professoren und ihr Gefolge aus Studenten zugeht.

„Meine Herren! Willkommen im Tierpark Hagenbeck! Ich hoffe doch, Sie hatten eine angenehme Reise? Die Wilden stehen jeden Moment zu Ihrer freien Verfügung."

Frei, sinniert Heinrich noch und huscht wieder in die Hütte.

6

Bis Heinrich und Ludwig mit dem regulären Dampfer in Richtung Berlinhafen aufbrechen würden, um in der Nähe von Finschhafen abgesetzt zu werden, blieben ihnen einige Tage der Tatenlosigkeit. Sie sollten eine Gruppe von Vermessern und Zimmermännern begleiten, die vom Landeshauptmann Bennigsen beauftragt worden waren, festzustellen, ob Finschhafen zur Wiederbesiedlung tauge. Dabei war Heinrich ganz und gar nicht nach einer weiteren Seefahrt, doch zweihundertsiebzig Kilometer Landweg waren auch nicht mit seiner tief sitzenden Abneigung und wiederkehrenden Übelkeit zu rechtfertigen.

Hippens versprochene Unterstützung stellte sich als ein Holzfällertrupp heraus, bestehend aus drei Vogtländern, die seit ihrer Ankunft auf der Insel mehr Tropenholz geschlagen hatten, als die Handelsgesellschaft in den nächsten drei Monaten verschiffen konnte. Und Hans Wigdengart, ihr Vorarbeiter, kannte einen Stamm, der „nicht ganz so eilig hinter Köpfen her ist“ und mit denen man die Herren aus Hamburg bekannt machen könne, wie er ihnen herzlich bei ihrer ersten Begegnung versicherte.

„Mit etwas Glück“, wie Hans dann bemerkte, „bräuchten die Herren auch gar nicht weiter zu reisen.“

Seine beiden Begleiter waren ebenso stämmig wie Wigdengart: Da war Johannes Tennung mit dicken, knorpeligen Ohren, schlechter Aussprache, aber völlig reiner Haut und Franzchen Mayer, der alle um einen halben Kopf überragte, obwohl er gebeugt wie ein Mütterchen ging, und dem ständig die Nase zu laufen schien. Nebenbei kamen die drei auch polizeilichen Aufgaben nach, wie fast jeder Deutsche hier weitgehende Befugnisse zur Erhaltung und Herstellung der Ordnung hatte. Dass ein Gewehr neuster Bauart und eine Armeepistole sie begleiten würden, hatte eine beruhigende Wirkung auf Heinrich, auch wenn er noch nie auf seinen vielen Reisen in einer Situation gewesen war, in der Waffen nötig gewesen wären.

Während Heinrich die Abende mit Jakob Hippen und einigen anderen Angestellten der Handelsgesellschaft an einem feuchten Billardtisch verbrachte, ging Ludwig tagsüber wieder seinen unbekannten Geschäften nach. Manchmal war er stundenlang verschwunden. Manchmal versuchte sich Heinrich einen Eindruck vom Leben in der Kolonie zu verschaffen. Als erstes jedoch ging er zum Strand. Dort zog er seine Stiefel aus, legte seine Socken auf die Schäfte, krempelte seine Hose bis zu den Knien hoch und ging drei Schritte, bis die Füße im Wasser steckten. Er dachte dabei an Kneipp, aber nur flüchtig.

Gleich gegenüber dem Hotel, neben der christlichen Mission der Johanniter, sah er eine Gruppe von zwanzig Einheimischen, die in knielangen, weißen Hosen und freien Oberkörpern Rumpfbeugen vollführten. Ein Deutscher in strahlend weißer Turnkleidung gab ihnen den Rhythmus vor, doch der Mann hatte offensichtlich kein Gespür für das rechte Tempo und brachte die armen Männer alle Takte lang durcheinander, bis alles ein großes Tohuwabohu wurde. Kniebeuge, Liegestütze und Vorbeugen gleichzeitig, kreuz und quer, auf und ab. Nichts erinnerte hier noch an die Vorgaben von Turnvater Jahn. Obwohl sehr außer Atem, sangen sie alle zusammen zum Abschluss eine Hymne:

„Neuguinea, unsere Heimat
Neuguinea schönes Land
Mit den Bergen, Flüss und Tälern
Und dem grünen Meeresstrand“

Hinter Heinrich, in der ruhigen Bucht, lag das mächtige Kanonenboot der kaiserlichen Marine und eine Vielzahl von Kanus und Einbäumen umkreisten es wie Ameisen ihre Königin.

Ihm kam die Melodie bekannt vor, stellte er fest, aber er kam nicht darauf, woher.

„Immerzu vom blauen Himmel
Lacht der Sonne goldner Strahl
Drum die Fischlein und die Vöglein
Freuen sich mit uns zumal“

Heinrichs Hände ruhten auf seiner Hüfte. Er ließ den Blick über die Singenden hinweg schweifen. Die Berge, die sich weit hinter den Grenzen der Stadt erhoben, waren so grün und dich bewachsen, dass er sich kaum vorstellen konnte, wie man hier Plantagen anlegen wolle.

„Welch Vergnügen, wenn die Winde
Wehen und das Segel fliegt
Und man ohne Sorg und Mühe
Rauchend auf dem Kanu liegt
Ja, wir sind ein lustig Völkchen
Neuguineer weit bekannt
Danken Gott, dass er aus Güte
Gab uns dieses schöne Land“

Sein Mittagessen nahm Heinrich bei der Kompanie ein. Dort unterhielt man sich angeregt über die Expedition von Dr. Lauterbach und Dr. Kersting, die vorgehabt hatten, bis zur Grenze der englischen Besitzungen auf Neuguinea vorzustoßen, doch kläglich an ihrer Unfähigkeit gescheitert waren – so meinte zumindest einer der Zahlmeister des Hafens.

„Allerdings haben sie behauptet, es bestehe eine gute Chance auf Goldvorkommen im Bismarckgebirge.“

Sie unterhielten sich über die Vielsprachigkeit der Einheimischen, vor allem aber darüber, dass selbst die Deutschen hier oft Pidgin-Englisch nutzten – aus Faulheit, sagte der eine. Aus einem Minderwertigkeitsgefühl den Kolonien des Empires gegenüber, meinte ein anderer, der es Heinrich allerdings nur ins Ohr flüsterte. Heinrich hatte das Ergebnis dieser Einstellung selbst in der Zeitung gelesen, die zum Frühstück bereitgelegen hatte. In einem Brief an den Herausgeber hatte es dort geheißen:

„Lieber Mister Editor
Von wegen was ich Ihnen das letzte Mal erzählt habe hat mein Freund Schnattge sich weri matsch gefreit und hat auch wirklich deswegen geschautet, was das erste Ma gewesen ist, seitdem ich seine Akwendänz hab. Nun wissen sie aber, daß ich gar net sorri bin, in Ihrem Niusbäber geschrieben zu haben; da ich dadurch sehr genohn worden bin. Well, das ist ja auch sehr gut, aber wissen sie Mister

Editor, die Leut fragen mich dadurch zu viele Kwestschens. Der eine möchte wissen, wovon ich leb und ob ich auch was zu leben hätt, und ob ich überhaupt leben thät, und ob ich das noch so weiter machen wollte, und ob das Leben ich auch vertragen könnte, und ob -, da bin ich ausgekippt, fall aber schon wieder einem anderen in die Hände, der zu mir sagt: ‚Was Sie da für Eidies haben, Mister Suarzsour, die sin großartig, aber was treiben sie den eigentlich'"

Heinrich ist sich nicht sicher gewesen, ob er wusste, worum es ging.

„Und wie sind die Einheimischen hier so?", fragte er in die Runde.

„Gelehrig", erwiderte der Pfaffe nicht ohne Stolz. Pfarrer Konstanz war der Mann ohne Rhythmus gewesen, der die verunglückte Turnstunde geleitet hatte, wie Heinrich nun erkannte.

„Es sind Tiere, wie es diese Schwarzen überall auf der Welt sind", warf ein Leutnant zur See gelangweilt ein. „Wissen Sie, dass die hier Instrumente haben, mit denen sie die Stirn ihrer Säuglinge flacher machen? Eine Presse oder so. Zur Verstümmelung ihrer Kinder!"

Einige am Tisch quittieren das mit festem Kopfschütteln.

„Nein, nein! Das passiert nicht hier, nicht bei uns, das machen nur Stämme auf einigen südlicheren Inseln. Bei Australien fast."

„Gehorchen sie denn?", fragte Heinrich.

„Tja." Ein runder Händler aus Kiel mit dunklen Augenringen, der sich von der Neuguinea-Kompanie hatte anwerben lassen, ohne recht zu wissen, was ihn überhaupt erwarten würde, rührte lustlos in seinem Süßkartoffelbrei.

„Man muss natürlich Geduld haben." Pfaffe Konstanz setzte wohl gleich zu einer Predigt an. „Man muss ihnen erst die Nähe des Herrn offenbaren, sie an die Worte Gottes heranführen, dann kommen Rechtschaffenheit und Disziplin ganz von selbst."

Der Offizier entschuldigte sich und verließ den Tisch.

„Also, wir hatten bisher recht wenig Probleme. Die Kopfjäger, die es in den Bergen gibt, sind ja auch mehr auf ihresgleichen aus. Die meisten da draußen haben sogar noch immer Angst vor unserer Hautfarbe." Da sprach ein Kolonist namens Schuster, dem eine Erzmine in einem bisher unbenannten Berg gehörte und der für geschäftliche Verhandlungen in die Stadt gekommen war. „Alles in allem sind es robuste Kerle, einfach im Gemüt, einfach in ihren Ansprüchen. Wirklich, die meisten sind ganz feine Arbeitskräfte."

„Tatsächlich finde ich sie recht schwächlich. Jeder gemeine Neger in Afrika kann mehr tragen als einer dieser Burschen hier", warf ein Heinrich nicht vorgestellter Mann in kurzer Hose ein.

„Ihre Schamanen sind ein wenig grauselig." Der Mann aus Kiel zeigte dabei in Richtung des Waldes. „Meine Frau bekam Schüttelfrost, als wir vor zwei Wochen einem dieser Hexer begegneten. Waren nur auf dem Weg zu unserem Haus, als er und so ein kleiner Junge am Straßenrand standen und uns mit ihrem wunderlichen Kauderwelsch belegten. Marianne hat sich immer noch nicht recht erholt."

Der Leutnant kehrte in diesem Moment an den Tisch zurück: „Der alte Bim-Bam, ja. Der macht das übrigens sehr gerne. Unser ganz eigener Bi-Ba-Butzemann. Der hat seine Leute hier an den guten Konstanz verloren und verflucht jeden Weißen, der ihm begegnet. Die Seinen haben hier früher in der Gegend gewohnt, ich glaube da, wo Köttewehr seine Plantage hat." Er lachte grunzend und Konstanz lächelte wieder stolz, bekreuzigte sich aber schnell für die Sünde des Hochmutes.

„Es sind gute Leute“, warf der Pfarrer dann noch ein. „Die meisten nehmen Christus dankbar als ihren Herrn an, wirklich. Da habe ich sogar in Köln ganz andere Erfahrungen gemacht.“

„Köln!“, rief ein alter, kahler Buchhalter vom Nebentisch, „Köln!“

„Und man sollte vielleicht nicht vergessen, diese Wilden bringen uns näher zur Natur und damit näher zu Gott. Auch wir stehen in ihrer Schuld“, fuhr Konstanz fort, worauf sich alle Gesichter am Tisch säuerlich verzogen. „Die Neger der Welt sind wie Kinder, glücklich, verspielt, ohne auch nur einen Begriff von Verantwortung zu haben. Dort beginnt die unsere!“, schloss der Pfarrer versöhnlich.

Serviert wurde ihnen von einer jungen Frau, Anfang zwanzig wohl, die noch unverheiratet war. Sie hatte ein hübsches und gescheites Gesicht. Wann immer sie in die Nähe des Tisches kam, versuchte Heinrich – ohne recht zu wissen warum - ihren Blick einzufangen und öfter als gedacht gelang es ihm sogar. Während ihm die Schamesröte ins Gesicht stieg, schien sie nur umso kecker zu werden. Welch ein fescher Charakter, dachte er.

„Mit ihren Kindern hingegen machen sie es einem etwas schwierig“, sagte Konstanz, der, da niemand sonst das Gespräch weiterführte, die Gelegenheit zu nutzen wusste. „Sie lassen uns ihnen nicht gerne etwas beibringen, ihnen geht das Verständnis für die rechte Disziplin ab. Wenn‘s nach denen ginge, würde ihr Nachwuchs auf ewig nur spielen, ganz wie kleine Hundewelpen. Züchtigung mit Ziel, Ehre und Pflicht sind ihnen gänzlich fremd.“

„Gibt es denn viele Kannibalen?“, fragte Heinrich daraufhin und nahm einen Schluck vom zu warmen Bier.

„Wer weiß?“, sagte der Kölner.

„Ach was. Die meisten sind Lämmer“, tönte Konstanz.

„Wie ein rechter Diener des Herrn gesprochen!" Doch der Offizier schüttelte entschieden den Kopf, während er das rief. „Finsch hat schon damals vier Männer an ihre Kochtöpfe verloren. Und voriges Jahr, die besagten Dr. Lauterbach und Dr. Kersting - sie ließen zehn Mann an Trägern, Schiffern und Führern zurück."

„Das heißt nun ja noch nicht, dass sie auch verspeist wurden", bemerkte Heinrich vorsichtig.

„Gute, junge Christen", beharrte Pfarrer Konstanz.

„Wilde, das sage ich. Wilde. Nichts weiter. Und ab und an holen sie sich auch einen Weißen."

„Wohl zu besonderen Festen", rief der Buchhalter vom Nebentisch gut gelaunt zu ihnen rüber.

„Aber das werden wir ihnen schon austreiben. Peitsche und Pulver wirken Wunder." Der Offizier entschuldigte sich daraufhin ein zweites Mal.

„Man muss aber tatsächlich auch sagen, dass die Polizeitruppe..."

„Alle getauft!", flüsterte Pfarrer Konstanz wieder stolz dazwischen.

„... man muss sagen, dass es gute Leute sind. Passen sehr auf und lassen auch ihresgleichen nichts durchgehen", erwähnte Schuster anerkennend. „Sorgen für Ordnung hier bei uns."

Der Kieler Händler schien etwas sagen zu wollen, schwieg dann aber doch, als der Buchhalter sich mit seiner Tasse Tee zu ihnen setzte und sich verschwörerisch in die Runde beugte: „Mag ja sein. Vielleicht. Aber was wissen wir schon, was tatsächlich passiert? Was sie machen, wenn keiner von uns hinsieht? Was sie zu tuscheln haben? Was sie aushecken?"

Schuster nickte dazu und schob seinen Brei von sich, als würde der Gedanke an ihre Gedanken ihm bereits Übelkeit verursachen.

Doch der Buchhalter rückte noch näher, fuhr sich mit der Hand über den blanke Schädel und runzelte die Stirn:

„Nein. Wirklich. Wer kann es wissen? Wer von Ihnen weiß, was die wirklich denken?“

7

Einige Minuten später gehen Häuptling Peter und ausgewählte Exemplare seines Stammes zur wissenschaftlichen Untersuchung. Sie werden angeführt von zwei Angestellten des Parks, die sich um die fremden Völker zu kümmern haben. Mit großem Abstand folgen die Herren Professoren aus Berlin sowie deren sieben studentische Assistenten. Heinrich begleitet die Gruppe aus jungen Männern und überlegt, wie er dieses Schlamassel auflösen kann.

In einem kahlen Raum legen Peter und die anderen aus seinem Klan hinter einer zu kleinen, grauen spanischen Wand ihre Kleidung ab. Heinrich kann nicht genau beobachten, was vor sich geht, da einer der Studenten bereits eine Kamera aufbaut, aber er erkennt zumindest, wie sich die zweite Frau des Häuptlings ziert. Ihr angenommener Name lautet Johanna und sie ist unbestritten die Schönste aus ihrem Stamm. Bereits nach ihrem ersten Auftritt in der Öffentlichkeit kamen duftende Briefe mit lodernden Liebesschwüren junger Männer für sie an, die wohl ihren Werther zu sehr verinnerlicht hatten. Nun jedoch hat sie die Hände vor ihrem Körper und schüttelt den Kopf, während ihre Kinder bereits nackt umher springen und ein Student versucht, sie zu bändigen. Die beiden Angestellten des Zoos rufen derweil immer wieder „Fertig werden!“, und „Das da auch ausziehen! Sonst helf ich nach!“ dazwischen.

Dann wird der erste Wilde in den Untersuchungsraum geführt und die wissenschaftliche Arbeit beginnt. Die Herren Professoren, alle am Institut Virchows tätig, haben sich aus ihren Mänteln geschält und die medizinische Abteilung des Tierparks zu ihrem Hoheitsgebiet erklärt. Die ersten Instrumente werden angesetzt, die ersten Daten ermittelt und notiert: „Sagittalumfang des Stirnbeins?"

Zahlenfolgen in langen Reihen sind im Raum zu hören.

„Der Hinterhauptindex?"

Es klingt so monoton wie das Ticken einer Uhr.

„Diese Hamburger Straßen sind widerlich", bemerkt einer der Professoren zwischendurch.

„Ganz Ihrer Meinung", pflichtet der zweite bei.

Ihre Studenten machen sich währenddessen mit langen Griffeln geschäftig Notizen und versuchen, die nächsten Wilden für die Untersuchungen vorzubereiten. Ein bleicher Junge in zu weiter Hose und ebenso weitem Hemd, welche er wohl von einem älteren Bruder geerbt hat, schiebt gerade einen nackten Mann vor seinen Professor:

„Hier. Komm, bitte. Keine Angst. Nix dir geschehen. Keine Angst. Bitte."

Der Professor schnäuzt sich gelangweilt und winkt den Nackten und den Studenten mit seinem bestickten Taschentuch heran.

„Stellen Sie den hier hin. Gut. Er soll seinen Kopf oben halten." Er setzt geschickt einen Ohrenhöhenmesser an und spricht in Richtung seines Kollegen: „Man könnte meinen, dass in dieser Stadt jederzeit wieder die Cholera ausbrechen könnte."

Der Student murmelt wieder beruhigende Worte, als würde er einen lauernden Hund beschwichtigen. Er drückt den Kopf des Wilden nach oben und scheint Angst davor zu haben, gebissen zu werden.

„Sorgen Sie dafür, dass der gefälligst gerade steht“, beschwert sich Professor Oderter bei dem Jungen. Dabei klopft er dem Farbigen mit einem Instrument an den Beckenknochen, um ihn dazu zu bewegen, einen Schritt nach rechts zu gehen.

Heinrich hat diesen Mann für die Ausstellung ausgewählt, da er auf Bäume klettern kann wie kein zweiter. Eine Fähigkeit, die er unter großem Beifall zweimal täglich zur Aufführung bringt. Wenn er in den Ästen noch kleine Kunststücke vollbringt, lacht er wie ein Papagei, doch jetzt sind seine Augen eng und starr. Die Sonne fällt durch mannshohe Fenster und lässt die nackte Haut des Jungen noch glatter und die dunkle Farbe noch intensiver erscheinen.

Professor Oderter tupft sich den Schweiß von der hohen Stirn. Er streicht sich über seine geleckten Koteletten, nimmt ein zangenförmiges Instrument und beginnt, den Schädel zu vermessen. Damit kann er einen Cephalischen Index erstellen und die Schädelform des Wilden einordnen - man multipliziert die größte Breite des Schädels mit 100 und teilt diesen Wert durch die größte Länge und das Ergebnis ist die Vergleichsgröße, erklärt ein unbeschäftigter Student Heinrich.

„Und überall dieses deformierte Seevolk.“

Oderters Kollege, Professor Grothe, der gerade versucht anhand einer Farbskala die Haut einer Frau einzuordnen, pflichtet ihm bei: „Da sind manche dabei wie diese hier.“

Ein Student lacht. „Und schlimmer!“, sagt er, verstummt aber sofort.

„Seien Sie nicht so vermessen, junger Freund“, bemerkt Oderter milde und setzt die Maßzange an den Kiefer seines Untersuchungsobjektes an. „Sie mögen zivilisatorische Mängel haben und früheren Stufen zugehörig sein, aber doch haben wir es bereits mit Menschen zu tun.“

Er fährt vorsichtig mit seiner Handfläche über das krause Haar des Mannes und die breiten Wangenknochen, ohne den Tasterzirkel aus der Hand zu legen. „Auch sie sind Gottes heilige Schöpfung."

Heinrich sucht Peters Blick, aber der Häuptling starrt geradeaus wie ein unbeseeltes Ding und sagt leise und fragend „Kli ki?", während der dritte Wissenschaftler, Professor Heise-Langen, still und versonnen auf das Genital des Häuptlings blickt. Peter wirft seinen Leuten immer wieder Blicke zu, die sie vielleicht beruhigen sollen, aber gleichzeitig scheint er sich über die Weißen lustig machen zu wollen. Die anderen Professoren lamentieren weiterhin munter über Hamburg und rufen ihren Studenten ununterbrochen Zahlen und Werte zu, die sie aus dem Studium der Naturkörper gewonnen haben, während andere studentischen Assistenten ebenfalls Messungen vornehmen.

„Orbita Höhe?"

„Moment noch, ich setze an..."

„Und dazu dieser Gestank. Alter Fisch und altes Wasser. Überall riecht es."

„Orbita Höhe!"

„Gewiss, gleich", bestätigt ein Student und überlegt, wie er es vermeiden kann, die unbekleidete Johanna anzusehen, während er misst. Er wendet seinen Kopf von ihrer Nacktheit ab, was seinem Hals extreme Verrenkungen abfordert, denn seine Augen lassen nicht von Johannas Körper ab.

„Vierzehn Zentimeter", sagt er zu seinem Professor. Es wird von einem anderen Studenten notiert.

Peter sagt: „Uki Uk?"

Heinrich möchte nicht hier sein. Doch Dieterich hatte darauf bestanden, dass er während der Untersuchung anwesend sei - falls die Wilden wieder Fisimatenten machen würden. Professor Heise-Langen hängt noch immer seinen Gedanken und dem Anblick des dunklen Gemächtes nach. Er philosophiert womöglich, vergleicht oder rätselt einfach nur.

„Die Waage", sagt er dann.

„Die Ohren von oben bis unten ganze 300 Millimeter" stellt Oderter fest. Sein Student nickt.

Ob er vielleicht einen Tee mit Minze bekommen könne, fragt der philosophierende Wissenschaftler in den Raum, während er die Hoden erst in seiner Hand und dann in der kleinen Waage wiegt.

„Uki Rak?", sagt Peter dabei. Er starrt auf den Kopf von Heise-Langen.

Ein Student eilt prompt zu Heinrich.

„Entschuldigen Sie – die Küche?"

„Raus und rechts durchgehen. Dann können Sie sie riechen."

Professor Oderter misst weiter.

„Nasenflügel zwei Komma zehn Zentimeter."

Der Mann mit der Farbenskala hält zwei kleine Blätter mit Beispielen für Dunkelbraun an die Haut von Johanna. Obwohl er wohl ein gestandener Positivist ist, der sich ganz dem Sammeln von Daten und Fakten als den Weg zur Weisheit verschrieben hat, scheint er sich nicht schlüssig, wie er die Haut einordnen kann. Sein wulstiger Nacken wirft weitere Falten.

„Prachtvolle Zähne. Diese Kieferstellung", bemerkt Oderter nebenbei. „Wie alt ist das Exemplar?"

Da Heinrich hier der einzige ist, der darauf Antwort geben kann, denkt er sich etwas aus: „So an die zwanzig Jahre."

Aber dieses Hamburg sei ja gar nichts, verglichen mit dem widerlichen Gestank nach Abfällen und Fäkalien, den er in Paris hatte atmen müssen, gibt Grothe kopfschüttelnd zu bedenken. „Das versteht sich von selbst", bemerkt der Philosoph Heise-Langen und lässt darauf eine Aufzählung folgen, die den grundsätzlich schmutzigen, sodomitischen Charakter des Parisers und der Franzosen allgemein beweist. Dann trägt er das Gewicht der Hoden eigenhändig in eine Tabelle ein. Aus dem Nebenraum hören sie währenddessen Peters Vater endlos in seiner Muttersprache reden. Ein Brabbeln in Zungen. Ein sprachwissenschaftlicher Student hält dem Schamanen einen metallenen Trichter vor den Mund, um es aufzuzeichnen. Ab und zu erhellt ein Blitz die Wilden. Ein Student macht Fotografien von den aufgestellten Nackten. Frontal, seitlich, dann Großaufnahmen von Gesicht, Brust, Becken und Beinstellung. Man hört ständig das Patschen von nackten Fußsohlen und das Klappern des Berliner Schuhwerks. Alles in allem herrscht ein ziemlicher Trubel.

Heinrichs Unwohlsein wächst derweil. Er wundert sich still und versucht Johannas Blick zu entgehen. Vielleicht fängt das Mädchen noch zu weinen an. Und vielleicht brüllt Peter gleich vor Lachen. Außerdem läuft ihm die Zeit davon.

„Wie lange werden Sie hier noch brauchen?“, fragt er mit Bauchgrimmen in den Raum.

„Wie viele Wilde kommen denn noch?“, fragt jemand zurück.

„Sieben“, kommt es aus dem Nebenraum, wo gerade gewogen wird.

„Zum Mittagessen dürften wir dann für heute durch sein“, erläutert der dünne Student hoffnungsvoll.

„Ukki-hu“, sagt Peter und nickt, eine Geste, die auf etwas hinter Heinrich deutet. Heinrich dreht sich um und sieht die beiden Hollands.

„Sagittalumfang der Hinterhauptschuppe?“, hört er es im Hintergrund. Der Student mit dem Tee drängelt sich zwischen den Advokaten hindurch, glättet sein Haar und eilt mit steifen Rücken zum Professor Heise-Langen, der dankbar einen Schluck nimmt und den Jungen beauftragt, die Länge des Gliedes zu ermitteln. Er kann die Augen nicht vom Körper des Häuptlings lassen.

„Auf eine sehr eigene Art vollkommen“, bemerkt er leise zu seinem Assistenten und nimmt einen weiteren Schluck.

„Kommen Sie mal?“, sagt der ältere Holland im gleichen Moment zu Heinrich. Es ist keine Frage.

„Worum geht es denn jetzt?“

„Kommen Sie doch bitte einen Moment mit hinaus.“

Vor der Tür friemelt der jüngere Holland bereits wieder in irgendwelchen Unterlagen. Währenddessen nimmt der ältere Advokat Heinrich mit freundlicher Geste beiseite.

„Ich sehe sehr wohl, dass bei Ihnen ein Durcheinander bei Verwaltungsfragen herrscht. Ich hoffe aufrichtig, dass Sie diese Probleme regeln können, in unser aller Interesse. Leider muss ich zu Kenntnis nehmen, dass Ihre kleine finanzielle Geste nicht einmal die ausstehenden Wochenzahlungen beglichen hat. Kurz: Mein Sohn hat bereits alles für eine Klage vorbereitet, ich möchte Sie nur darauf hinweisen.“

Ein weiterer Student, verschwitzt und atemlos, kommt plötzlich aus dem Raum gestolpert. Seine dunkelgrüne Halsbinde ist verrutscht und einer seiner Schnürsenkel offen.

„Die Küche?“, fragt er mit springendem Adamsapfel.

Heinrich zeigt ihm die Richtung.

„Einfach da lang.“

„Und darüber hinaus,“ fährt Holland fort, „wurde für diesen Fall einer wissenschaftlichen Untersuchung -“

„Jaja“, murmelt Heinrich ungeduldig.

„ - wurde zusätzliche, geführte Freizeit vereinbart, wenn ich das richtig in Erinnerung habe?“

Der junge Holland bestätigt es seinem Vater mit einem Nicken.

Heinrich blickt dem Studenten nach.

„Wie gedenken Sie das zu regeln?“, fragt Holland der Ältere.

„Heute noch, am besten“, wirft Holland der Jüngere ein.

Der Student ist jetzt außer Sichtweite. Die Hollands warten. Heinrich wendet sich ihnen widerwillig zu und verzieht sein Gesicht.

„Womit werden Sie eigentlich bezahlt?“, fragt er.

8

Die Einladung auf Köttewehrs Plantage war über eine der vier Telegrafenleitungen aus dem Landesinneren gekommen. Man würde sich sehr freuen, wenn der berühmte Hagenbeck-Reisende an diesem Abend erscheinen könne, um an einem Musikabend teilzunehmen und die Familie Köttewehr und ihre geladenen Gäste vielleicht mit ein zwei Anekdoten aus seinem weit gereisten Leben zu erfreuen.

Gegen fünf holte ihn ein überdachter Einspänner ab.

„Amüsieren Sie sich gut!“, hatte ihm Ludwig nachgerufen.

Eine Stunde später war Heinrich noch immer unterwegs. Ihm tat sein Rücken weh. Der Kutscher hatte bisher kein Wort gesprochen, vielleicht beherrschte er nicht einmal eine europäische Sprache. Heinrich starrte gelangweilt in den Urwald. Sein Hinterteil schmerze ebenfalls. Irgendwann sah er zwischen den Bäumen halbnackte Arbeitskräfte, die unter der Aufsicht von bekleideten Einheimischen mit Kautschuk hantierten. Er fragte sich, ob sie alle von einem Stamm waren.

Als die Kutsche das Zentrum der Plantage erreichte, dämmerte es bereits. Er sah die wandlosen Unterkünfte der

Arbeiter, dann, hinter einer Biegung, zwei landestypische, lang gestreckte Lagerhäuser und einige Schuppen, die auf besonders hohen Stelzen standen. Das weiße Gutshaus selbst tauchte einen Augenblick später auf. Es war ein zweistöckiger Bau, der wie alle Gebäude hier auf Fensterscheiben verzichtete, Tücher verhüllten dafür alle Öffnungen. Aus jeder Tür und jedem Fenster wehte weißer Stoff. Ein Haus der Geister. Noch bevor Heinrich seinen Fuß aus dem Wagen gesetzt hatte, wurden die Tücher am Eingang beiseite geschoben - es sah aus, als wäre eines von ihnen lebendig geworden. Und es sprach mit ihm.

„Sie müssen der Mann aus Hamburg sein. Der Weltreisende, nicht wahr?“ Die ganz in leichte, helle Stoffe gekleidete Hausherrin trat hervor und klatschte vor Begeisterung in die Hände.

„Kommen Sie, kommen Sie. Seien Sie herzlich Willkommen!“

Hinter dieser großen, rosigen Frau erschien ein kleiner, dunkler Diener, der die Tücher auseinander hielt. Andere Angestellte strömten herbei, um sich um die Kutsche und die Pferde zu kümmern.

„Danke für Ihre freundliche Einladung“, erwiderte Heinrich.

„Aber, aber. Wir haben zu danken. Wie schön, dass Sie sich die Zeit nehmen konnten.“ Frau Köttewehr hörte Schritte, drehte sich um und wies auf den Herren im strahlenden Leinenanzug.

„Da kommt auch schon mein Gatte.“

„Ah“, sagte dieser nur und nahm Heinrichs Hand, um sie energisch zu schütteln.

„Heinrich Hermann“, sagt Heinrich.

„Gewiss! Ferdinand Köttewehr, sehr angenehm. Ach, und bitte, nennen Sie mich Ferdinand, für übertriebene

Höflichkeit fehlt uns hier draußen der rechte Nerv. Meine ungestüme Frau Dorothea haben Sie bereits kennen gelernt."

Die Nase des Mannes leuchtete in einem ungewöhnlichen Rot und Heinrich musste darauf achten, nicht zu sehr zu starren.

„Nun kommen Sie doch hinein."

Beide geleiteten ihren Gast in das Haus, der Diener ließ die Tücher hinter ihnen zurückgleiten.

„Gleich als ich von Ihrer Ankunft hörte, sagte ich zu Ferdinand, den Mann müssen wir uns für unsere kleine Soiree angeln!"

„Gewiss", lachte Ferdinand gutmütig und legte eine Hand auf Heinrichs Schulter. „Wie war denn Ihre Reise, guter Mann?"

„Danke. Sehr angenehm."

„Er ist noch etwas schüchtern", lachte Dorothea leise.

Im Haus brannte eine Vielzahl von Kerzen und ihr rauchiger Honigduft vertrieb fast alle Gerüche des Waldes aus den Räumen. Auch hier wehten Tücher, immer und überall schien sich etwas zu bewegen, als wären die Wände selbst aus Stoff. In der Eingangshalle entdeckte Heinrich Fotografien von wilden Männern und Südseeschönheiten mit leicht gequältem Gesichtsausdruck. Der Hausherr bemerkte Heinrichs Neugier. Höchstselbst schieße er die Bilder, erklärte er. Seine Schultern wurden breiter: „Mein liebstes Steckenpferd."

„Sehr gelungen", sagte Heinrich.

Wieder wurden Tücher beiseite geschoben und sie betraten den Salon, in dem sich sechs Herrschaften angeregt unterhielten. Sie hatten Gläser mit Aperitifs in den Händen. Ein junger Mann mit schütterem Haar spielte etwas an den Tasten eines Klaviers herum, zwei Kinder saßen am Boden, drei weitere tobten auf der Veranda. Die Angestellten glitten still durch den Raum.

„Das muss er sein!“, wurde Heinrich von einem warmen, sächsischen Dialekt empfangen. Der dazugehörige rundliche Herr öffnete einladend seine Arme und kam ihm entgegen.

Köttewehr begann Heinrich den anwesenden Familien vorzustellen: „Der gute Mann hier, das ist unser Johann Güttler aus Leipzig. Ihm gehört die Miene oben im Hagengebirge – seine Frau Klara.“

Man verbeugte sich, und so gingen sie die Runde ab. Heinrich traf Christian Erlig, einen ehemaligen Major der preußischen Armee, der bereits in einigen Kolonien mit dem Aufbau von Straßen und Handelswegen beauftragt gewesen war, seine junge, energische Frau Tessa sowie die Eheleute Zur Umsteede, welche die Besitzer der größten Kokosnussplantage waren, die direkt im Süden von Friedrich-Wilhelm-Hafen lag.

„Ach, wir haben so ziemlich alle Früchte bei uns, die in diesem Land wachsen“, ergänzte Ernst zur Umsteede bescheiden. „Prächtige zwar und auch reichlich, doch an sich nichts Besonderes.“

„Sie sollten mal die eigenartigen gelben Dinger probieren, die sie dort ernten“, sagte Klara Güttler. „Wie hießen sie doch gleich?“

Doch bevor Ernst zur Umsteede antworten konnte, erhob sich der junge Mann am Piano.

„Dann können wir ja nun mit dem Konzert beginnen, nicht wahr?“ Er ließ seine Fingergelenke knacken.

Man setzte sich, nicht ohne sich vorher die Gläser füllen zu lassen. Die Kinder wurden zur Ordnung gerufen. Dorothea nahm an Heinrichs linker Seite Platz und beugte sich zu ihm.

„Sie müssen wissen, wir treffen uns zumindest einmal im Monat, um Kultur und Intellekt anzuregen und uns frisch zu halten. Wir sind hier schon wie eine Familie.“

„Man muss etwas in dieser Art organisieren, sonst faulen

einem hier auch der Verstand und das musische Empfinden ab", ergänzte Frau Güttler fröhlich, eine dünne Gestalt mit fleckiger Haut, die bereits drei Finger an die Tropenfäule verloren hatte.

Der Junge am Klavier hieß Werner und war der älteste Sohn der Erligs, die junge Dame, die sich zu ihm gesellte, war die Tochter der Güttlers, ein rothaariges, zerbrechliches Vögelein namens Heide, dessen Blick niemanden im Raum fokussierte.

„Wir werden mit einem Lied von Schumann beginnen. Eine kleine Variation aus eigener Hand zumal", erklärte Werner.

Heide hielt ihre Arme ruhig an der Seite, während sie sang, ihr Kopf hob und senkte sich leicht, ihr Brustkorb hingegen dehnte sich weit aus, bevor er wieder in sich zusammenfiel. Die meiste Zeit waren ihre Augen nun geschlossen, als würde sie in ihrem Inneren nach etwas anderem lauschen.

Heinrich betrachtete derweil die samtige, rote Tapete an den Wänden, die in den Ecken zu schimmeln begonnen hatte. Er unterdrückte einen Hustenreiz. Dann beobachtete er Heides Brustkorb.

Nach einer halben Stunde mit klassischem deutschen Liedgut und dem nicht ganz geglückten Versuch, auch etwas so Modernes wie ein Stück von Mussorgski zu wagen, verbeugten sich die Künstler.

„Ich danke euch, meine Lieben." Frau Güttler stand auf und drückte beide an ihren Busen. „Ganz zauberhaft!"

Es wurde freundlich applaudiert, während die Kinder aufsprangen und anfingen, die aufgestaute Energie in wildem Toben zu verbrauchen.

„Das sind die Momente, die mir Recht geben. In wenigen Jahren wird diese Kolonie erstrahlen und erblühen", rief der alte Erlig. Er hatte während des Konzertes unentwegt in einer kleinen, nässenden Wunde an seiner linken Hand gepult und dabei abwesend seinen Sohn und Heide angelächelt.

„Mein Freund, darauf trinken wir!“, antwortete der Hausherr.

Einige Minuten später hatten sich die Erwachsenen wieder fest geplaudert.

„Bim-Bam treibt sich wieder in der Nähe der Arbeiterunterkünfte herum“, bemerkte Ferdinand Köttwehr.

„Dieser wirre, alte Kauz.“

„Wie impertinent!“, kicherten die Damen.

„Hans benötigt jedes Mal mehr Peitschenhiebe, um ihn wieder zu vertreiben. Eine wahre Plage.“

Ein kleiner schwarzer Junge, halbnackt und kaum älter als fünf, wurde von den Kindern durch den Garten gejagt, nachdem Frau Köttelwehr energisch „Nicht im Haus!“, gerufen hatte. Sie bewarfen ihn nun mit alten Früchten, wie es Heinrich schien.

„Du triffst ihn ja gar nicht“, hörte er einen der Jungen rufen.

„Er bewegt sich ja auch!“, beschwerte sich der Ausgelachte.

„Hey, Rolf – stillgestanden!“, riefen sie darauf hin gemeinsam. Der einheimische Junge blieb stehen und ein Regen aus fauligen Tomaten ging auf ihn nieder. Diese Tomaten, einige Salate und Kartoffeln wurden von Dorothea Köttewehr selbst hinter dem Haus angebaut.

„Ich kann nicht ganz ohne“, gestand sie Heinrich, nachdem sie seinen Blick bemerkt hatte. „Ich brauche ab und an den Geschmack der Heimat. Der Kindheit, wissen Sie? Es ist alles so fern. Dabei es ist nicht einfach, hier Mitteleuropäisches anzubauen. Eine wahre Herausforderung.“

Einige Zeit später saß Rolf still an der Seite von Ferdinand Köttewehr, der dem schmutzigen Eingeborenen beiläufig Kopf und Bauch kraulte.

„Er will komischerweise gar nicht auf Bäume klettern. Faszinierend, nicht wahr?“ Er struwelte die krausen Haare des Jungen durch und rief mit der Hand voller Tomatensaat einen der Bediensteten zu sich.

„Mache ihn bitte sauber, das kann so ja nicht sein.“

Der Diener nahm Rolf an die Hand und beide zogen wortlos ab, während der Hausherr seine dicklichen Finger an einem feuchten Tuch reinigte.

Das Gespräch drehte sich lange um die Politik der Insel, vor allem um den stolzen, kurz bevorstehenden Tag, an dem Deutsch-Neuguinea den Status einer Kolonie erlangen würde. Alle waren sich einig, dass es nun endlich aufwärts gehen würde. Man vertraute ganz auf seine Majestät und dass er den überall agierenden Engländern ihre Grenzen aufzeigen werde.

Als sie bei Tisch saßen und ein Menü aus Fisch und frischem Gemüse zu sich nahmen, wandte sich die Gastgeberin an Heinrich, der sich erst ein wenig zierte.

„Wir würden wirklich gern eine Anekdote von Ihnen hören“ sagte Dorothea.

„Ja doch. Lassen Sie sich doch nicht so lange bitten!“, bestätigte Frau Erlig.

„Wenn Sie es denn wirklich wünschen“, lenkte Heinrich lächelnd ein und begann mit einer wahren Geschichte über die Suche nach einer Oase in Afrika: „Unsere Expedition war in der Hoffnung aufgebrochen, einen besonderen Stamm von Nomaden zu finden, einen, den noch niemand zuvor gesehen hatte“, erklärte Heinrich. „Nichts außer Legenden und Gerüchte waren von ihm überliefert. Nur die Ältesten wussten von ihnen und sprachen flüsternd von feuerroter Haut. Derwische aus der Hölle nannte man diese Nomaden.“

„Charmant“, hörte er Klara Güttler flüstern.

„Unsere Karawane zog durch die Wüsten des Sudan. Fünf Kamele und fünfzehn Mulatten begleiteten mich und meinen Assistenten, dazu eine zehn Mann starke Truppe aus britischen Soldaten, ohne die man uns nicht reisen lassen wollte. Es waren gefährliche Zeiten, überall gab es Aufstände, und obwohl es die Herren Kommandeure ungern zugaben, war ihre Kontrolle über das Land mehr Schein als Sein." Er nahm einen Schluck vom Wein. „Als wir die ersten Wasserlöchern erreichten, mussten wir allerdings feststellten, dass man noch nie von unseren Nomaden gehört hatte, und als wir auf ein Fort stießen – den letzten Vorposten der Briten in dieser Wüste – lachte uns die Besatzung sogar aus. Wenn wir demnächst auch nach Avalon suchten, sollten wir Bescheid geben, das würde sich wenigsten lohnen!"

„Wie impertinent!", warf Dorothea Köttewehr ein und wandte sich zu ihrem Ferdinand. „Köstlich, nicht wahr?"

Heinrich kam in Fahrt. „Doch was ein rechter Deutscher ist – gerade ein Mann in Hagenbecks Diensten – der lässt sich nicht so schnell unterkriegen! Zwei Wochen durchkreuzten wir die Wüste, zwei Wochen ohne ein Zeichen von Leben – keine Oase, keine Ansiedlung, nur Hitze und Sand. Die Wasservorräte gingen zur Neige und wir waren fast soweit, die Suche abzubrechen, als wir mitten im Nirgendwo auf zwei pechschwarze Zauberer trafen. Wir fragten sie, mehr aus Scherz, ob sie die Höllenderwische kannten – und zu unserer Überraschung erklärten uns die Männlein krächzend, wo diese Nomaden ihrer Wege zogen. Wir waren uns im Nachhinein nie ganz sicher, ob die beiden Alten nicht nur eine Fata Morgana gewesen waren. Träume unserer überspannten Sinne." Er lachte mit einem eigenartigen Unterton, den niemand der Anwesenden bemerkte. „Und wirklich – keine vier Tage später hatten wir eine Oase erreicht, die nirgends verzeichnet war. Sie müssen sich eine

Märchenlandschaft vorstellen, eine Welt aus nie gesehenen Pflanzen und exotischen Früchten, die es an keinem anderen Ort der Welt gab. Blätter groß wie Wagenräder und himmelblau, Blüten mit Kelchen, aus denen man hätte trinken können, und Vögel, die in allen Farben schimmerten, ihre Körper dabei kaum größer als mein Daumen. Sie flogen in Schwärmen umher, die aus Hunderten von Tieren bestanden, und dazu sangen diese Wesen wie Chorknaben! Doch die Menschen, die dort lebten, waren das größte Wunder. Die Legenden hatten nicht gelogen. Ihre Haut war wahrhaftig rot wie das lodernde Feuer. Sie waren so hoch gewachsen wie Wikinger und so stark wie der stärkste Russe! Sie trugen lange Krummsäbel und ihre mannshohen Speere drohten uns, doch was für Objekte sie doch waren. Ein jedes Risiko wert."

„Sie sind ja dann wohl so etwas wie ein Schmetterlingssammler", bemerkte Heide plötzlich kühl.

Heinrich starrte sie an.

„Nun -" begann er. „Nun..." Er hatte den Faden verloren.

Dorothea Köttewehr reagierte sofort und sprang ihm bei.

„Wie ist er denn eigentlich so? Der berühmte Herr Hagenbeck?"

„Nun..." versuchte Heinrich einen neuen Anfang.

„So als Mensch?"

In den nächsten Minuten antwortete er geduldig auf alle Fragen. Nach dem Stand der Dinge in der Heimat. Ob es denn wirklich so großartig um das Reich stehe? Doch er ließ Heide nicht mehr aus den Augen. Als er erklärte, warum er auf diese Insel gekommen war und welche besondere Spezies er denn dieses Mal zu fangen hoffe, bemerkte er, dass auch ihr Blick sich nicht mehr von ihm abwandte.

„Wollen Sie nicht ein paar von den Unseren mitnehmen? Wir haben hier recht viele, die vermehren sich nämlich arg“, sagte die Dame des Hauses und klimperte mit ihren Augenlidern.

„Könnte Ihnen da ein wirklich sehr günstiges Angebot machen!“, bot Ferdinand Köttewehr an.

„Nun ja“, gab Heinrich zu bedenken, „sie müssen selbstverständlich schon gewissen Standards entsprechen. Und ursprünglich und echt sein, am besten direkt aus der Natur. Es geht den Besuchern unserer Ausstellungen ja gerade um dieses Ungezähmte und Wahrhaftige. Selbstverständlich dürfen sie nicht krank sein oder wahnsinnig – soweit man letzteres überhaupt festzustellen vermag.“

Das Lachen seiner Zuhörer kam von Herzen.

„Ich möchte auch keine Wilden mitbringen, die hässlich sind.“

„Soweit man es überhaupt festzustellen vermag“, warf Frau Erlig ein. Noch lauteres Lachen erfüllte die Runde.

„Ja, man kann ja keine Entstellten zur Schau stellen. Kräftige Krieger suchen wir, Frauen, die eine universelle – wie soll ich es am besten beschreiben? – eine allgemeingültige, mütterliche Schönheit haben. Und Ältere, die robust sind und eine gewisse, rätselhafte Weisheit ausstrahlen.“

„Medizinmänner“, schlug Herr Güttler vor.

„Zumindest sollten sie als solche durchgehen können!“

Wieder Gelächter.

„Und am besten wäre es, wenn sie sehr schön tanzen und singen können.“

„Hey, Rolf, komm doch her!” Ferdinand Köttewehr schnipste mit den Fingern. “Ja, wo steckt der denn? Ha, da, ja. Hier, komm her, tanz doch mal für unseren Gast. Tanz etwas.“

Rolf, mittlerweile wieder sauber, huschte ins Esszimmer, verbeugte sich und hüpfte erst auf dem einen, dann auf dem anderen Bein.

„Hoffentlich fängt es jetzt nicht an zu regnen“, sagte Ferdinand.

Brüllendes Gelächter erfüllte den Salon und Rolf wurde mit einer Handbewegung des Hausherrn wieder verscheucht.

„Es hängt auch von ihrem Status und Besitz ab“, nahm Heinrich den Faden wieder auf. „Es ist immer besser, wenn sie ihre eigenen Waffen und Schmuckstücke mitbringen können, wenn sie selbst einen gewissen Wohlstand haben. Das vereinfacht alle Abläufe enorm und macht dann die Ausstellungen sehr authentisch. Sie arbeiten auch besser mit uns zusammen.“

„Irgendwann, Herr Hermann, werden Sie es schwer haben, die Eingeborenen zu überzeugen, mit Ihnen zu kommen“, sagte Heide. „Wir sind ja hier, um ihnen zu helfen. Wir werden sie glücklich machen. Werden Menschen aus ihnen machen.“ Die junge Güttler wurde plötzlich sehr rot, offensichtlich führte sie selten solche Reden bei Tisch. Werner Erlig sah sie währenddessen still und voller Vertrauen an, und erst jetzt entdeckte Heinrich die Verlobungsringe an ihren Fingern.

„Gut möglich, wahrhaftig. Wollen wir es hoffen“, schloss Heinrich. Das schien ihm ein guter Moment zu sein, um das Glas zu erheben und seinen Gastgebern zu danken. Er war überschwänglich in seinem Lob. Die Gesellschaft blickte zu ihm auf.

„Hört, Hört!“, echoten die Herren.

Noch überraschter als über die herzliche Aufnahme in diesen Familien war Heinrich, als sich ausgerechnet Heide später ungeniert zu ihm setzte. Ihr Verlobter saß wieder am Klavier, spielte etwas aus einer Operette und die Köttewehrs tanzten dazu. Heinrich musste gestehen, dass er den Überblick verloren hatte, wie viele Flaschen Wein an diesem

Abend bereits geleert worden waren, er wusste nur, dass er selbst es bei drei Gläsern belassen hatte.

„Wir haben heute einen vollen Mond. Ganz wie in Ihrem Wüstenmärchen. Wollen Sie mich vielleicht auf ein paar Meter begleiten. Ich möchte Luft schnappen“, sagte Heide zu ihm.

„Liebend gern.“

So bot er Heide seinen Arm an und geleitete sie ins Freie. Der Mond stand noch groß und gelb und ganz dicht über dem schwarzen Blätterdach. Sie gingen schweigend einige Schritte auf den Wald zu. Aus den Unterkünften der Einheimischen hörten sie Stimmen, vielleicht war es sogar Gesang, während hinter ihnen eine neue Melodie auf dem Klavier gespielt wurde. Es war ein Walzer.

„Ich erinnere mich kaum noch an Europa“, sagte Heide nach einigen Minuten. „Oder gar an Frankfurt.“

„Wie alt waren Sie, als - “ Doch sie unterbrach ihn.

„Erzählen Sie mir von Ihrer Stadt? Würden Sie so freundlich sein?“

Das Mädchen hielt sich an seinem Arm fest.

„Von Hamburg?“

Er spürte mehr, dass sie nickte, als dass er es sehen konnte.

Nun, sagte Heinrich. Er überlegte einen Moment lang, wo er anfangen sollte, und begann dann vom Tierpark zu berichten. Von den Menschenströmen, die mit faszinierten Augen durch die Anlage wanderten, den vielen Tieren und den Völkern, die bei Hagenbeck zu sehen waren. Sie lauschte still. Dann, er wusste nicht wie er dorthin gelangt war, schilderte er ihr den Großen Brand und den Wiederaufbau der Stadt, bei dem sein Vater als Architekt mitgewirkt hatte. „Wie zum Beispiel beim neuen Rathaus. Dem Stolz der Stadt.“ Dem Stolz seiner Familie. Er beschrieb ihr den Überfluss an Angeboten und das wilde, laute Treiben auf dem

Fischmarkt. Er erzählte vom Eisschuhlaufen auf der zugefrorenen Alster, worauf sie ihn leise bat, ihr etwas von den Eiskristallen an den Fenstern zu erzählen, von Eiszapfen und von Schneeflocken, am besten von jeder einzeln, in Form und Geschmack. Er versuchte sein Bestes.

Als sie ihre dritte Runde um das Haus begannen, erzählte er ihr, wie seine Tochter die Mönckebergstraße entlang rennen konnte. Wie Mechthild im Garten unter einer Kastanie schlief, oder wie sie am Piano saß und wie besessen sie Phrasen übte, die ihr doch nie gelingen wollten.

„Ganz im Gegensatz zu Ihrem famosen Herrn Werner", versuchte Heinrich den Bogen zu schließen. Doch Heide antwortete nicht und ließ ihre Hand nicht von seinem Arm, wo sie in der Beuge ruhte, als wolle sie dort die Nacht verweilen. Diese Berührung begann seine Nerven zu erregen. Etwas, das er zu unterbinden und durch tiefes Atmen zu kontrollieren versuchte.

Als sie das Haus auf diese Art ein weiteres Mal umrundet hatten, hörten sie Dorothea Kötteweh rufen. Ihre Stimme war bemerkenswert unsicher und fast flehend.

„Kommen Sie doch wieder hinein, ja? Heide, du kannst doch unseren Ehrengast nicht für dich allein in Anspruch nehmen." Die Dame des Hauses rief noch zwei Mal nach ihnen, doch sie streckte nicht einmal ihren Kopf zum Fenster hinaus oder trat gar auf die Veranda.

„Wollen wir?", fragte Heinrich zögerlich. Es schien ihm, als hatte das Mädchen nicht vor, sich zu fügen.

„Sie verlässt nachts das Haus nicht mehr", sagte Heide. „Sie fühlt sich beobachtet. Sie glaubt, dass im Wald die Augen der Bagal und der Tork nur auf sie warten."

Das mag sogar stimmen, dachte Heinrich. In diesen Teilen der Welt leben viele Phantome.

„Sie glaubt auch, dass die Wilden des Nachts durch ihre Fenster starren und sie beobachten und begaffen wollen. Mittlerweile fühlt sie sich sogar am helllichten Tage verfolgt."Heides Stimme wurde leiser, je näher sie dem Haus kamen und sie verstummte ganz, als Heinrich das Mädchen wieder in den Salon führte.

Die Kinder waren verschwunden und schliefen mittlerweile in den Betten des Obergeschosses. Herr Güttler saß am Klavier und sang ein derbes sächsisches Volkslied im vollen Dialekt und Zur Umsteede begleitete ihn mehr schlecht als recht auf einem mit Perlmutt besetzten Akkordeon, während Heides Mutter mit ihrem zukünftigen Schwiegersohn tanzte, so eng, dass man meinen könnte, sie selbst würde ihn morgen ehelichen. Ihr Oberlippenflaum berührte sanft Werners Wange und sie lachte herzlich dabei. Die Hausherrin saß abwesend lächelnd auf einem Sofa, Rolf lag zusammengerollt auf ihrem Schoß und sie tätschelte sein Hinterteil, bevorzugt den nackten Bereich seiner Backen. Sie betrachtete ihre Gäste wohlwollend und klatschte in die Hände, als Heinrich und Heide wieder eintraten.

„Ich glaube, es ist an der Zeit für mich", sagte Heinrich und verneigte sich vor Dorothea Köttewehr.

„Oh, nein! Sie wollen uns doch noch nicht verlassen, jetzt wo es doch gerade erst so recht gemütlich wird?"

Ferdinand, der sein Hemd bis zum Bauchnabel geöffnet hatte, drückte zärtlich Heinrichs Schulter.

„Frau Erlig hat uns versprochen, noch ein, zwei Gedichte vorzutragen – und ich lasse gerade den Mosel aus dem Keller holen. Sie wissen doch gewiss auch einen guten Weißen zu schätzen."

Heinrich schüttelte den Kopf.

„Das können Sie uns nicht antun!", rief seine Frau.

Rolf schreckte aus seinem Schlummer auf.

„Den Tropfen müssen Sie gekostet haben!“

„Bitte!“

„Eine Geschichte noch für uns. Etwas aus den Eiswelten vielleicht, von Schneestürmen und Eisbären – wissen Sie, wir können hier jede Abkühlung brauchen.“

Wieder wurde gelacht.

„Ein andermal vielleicht. Auf dem Rückweg. Bestimmt“, versicherte Heinrich.

Widerwillig ließ man Kutsche und Pferd bereitstellen, und Heinrich sprang, sich eilig verabschiedend, in den Wagen. Er neigte noch einmal den Kopf zu Heide und versprach, ihr eine Postkarte mit einer Hamburger Ansicht zu schicken.

„Was wurde denn nun aus Ihren feuerroten Derwischen?“ fragte sie ihn.

„Sie wollten ihre Oase nicht verlassen.“ sagte Heinrich. Dann stieß er dem Kutscher in den Rücken. Die Dame des Hauses war zu diesem Zeitpunkt schon wieder im Haus und es war offensichtlich, dass sich die Runde auch ohne ihren exquisiten Gast weiterhin prächtig zu amüsieren gedachte. Heinrich hörte die Kolonisten noch lange singen und rufen: „Heut lasst uns einmal tanzen wie die Wilden!“, während Heide ihm weiterhin nachblickte. Sie stand vor dem Haus, das im Mondlicht zu flimmern schien, einer Luftspiegelung gleich. Sie stand ganz still, während die Tücher um sie herum tanzten.

Die Kutsche fuhren erst wenige Minuten, als Heinrich trotz der wiedergekehrten Rückenschmerzen müde wurde. Die Dunkelheit im Wald war fast vollkommen, der Mond verschwunden. Kurz bevor Heinrich seine Augen zufallen ließ, sah er eine Bewegung.

Da war ein Gesicht gewesen.

Er hatte nur einen Augenblick gehabt, um einen alten

Mann zu sehen, der wie aus dünnen, schwarzen Ästen gebaut war, an seiner Seite stand ein Junge, ebenso dürr. Wie zwei Phantome. Beide hatten ihn angezischt und etwas zum ihm hinauf gemurmelt, ihre Astarme und langen Finger hatten dabei auf den Agenten gezeigt. Ein Spuk, der nach einem Augenblick wieder verschwunden war. Doch sein Herz raste noch, als sie wieder in der Stadt ankamen.

Der alte Bim-Bam hatte nun auch ihn verflucht.

9

Die Frauen sitzen im Kreis und flechten Palmwedel, Peter arbeitet unter den neugierigen Augen dreier Marineoffiziere an einem Pfeil. Sein Bruder an einem Speer, den er immer wieder in den hinteren Teil ihres kleinen Neuguineas mitten in Hamburg wirft, um seine Eigenschaften zu testen. Er wird mit Applaus und Rufen aufgefordert, ein weiteres Mal zu werfen. Heinrich hofft, dass das nicht zu einer Nachforderung führt.

„Wir werden dann morgen fortfahren“, sagt Professor Oderter und richtet seinen Hut.

„Gewiss“, bestätigt Heinrich.

„Sehr faszinierende Objekte sind das übrigens, in der Tat. Im ersten Augenblick glaubt man es ja kaum, aber auch ihre Werte zeigen an sich nichts Tierisches.“

„Interessant, ja.“

„Wer sind übrigens diese beiden Herren?“, fragt der Farbenmann, Professor Grothe, und weist mit einem Stock in Richtung der Hollands.

„Ach, das. Das sind... zwei Advokaten unserer Rechtsabteilung. Würden Sie mich nun bitte entschuldigen?“

Man nickt einander höflich zu. Heinrich blickt den Wissenschaftlern nach, während das Publikum ihn ungeniert anrempelt, um näher an die Wilden zu kommen. Die Professoren diskutieren angeregt und die Studenten umschwirren sie, als wären sie Putzerfische, die sich um den besten Platz streiten.

Da bekommt Heinrich wieder einen Stoß.

„Was stehen Sie denn hier im Weg?", beschwert sich ein Mann der Infanterie.

Die Deutschen aus dem Urwald sind nun also endlich zu sehen. Allerdings passiert nicht sehr viel in diesem Gatter. Der Speer ist fertig und nur ein junger Mann, der in Prospekten als „Bezwinger der Baumriesen" angepriesen wird, macht ein Feuer. Er reibt einen kurzen blanken Holzstab in die lange Rille eines Baumstammes voller Späne. Es raucht nur ein wenig aus seinem Spänehaufen. Es ist nicht ganz das, was Herr Dieterich sich unter einem guten Programm vorstellt. Die Besucher stören sich ein wenig an dieser Lustlosigkeit. Da ist man doch anderes gewohnt. Einige ignorieren aus Langeweile sogar das Fütterverbot, indem sie angebissene Würste über den Zaun werfen.

„Neger! Hier!", ruft ein Student.

„Ach, die essen nur Menschen", sagt sein Freund.

„Ich werf dich gleich rüber, du!"

Die Wurst bleibt liegen. Die Wilden haben direkt nach der Untersuchung ein reichliches Mittagessen aus eingelegtem Hering und Pellkartoffeln zu sich genommen. Sie haben in der Firmenkantine gegessen, da sie als Teil ihres Streikes die öffentliche Nahrungszubereitung und Aufnahme verweigern – normalerweise einer der Höhepunkte des Tages.

Plakate und Anzeigen werben dafür in der ganzen Stadt:

„Mahlzeiten täglich um 12 und 5 Uhr!"

Heute knabbern sie nur die Äpfel vom Nachtisch in aller Öffentlichkeit. Das Publikum kann sich kaum etwas Uninteressanteres vorstellen. Friedhelm hat einmal versucht, die einheimischen Früchte einzufärben, um sie exotischer erscheinen zu lassen, aber niemand hat seine Kreationen essen wollen.

Der junge Friedhelm ist ein Angestellter ganz nach Carl Hagenbecks Vorstellungen. Ein warmherziger und fürsorglicher Junge, der, obwohl er für Dieterichs Büro arbeitet, auch jederzeit bei den Menschen und vor allem bei den Tieren aushilft, wann immer ihm die Zeit dafür bleibt. Er liebt die Arbeit mit ihnen sehr. So wie Hagenbeck selbst. Wie oft hat der alte Herr der Belegschaft bereits die Geschichte von dem Maulwurf erzählt, den Hagenbeck als Junge mit nach Hause gebracht hatte? Sein nicht weniger tierbegeisterter Vater Gottfried Clas hatte der Familie, noch bevor sie in ihren Waschzubern zwei Seehunde ausstellten, eine Kuh, ein paar Ziegen, einen Papagei und sogar einen Affen organisiert, alles Tiere, mit denen ein Fischhändler normalerweise nichts zu schaffen hat.

Der junge Carl hatte dem Maulwurf eine eigene Burg gebaut und ging täglich auf die Suche nach Regenwürmern für ihn, bis er vergaß, die Tonne, in der der Maulwurf lebte, vor einem Unwetter abzudecken. Das Tier ertrank. Er erinnert die Belegschaft auf großen Firmenfesten gern daran, wie sehr ihn dies berührt und geprägt hat. Als Zwölfjähriger sind ihm dann auch noch ein paar Enten ertrunken. Die zweite Katastrophe. Pfleger, die solche Erfahrungen nicht teilen, die den Wert des Lebens nicht auf diese harsche Weise gelernt haben, sind bei ihm nicht sehr willkommen.

„Störe ich?“

Heinrich verliert vor Schreck fast die Fassung. Er steht seit einigen Minuten einfach nur abwesend in der Gegend rum und kommt sich nun ertappt vor, auch wenn er nicht einmal ahnt wobei. Doch hinter ihm stehen weder seine Mutter noch seine Frau – es ist Paul von Einem, mit Staffelei und Farbenkoffer. Von Einem arbeitet im Auftrag von Adolph Friedländer, dem großen Plakatdrucker und Lithografen des Tierparks.

„Nein, nein, ganz und gar nicht, kommen Sie näher. Bitte.“ Die Advokaten sind zurzeit nirgends zu sehen.

So baut von Einem seine Staffelei auf und begrüßt den Stamm, der ihn herzlich empfängt. Die beiden großäugigen Kinder von Johanna tippen auf die kleinen Farbkleckse auf der Hose des Mannes. Von Einem malt die der Werbeplakate der Firma Hagenbeck. Ob es um die neusten Erwerbungen von exotischen Tieren geht oder um Sonderereignisse wie die „Ceylon-Ausstellung“ mit Elefanten und Brahmanen - die meisten der Bilder, mit denen Hagenbeck wirbt, sind von ihm.

„Können wir?“

Als der Häuptling nickt, dirigiert von Einem die Wilden in die gewünschten Positionen. Peter wird von seiner Frauen Cordelia und Johanna umrahmt, davor stehen die drei Kinder – die beiden kleinen, zarten Jungs von Johanna sowie der ältere Sohn des Häuptlings und seiner Hauptfrau, dessen Saltos und Sprünge ihm beim Publikum den Beinamen Eulenspiegel eingetragen haben. Im Hintergrund verteilen sich die restlichen Mitglieder des Stammes. Nur der alte Vater, auf einer kleinen Holzkiste stehend, überragt alle anderen. Heinrich erkennt, dass das Bild bereits zur Hälfte fertig ist. Es zeigt einen Hintergrund aus Urwald und einer malerischen Bucht aus Sandstrand mit einem Vulkan am

Horizont und einem blauen Himmel voller exotischer Vögel. Dazu zeigen sich einige Äffchen, und im Vordergrund die Ausstellungsstücke selbst in voller Pracht. Eigentlich geht es dem Maler nur noch um die Gesichter und den Schmuck.

„Ja – wo ist denn der Schmuck?"

„Im Varieté", sagt Peter.

„Schon wieder? Ja, wie soll ich denn bitteschön zu Potte kommen, wie es der Herr Dieterich immer so grandios formuliert, wenn er nicht dafür Sorge tragen kann, dass das Zeug da ist." Den Rest murmelt der Maler in seinen Bart.

„Na gut, ist nun auch einerlei." sagt er und beginnt Farbe auf seine Palette aufzutragen.

„Und, Herr Hermann? Geht es bald wieder auf große Fahrt?"

„Zurzeit ist da für mich wohl nichts geplant." murmelt Heinrich.

„Nun, es ist ja auch mal ganz schön, zu Hause bei der Familie zu sein, nicht wahr?"

„Ja. Sie sagen es. Ich sehe meine Tochter viel zu selten. Wenn das so weitergeht, bleibe ich ihr womöglich noch gänzlich fremd."

„Ach was. Machen Sie sich keine Sorgen. Blut ist dicker als Wasser." Er rührt etwas auf seiner Palette an, um den richtigen Farbton für die Stirnen zu finden, die im Sonnenlicht glänzen.

„Und bei Ihnen?"

„Kann nicht klagen, kann nicht klagen. Es gibt viel zu tun. Hab früher immer gedacht, dass ich wie der arme Poet in Spitzwegs Bild enden werde, aber diese Werbemalerei macht sich bezahlt. Die Sache wird ja von Jahr zu Jahr wichtiger. Da sind weit mehr Anfragen und Aufträge, als ich je übernehmen könnte. Muss mir ja auch Zeit für meine eigenen Werke freihalten."

„Wie steht's da überhaupt? Sie haben mir doch eines versprochen."

„Sie können mich ja gerne mal wieder in meinem Atelier besuchen kommen. Da finden wir bestimmt etwas, das Ihnen gefallen wird."

Die drei Kinder können zu diesem Zeitpunkt bereits nicht länger stillhalten. Sie geben ihre Positionen auf, rennen um die Staffelei, lachen und jagen sich die nächsten Minuten um die Hütte.

Heinrich ist vor vielen Monaten in von Einems Atelier gewesen. Von Einem malt modern - er hat die romantischen Ideale verworfen. Er komponiert seine Bilder aus Punkten und Linien, sehr impressiv, und viele seiner privaten Motive sind ebenfalls die Völker der Welt. Heinrich ist bei diesem Besuch, der in Begleitung einer der Sekretärinnen der Einkaufsabteilung stattfand, sehr unwohl gewesen. Heinrich hatte den Eindruck, dass die Einladung des Malers nur aus Höflichkeit an sie beide gegangen war. Sie standen nebeneinander, als er sie aussprach.

„Diese Wucht", hatte die Frau bemerkt, während Heinrich schwieg, „diese Kraft." Sie meinte, sie male selbst in ihren Mußestunden, und dann hat sie den Künstler angelächelt. Heinrich hatte das Atelier allein verlassen.

„Das ist übrigens sehr gut getroffen." Heinrich beugt sich vor. „Dies ganze Panorama. Sie sind ja sicherlich noch nie da gewesen."

Von Einem lacht. „Nein. Tatsächlich."

„Das ist das Plakat für die Tournee?"

Von Einem nickt.

In diesem Moment hören sie Dieterich im Gespräch mit zwei Herren, die sich dem Zaun nähern. Die beiden Männer sind Vertreter eines Zirkus, vielleicht auch nur Schaubudenbesitzer. Es wird intensiv verhandelt.

„Wir stellen uns das so vor,“ sagt einer der beiden Zirkusbetreiber, der einen prächtig gezwirbelten Direktorenschnurrbart unter der dicken Nase hat, und rollt ein kleines Plakat aus, auf dem dürre Neger unterwürfig in Ketten tanzen.

Dieterich schüttelt den Kopf: „Das mit den Ketten geht aber nicht so ohne weiteres.“

„Ach?“

Heinrich und von Einem können die Verhandlungen problemlos mithören, lassen sich aber davon nicht stören.

„Das Bild soll in zwei Tagen in der Druckerei sein“, erzählt von Einem. „Aber ich glaube, Herr Hagenbeck braucht noch einen Spruch für das Plakat.“

„Er will ja dafür jetzt einen dieser neuen Spezialisten einstellen“, erinnert sich Heinrich.

Der zweite der beiden Zirkusleute erklärt währenddessen:

„Dazu wollten wir einen Spruch rumgehen lassen wie Dieser Kannibale würde Sie sofort verspeisen, wenn es nicht nach dem Bürgerlichen Gesetzbuch verboten wäre!”

„Sehen Sie! Von wegen Spezialisten!“, flüstert von Einem und wedelt mit seinem Pinsel. „Das kann doch ein jeder! Hier: Schaut! Die kaiserlichen Affenmenschen!“

„Die wilden Kinder des Reiches!“ stimmt Heinrich ein.

„Haben Sie sich die Verträge denn überhaupt schon angeschaut?“, fragt Dieterich.

Der Zirkusdirektor tut beleidigt: „Sicher, aber Sie müssen verstehen, dass wir nicht den edlen Wilden zeigen wollen. Unser Publikum hat einen Hang zum Derben, wenn Sie verstehen! Es soll laut und ein Krakeelen sein. Die Ketten wären nur zur Vorstellung nötig.“

„Davon gehen wir zumindest aus“, ergänzt der andere.

„Es soll sein, wie es sich die Leute vorstellen.“

„Wild. Sehr wild!“

„Bei Ihnen hier geht es doch arg gesittet zu."

„Die können doch bestimmt auch ordentlich auf den Putz hauen!"

„Herr Hagenbeck", bemerkt Dieterich trocken, „ist an sich kein Freund solch überkommenen Ausstellungsformen."

Von Einem bewegt seine Hand mittlerweile wie einen Taktstock und führt die Liste seiner Sprüche munter weiter: „Sie empfangen und gebären! Täglich neue Vorstellungen!"

„Tänze, Spiele, Rituale!" antwortet ihm Heinrich, ohne seine Aufmerksamkeit von Dieterichs Gespräch zu nehmen. Dabei sieht er zu Peters Familie und stellt fest, dass sie fast wie Statuen aussehen. Poliert und kalt, in der Mitte eines leeren Platzes.

„Das heißt, wir dürfen sie nicht in Käfige stecken?"

„Das können Sie ganz so halten, wie es Ihnen beliebt, so lange Sie es mit ihnen klären, sie einwilligen, es für eine Aufführung sein mag und es nicht ihre offizielle Unterbringung darstellt. Aber Herr Hagenbeck -"

„Haben die Neger Ringe in ihren Nasen?", fragt der Direktor dazwischen.

„Diese nicht."

„Sehr schade." Die beiden Zirkusleute sehen sich an, als würden sie darüber nachdenken, wie man diesen Mangel beheben kann.

Von Einem nähert sich in diesem Moment seinem Finale: „Und für die Hausfrau – die besten Rezepte vom Menschenfresser!"

„Wie sieht es denn mit Weiterverleihen aus?", hakt der Begleiter des Direktors leiser nach.

„Wie meinen?", fragt Dieterich.

„Nun ja: Weiterverleihen! Sie verstehen!"

„Nicht ganz." Dieterich ist sich anscheinend auch nicht sicher, ob er es hören will.

„Wissen Sie, man kann aus der unbestreitbaren Faszination dieser Kreaturen noch ein, zwei Münzen extra machen. Die laufen ja fast völlig nackt herum. Da kommen Menschen auf Ideen. Animalische Körper wecken animalische Gedanken."

„Sie verstehen!", ergänzt sein Partner verschwörerisch.

„Und als freie Geschäftsleute wollen wir nicht Moral predigen, wo Profit lacht, nicht wahr?"

„Oh, das." Dieterich winkt entnervt ab. „Ja, davon habe ich gehört, aber wirklich -"

„Die Neger bezaubern ja besonders die Damenwelt. Die eine oder andere soll sich so einen Naturburschen ja schon mal für ein paar Tage ausgeliehen haben!"

„Sie verstehen!", sagt der Partner wieder.

„Nein - aber nein, das geht ganz und gar nicht." Dieterich ist sichtlich unwohl. „Also, meine Herren. Ich bitte Sie, sehen Sie sich die Kontrakte noch einmal an. In aller Ruhe. Denken Sie daran, Herr Hagenbeck ist ein Menschenfreund, nicht nur Geschäftsmann."

„Können wir die da mal näher begutachten?", fragt der Direktor.

„Glaube nicht, aber -" Dieterich ruft nach Heinrich, der, ohne dass er direkt gefragt werden muss, schon energisch den Kopf schüttelt und auf von Einem zeigt.

„Nein. Heute leider nicht. Sie ... sie sind heute nicht abkömmlich."

„Und die Neger?"

„Wie bitte?"

„Wir möchten uns auch noch einmal die anderen Neger ansehen."

Dieterich beugt sich seinem Schicksal. „Sicher, bitte. Folgen Sie mir."

„Moment! Hallo! Hallo, Herr Dieterich!" Von Einem winkt mit seiner Palette und einige Tropfen Farbe spritzen umher.

„Wann kann ich denn mit dem Schmuck rechnen?“, fragt er, doch Dieterich schnauft nur und verschwindet mit seinen Gästen.

„Dachte ich‘s mir doch!“, lacht der Maler.

Heinrich fühlt sich in der Nähe des Malers immer ein wenig unterminiert. Als ob dieser verarmte Adel grundsätzlich einen schlechten Einfluss auf ihn hätte. Diese Menschen können sehr subversiv sein. Er denkt an den Baron von Riekke. Dann an die Holzfäller. Und dann an seinen Bruder. Dabei kommt ihm plötzlich ein Gedanke. Er wischt sich etwas Gelb von der Wange und boxt von Einem kumpelhaft auf den Oberarm.

„Sagen Sie mal, Paul, haben Sie schon einmal darüber nachgedacht, Mitglied der SPD zu werden?“

Doch von Einem schaut ihn entgeistert an.

„Ich bin Künstler!“ sagt er nur.

10

Er wurde schon kurz nach dem Aufbruch den Verdacht nicht los, dass es sich bei ihren drei Holzfällern um ehemalige Zuchthäusler handelte. Ludwig nickte bedeutungsvoll. Er solle jetzt besonders auf das Geld achten, sagte Heinrich eindringlich.

Ihr Dampfer nahm Kurs nach Ost-Südost, immer der Küste entlang, aber in gebührendem Abstand zu den Korallenriffen. Die Zimmerleute, die die neue Landungsbrücke bauen sollten, um weiteren Pionieren den Weg zu ebnen, dösten die ganze Fahrt über an Deck, während ihre dreißig einheimischen Arbeiter unter Deck eingesperrt waren.

Heinrich hielt sich die meiste Zeit an die zwei

Landvermesser und sie schwatzen über das Essen, deutsche Politik, den Kaiser und das Leben in der Ferne, während graue Qualmwolken aus den Schloten sie wie dicker Hamburger Nebel einhüllten. Es war fast so, als würde das Schiff in Flammen stehen und niemand interessierte sich dafür.

„Nein, wir werden nicht direkt in Finschhafen landen", erklärte einer der beiden Buchhalter der Handelsgesellschaft, die Landeshauptmann Bennigsen mitgeschickt hatte, um eine finanzielle Einschätzung der zu erwarteten Kosten aufzustellen. Er klang wie ein Dozent. „Dort kann man nicht mehr an Land kommen. Die Natur nimmt sich ihr Eigentum schnell zurück und in der Bucht gibt es so viele angetriebene Bäume, dass man zunächst von der Stadt her aufzuräumen hat. Nein, wir müssen zunächst einen vernünftigen Hafen einige Meilen südlich bauen – Sie müssen verzeihen, ich habe mich nie recht an das Metrische System gewöhnen können - dort gibt es einen Uferflecken ohne Sümpfe und Mangroven sowie eine Rinne im Korallenriff. Momentan kommt man zwar schon an Land, aber wir müssen etwas Solideres auf die Beine stellen und den Pfad zur Stadt befahrbar machen."

Der Mann langweilte Heinrich zu Tode. Auch die anderen Gesprächspartner an Bord hatten seine Laune nicht bessern können. Ein alter Vollmatrose und ehemaliger Soldat mit einem Backenbart wie ein schneebedeckter Urwald warnte Heinrich jeden Morgen aufs Neue vor den Einheimischen auf Neuguinea. Es gäbe Stämme, die hundert Menschen am Tage verspeisten. Stämme, die hundert Meter lange Lagerhäuser besäßen, groß wie die größten Kirchen, durch die kühlendes Wasser in meterbreiten Kanälen fließen würde und über dem an dicken hölzernen Fleischerhaken die Glieder, Köpfe und Torsos von Menschen hingen – gut gekühlt hielten sie sich lange frisch. Das Fleisch würden diese Wesen zum

Beispiel mit Bananen und Kokosmilch anrichten, manche Menschen sollen mit Früchten und anderem Fleisch gefüllt worden sein, ganz wie Weihnachtsgänse gestopft und zubereitet. Ein alltägliches, antichristliches Fest. Diese Stämme würden sogar ihre eigenen Leute fressen. Die Herrscherkaste der Priester würde singend zusehen, wie ihre Untertanen demütig und dankbar angekrochen kämen, um von ihrem gottlosen Häuptling verspeist zu werden. Manche betteln darum, für ihre Herrscher zu sterben! Die Wilden im Wald hätten nämlich keine Götter und keine göttlichen Gesetze, die sie anbeten und die ihnen Demut, Moral und Rechtsempfinden geben könnten. Keine Nation. Keinen Kaiser und keinen Sinn.

„Atheisten! Alle zusammen! Und Atheisten sind nichts anderes als Menschenfresser!" Damit bekreuzigte sich der Matrose und wünschte Heinrich viel Glück auf dieser teuflischen Insel.

„Na besten Dank auch", murmelte Heinrich zu sich selbst.

So verbrachte er wieder sehr viel Zeit an der Reling, allein, dieses Mal aber beobachtete er das Leben im klaren Wasser. Die Korallen schienen Fische anzuziehen wie eine Blumenwiese Bienen. Ein ewiges Treiben, das sich nicht um Kannibalen und Soldaten kümmerte.

Am Mittag des dritten Tages wurden sie an einem Strand voller Seegras und Tang an Land abgesetzt. Eine dichte Wolke aus Insekten schwebte über dem Ufer und dem Landungssteg von einem Meter Breite und zehn Metern Länge. Der Steg war das einzige, das auf die Anwesenheit von Menschen hindeutete, und er war es, der nun ausgebaut werden sollte. Nachdem sie ihre Pferde mit Hilfe des Krans an Land haben bringen lassen und die Tiere endlich beruhigt und gesattelt waren, ließ ihre Expedition den Dampfer und die Zimmerleute hinter sich, welche sich bereits daran machten, ihre Werkzeuge auszupacken und den Arbeitern die ersten Aufträge zu erteilten. Sie verabschiedeten sich kurz, und ritten auf ihren kleinen, brauen Pferden hinfort, die aufmerksam bei jedem Schritt nach unten blickten, als hätten sie sich in ihrem Leben schon zu oft in Schlingpflanzen verheddert. Heinrich schien es, als würde sein Tier ab und an sogar vorsichtig mit den Hufen testen, ob der schlammige Boden es auch tragen würde.

Hippen hatte ihnen die Tiere zu einem „deutschen" Preis überlassen, doch während des Kaufes hatte Heinrich sich noch mit einem Angestellten der Handelsgesellschaft herumstreiten müssen, der sich partout geweigert hatte, Reichsmark anzunehmen und darauf bestand, dass sie ihr Geld in Neu-Guinea-Mark wechselten.

„Wir pressen das hier ja nicht zu unserem Vergnügen!", hatte der Mann sich empört.

Es waren genau solche Vorgänge, die Heinrich seine Reisen mittlerweile vergällten. Bürokratie war eine Last, die er von Jahr zu Jahr weniger gewillt war zu ertragen, und in diesem Moment spürte er wieder eine alte und unbändige Sehnsucht nach der Freiheit der Wildnis, so wie er sie damals auf seinen ersten Reisen erlebt hatte. Wie lange war das bereits her?

Heinrich ritt am Ende ihrer Gruppe und spürte in diesem Moment eine Euphorie, die er auf seinen letzten Reisen vermisst hatte. Die Zivilisation lag nun endlich hinter ihm. Doch sogleich musste ein Teil von ihm sich fragen, wie lange dies wohl anhalten könnte. Dann dachte er an seinen alten Assistenten, an den zerbrechlichen Gerstenstoot, der immer mit aufgerissenen Augen in den Wald gestarrt hatte.

„Dass man etwas nicht sehen kann, heißt ja keineswegs, dass es nicht da ist", hatte der Junge dabei immer geflüstert. So, als befürchtete er die Gegenwart des Todes, nicht im übertragenen Sinne, sondern personifiziert, direkt, als hätte der Satan die Form eines gewissen Baumes oder eines bestimmten Tieres angenommen. Eines Tieres, das nun auf sie wartete. Dass der Junge nicht wusste, auf welche Art der Tod sich ihm nähern würde, ob als kaum sichtbares Insekt, als bemalter, brüllender Kriegerstamm oder als Fangarm aus der Tiefe, hatte immer an den Nerven des Mannes genagt. Heinrich dachte an ein Sanatorium und sah Gerstenstoot in einem Stuhl genesen, eine Decke um die Beine geschlungen. Kein Dschungel weit und breit.

Alles hier roch nach Leben. Feuchtes, modriges Holz, der Duft von Erde und dazu ein unendliches Meer aus Geräuschen, manche so fremd und absurd, dass sie womöglich auch von Pflanzen stammten, die mit ihren Verwandten über viele Meilen hinweg kommunizierten. Heinrich wurde noch ein klein wenig euphorischer zu Mute und so trieb er seinen zögerlichen Hengst gut gelaunt an.

Am Abend spielten sie Doppelkopf. Ludwig kümmerte sich um das Feuer und ließ alle halbe Stunde etwas von dem Pulver in die Flammen rieseln, das sie in Afrika kennen gelernt hatten und dessen blauer Rauch die Mosquitos verschreckte. Die drei Holzfäller waren überglücklich, endlich den vierten Mann zum Spielen zu haben.

„Sogar 'nen Fünften – falls unterwegs noch einer verloren geht."

„Oder massakriert wird!"

„Oder im Sumpf versinken tut!"

„Oder von den Dschungelmücken gefressen wird!"

„Oder sich im Kochtopf wieder findet!"

Sie klopften sich auf die Schenkel.

„Lustige Burschen", flüsterte Ludwig Heinrich ins Ohr und dachte sich dann auch selbst noch ein paar solcher

Vorkommnisse aus: „Oder am Fieber eingeht!"
„Oder ihm die Eier abfaul'n!" antwortete Mayer prompt.
„Oder sein Gaul mit ihm durchgeht!"
Mit der Zeit wurde eine kleine Melodie daraus und irgendwann stimmte auch Heinrich mit ein.
„Oder er sich mit einer Wilden einlässt!"
„Oder er an ‚nem flotten Otto eingeht!"
„Oder..."
Aus irgendeinem Grund hatte Heinrich die ganze Nacht über die Füchse, doch gewinnen konnten er und sein Partner Johannes trotz ihrer Herz-Zehner nur wenige Spiele. Es war ihnen gleich, sie genossen diesen Abend alle in kindlicher Freude. Es war fast wie ein Vereinsausflug in den Teutoburger Wald. Als der Qualm, den ihr blaues Pulver erzeugte, so dicht wurde, dass sie zu husten anfingen und nicht mehr aufhören konnten, beendeten sie das Spiel und krochen in ihre Zelte. Heinrich und Ludwig lagen schon in ihrem dicht beieinander, doch die Holzfäller waren sogar bereit, sich ein solches Zelt zu dritt zu teilen. Ihnen schien die Enge nichts auszumachen.

Erst kurz bevor er einschlief, fiel Heinrich auf, dass keiner hier eine Wache für nötig zu halten schien. Als er sich am nächsten Morgen danach erkundigte, antwortete ihm Johannes, der Heinrich offensichtlich seit dem gestrigen Spiel ins Herz geschlossen hatte.
„Ach Gottchen. Wozu? Wir würden se sowieso nich bemerken. Die könnten ne Stunde hinter Ihnen sitzen, direkt in Ihrem Nacken", er schlug sich mit der Hand an den Hals, „und Sie würden se nich bemerken. Glauben Se mir, spielt keine Rolle." Er klopfte Heinrich aufmunternd auf die Schulter. Heinrich sehnte sich ein wenig nach den militärischen Begleitern, die ihm in Afrika normalerweise zur Seite

gestellt wurden. Laschheiten dieser Art kamen dort nicht in Frage.

Als er die drei Holzfäller beim Packen beobachtete, gewann Heinrich den Eindruck, dass diese Herren möglicherweise gar keine Verbrecher, sondern Sodomiten waren. Drei in einem Zelt. Als er Ludwig von seinem neuen Verdacht erzählte, zuckte dieser mit den Schultern. Nun, so müsse er sich zumindest keine Sorgen mehr um das Geld machen, bemerkte sein Assistent spitz.

Als sie aufbrachen, begann es zu regnen. Kein Blitz und Donner kam über sie, es war nur ein plötzliches, mächtiges Rauschen. Die Laute des Regenwaldes verstummten und wurden durch den ohrenbetäubenden Lärm ersetzt, den die Millionen und Millionen von Tropfen auf den Blättern verursachten. Nach einer Minute waren sie alle bereits bis auf die Haut durchnässt. Ihre Pferde gingen jetzt noch vorsichtiger. Es schien Heinrich, als würden sie nur noch schleichen.

Während sie schweigend durch den Matsch ritten, fand Heinrich zumindest etwas Muße, an Mechthild zu denken, und sich zu fragen, was sie wohl heute tat. Ob sie spielte oder lernte oder ob sie sich langweilte, während ihre Großmutter ihr eine ihrer selbstverliebten Klavierstunden gab.

Gegen Mittag ließ der Regen ein wenig nach und gab ihnen Gelegenheit, die Köpfe zu schütteln und die Hosen auszuwringen. Sie blieben nass.

Eine Stunde später kamen sie über einen weiteren Hügel. Ludwig brachte sein Pferd zum Stillstand.

„Na also“, sagte Mayer und grinste.

Sie sahen eine Bucht, die selbst unter dieser Wolkendecke in hellem Lavendel leuchtete, und zu ihrer Rechten lag das Kap Cretin, eine dicht bewachsene Landzunge, auf der ein eingefallener Leuchtturm wie ein Zahnstummel aus dem Grün herausragte. Die kleinen Berge auf der gegenüberliegenden Seite verschwanden in diesem Moment hinter einem Regenguss, der sich wie ein Vorhang über die Kuppen legte. Und direkt vor ihnen, an einem kleinen Sandstrand, lagen die teilweise von Pflanzen bedeckten, leeren Häuser von Finschhafen, der aufgegebenen Stadt.

11

Noch mehr Neugier als die Wilden, die von einem bunt gefleckten Mann gemalt werden, wecken bei den Besuchern des Zoos zurzeit die drei Herren im hinteren Bereich des Kaiser-Wilhelm-Gatters. Diese Herren sehen zwar ordentlich norddeutsch aus, aber sie scheinen zumindest einen heftigen Disput auszutragen.

Heinrich und die Hollands sitzen nun seit gut einer halben Stunde auf drei Steinen und verhandeln. Wobei dies nicht die Art Verhandlung ist, wie sie Dieterich führen würde, denn es wird gefeilscht wie auf einem orientalischen Markt. Die Hollands sind offensichtlich keine Dogmatiker und Paragrafenreiter, sie sind durch und durch Pragmatiker. Mit viel Spielraum ausgestattet und einem ebenso freien Mandat. Heinrich weiß nicht, wie Peter diese Männer gefunden hat, aber die Anwälte Holland entsprechen in sehr vielen Punkten dem Charakter ihres Klienten.

Es ist schon erstaunlich, denkt Heinrich frustriert.

„Was sitzen die denn da?", will eine vollschlanke Dame wissen. Sie reckt ihren Hals weit über die Absperrung, in der Hoffnung, ein paar Wortfetzen zu erhaschen.

„Vielleicht gehören sie dazu", antwortet ihr Mann abwesend und zwirbelt an seinem Bart herum.

„Die sind doch ganz deutsch."

„Wer weiß. Und deutsch sollen die Wilden ja auch sein."

„Vielleicht sind die Wilden da dann gar keine echten, also gar keine wirklich Wilden."

„Gut möglich, gut möglich", antwortet ihr Mann versonnen, während sein Blick auf den Brüsten der wilden Frauen ruht.

„Ganz früher hat der tote Vater vom Hagenbeck doch auch angebliche nackte Riesenschweine auf dem Weihnachtsmarkt unterm Dom ausgestellt. Waren aber gar keine Riesenschweine. War nur irgendein normales Hausschwein."

„Gut möglich", sagt ihr Mann wieder.

„Oft sah man schon ein großes Schwein,
doch niemals diesesgleichen.
Drum tret ein jeder hier herein,
Die Größe zu vergleichen!"
singt seine Frau mit halb geschlossenen Augen.

„Aber groß ist es wirklich gewesen", sagt sie dann.

Ihr Mann nickt. „Sehr groß."

Die Frau blättert in ihrem Programmheft, das sie für 5 Pfennig an der Kasse erstanden hat.

„Hör mal: ‚Ihr Stammesführer Peter hingegen ist ein feingliedriger Regenwaldmensch, ein rechter Naturbursche, stark und mächtig, obwohl er fast so klein wie ein Zwerg ist, mit gewaltigen Ohren, breiter Nase und einem blitzgescheitem Gesicht. Ein ordinärer Kerl zwar, und doch voll von einem fremden Anstand. Für sein Volk hat er einen geheiligten Status, und so nimmt dieser kleine, komische Mann im Affenfell gerne die Haltung eines echten Königs ein. Kaum zu glauben, doch der stolze Wilde nennt viele Frauen sein eigen, und zwei der prächtigsten hat er sogar mitgebracht...' - Welcher von denen ist denn dieser Peter?" fragt sie.

„Ich will jetzt endlich die Waschbären sehen!", ruft ein

gelangweilter Junge mit Cowboyhut und Old Surehand Revolvergürtel dazwischen.

„Du hast doch schon die Hyänen gesehen“, sagt der Mann.

„Na und?“, antwortet das Bürschchen und zieht seinen Colt. Peng Peng!

„Ist das dort Peter?“

Nein, Heinrich kann sich einfach nicht auf die Verhandlung konzentrieren. Und neben dem Treiben im Park lenkt ihn der Gedanke an diese lästige Geburtstagsfeierlichkeit ab, auf der ihn ehedem nur Vorwürfe erwarten werden. Er muss bald Greta und Mechthild und ebenso noch die Frau und Tochter seines Bruders abholen, er müsste sichergehen, dass Torte und Getränke geliefert worden sind und vor allem -

„Ich erinnere mich wieder deutlich. Es hat ein paar Schillinge gekostet, das Schwein zu sehen.“

„Und die Bären!“, ruft der Junge dazwischen.

„Ja, auch die dummen Bären, wenn es denn sein muss.“ Endlich löst sich der Mann vom Anblick der dunklen Frauenhaut und zieht sein in Gedanken versunkenes Weib und seinen Jungen zu den Tiergehegen. „Aber zuerst zeige ich dir und deiner lieben Frau Mutter die großen Warzenschweine.“

Im Gatter gegenüber beginnt in diesem Moment der 14.00 Uhr Negerkampf vor den offenen Hütten, was die Familie ungewollt in den Bann zieht.

„Wie verunstaltet diese Urmenschen doch sind“, flüstert die Frau.

Zwei junge Männer, die eigentlich aus Madagaskar stammen, spielen für eine halbe Stunde Zulu. Nackt bis auf die Tücher, die eng um ihre Hüften geschlungen sind, beginnen sie sich umeinander zu drehen. Anfangs vergessen sie wieder, dass sie ernst machen – sie grinsen sich an, als würden sie sich auf den Spaß freuen – bis die ersten anfeuernden Rufe zweier Jugendlicher sie daran erinnern, dass sie sich grimmig anzustarren haben. Die beiden bieten dem Publikum einen vorzüglichen Ringkampf, bei dem es immer wieder scheint, als wäre der Sieger ermittelt, bis sich das Blatt doch noch wendet. Einigen Damen wird sehr heiß. Ihre Gesichter röten sich und sie versuchen, sich unauffällig den obersten Knopf zu öffnen und Luft zuzufächern. Alle bewundern die muskulösen, straffen Körper, die sich unter der Anstrengung anspannen. Zum Abschluss stampft der Sieger wild mit den Füßen und schreit drei Mal. Er bekommt freundlichen Applaus. Ein Angestellter des zuständigen Direktoriums für Reklame weist auf die kommenden Attraktionen des Tages hin. In einer halben Stunde schon würden die Grönland-Eskimos einen Jagdtanz mit Waffen aufführen, das so genannte Eisbären-Ritual.

„Verpassen Sie nicht das ursprüngliche Jagdverhalten aus den grimmigen Eiswüsten des Nordens! Sehen Sie, wie die Speere fliegen und wie sich die Jäger an ihre Beute anschleichen!“

Heinrich hört die Schlittenhunde schon bellen.

„Habe ich die Grönland-Eskimos nicht bereits vor Jahren gesehen?“, fragt der alte Holland. „Sind das noch dieselben?“

„Gott, nein. Die ersten starben ja an den Pocken. Und die zweiten sind schon ‚79 oder ‚80 nach Hause. Haben ihre achttausend Kronen verdient und sind mit Bergen an Geschenken und Mitbringseln abgereist. Die hier sind erst vor zwei Monaten angeworben worden. Eskimos gehen immer gut. Ihre Gesichter sind so anders. Außerdem kommen die bestens mit dem Klima hier zurecht.“

Der junge Holland macht sich wie immer verdächtig viele Notizen. Der Vater zerstreut das Gespräch währenddessen noch ein wenig mehr und sie unterhalten sich plötzlich über die Kleidung, die manche Völker früher hier getragen haben. Der Anwalt erinnert sich an Neger, die in weiten bunten Pluderhosen und mit Turban tanzten.

„Ach, die Zeiten sind vorbei.“ Heinrich schüttelt den Kopf. „Diese albernen Verkleidungen, mit denen wir sie früher ausstaffiert haben! Hatten wir aus dem Theaterfundus. Manchmal geliehen, die meisten gebraucht. Harmlose Späße.“

Der junge Holland sieht plötzlich enttäuscht aus.

„Schaustellerei“, entschuldigt sich Heinrich.

Damals standen die Nubier in den bunten Fantasieuniformen einer orientalischen Palastwache vor ihren Hütten, gewaltige Turbane auf ihren Köpfen und so weite Kniebundhosen an den Beinen, dass sie darin weder ihre Stammesrituale feiern noch laufen konnten. Aber niemand wusste es besser. Dass die völkerkundlichen Ausstellungen nicht zur Kurzweil, sondern auch zur Lehre und Bereicherung dienen können, hatte auch ein Hagenbeck erst lernen müssen.

Heinrich zündet sich eine Zigarette an und der junge Holland beginnt, seinem Vater Unterlagen zu reichen.

Für einen Moment ist Heinrich der Überzeugung, dass mit ihm gespielt wird. Dass sie so oder so Klage einreichen werden.

Plötzlich sieht er den Jungen im Cowboy-Kostüm wieder. Angestachelt von einem älteren Jungen im strengen Jesuitenrock beginnt er, Steine einzusammeln.

„Hallo!“, ruft Heinrich vorauseilend. Er ahnt, was da kommen wird.

„Bitte?“ Die Hollands blicken ihn an, als rechnen sie mit einem Wutanfall wie bei ihrer ersten Begegnung mit dem Agenten. Die Jungen hingegen scheinen Heinrich nicht zu hören, denn einen Augenblick später beginnen sie, ihre Steine nach den noch schwitzenden Madagaskar-Negern zu werfen.

„Hallo – Nein!“, ruft Heinrich, springt auf und blickt nach den Aufsehern, von denen er keinen entdecken kann.

„Was?“, fragen die Advokaten.

Mit zwei großen Schritten ist Heinrich am Zaun.

„Hört damit auf, ihr Bengel!“

Ein Stein trifft in diesem Moment den Rücken eines Kämpfers, der leise einen Schmerzenslaut ausstößt und sich umdreht. Daraufhin lachen die Jungen, werfen einen letzten Stein, der sein Ziel weit verfehlt und rennen hinfort, verschwinden zwischen den Beinen der Erwachsenen wie kleine Teufel, die den Trick beherrschen, sich nach Belieben unsichtbar zu machen. Einen Augenblick später erscheint nun endlich ein Aufseher auf der Bildfläche, der sich nach kurzem Zögern und einem Fingerzeig von Heinrich an die Fersen der Attentäter heftet.

Heinrich blickt sich noch einige Sekunden in den Menschenmengen nach den Eltern des Cowboy-Jungen um, aber er kann sie nirgends ausmachen. So versucht er seinen gerechten Zorn hinunter zu schlucken.

„Entschuldigen Sie die Unterbrechung“, presst er bei seiner Rückkehr hervor.

„Sicher“, sagt der ältere Holland.

„Wo sind wir stehen geblieben?“, fragt der Jüngere.

Ich weiß es nicht, denkt Heinrich. Sie führen ihre Verhandlungen fort. Es geht dabei noch immer um die finanziellen Ausgleichszahlungen, doch Heinrich laufen seine Gedanken davon. Er beginnt mehr und mehr, zu einem automatischen Nicken überzugehen.

„Können wir uns darauf einigen?“

Auf und ab. Heinrich wünscht sich, Hagenbeck wäre da. Oder Ludwig.

„Gut. Dann bleibt noch immer der Punkt der Freizeit. Des Ausgangs, würde ich sogar sagen."

Ich weiß, denkt Heinrich. Er knobelt an diesem Problem schon seit längerem herum, aber er kommt immer nur auf eine mögliche Lösung. Eine, die er nicht allen Ernstes in Betracht ziehen kann.

„Wenn das geregelt ist, können wir uns um den anstehenden abendlichen Theaterauftritt unserer Mandanten und dem vertraglich vorgesehenen Bonus kümmern, der möglichst zeitnah umzusetzen ist."

In diesem Augenblick hat Heinrich den Eindruck, dass diese Anwälte nie mehr aus seinem Leben verschwinden werden. „Wie kommen Sie überhaupt dazu, Peter zu vertreten?"

„Warum sollen wir nicht?", fragt der junge Holland augenblicklich und mit ehrlicher Verblüffung.

„Wie werden Sie denn nun überhaupt bezahlt?"

„Ich denke, dass die Vereinbarungen zwischen unseren Klienten und uns Sie nicht betreffen", sagt der Ältere.

„Schweigepflicht", ergänzt der Sohn.

„Aber keiner käme doch auch nur auf die Idee, dass die Rechtsansprüche haben. Sie haben es doch gerade gesehen. Es sind doch nur lustige Tiere, die besondere Kunststückchen vollbringen und -", doch er bricht von selbst ab.

„Vor dem Gesetz sind alle Menschen gleich", sagt der ältere Holland und er sagt es in einem Ton, als würde er eine der offensichtlichsten Fakten über die Beschaffenheit der Welt erklären. Dabei blickt er ernst und weihevoll, so dass Heinrich nur noch zorniger wird.

„Code Napoleon", sagte der Jüngere, als wolle er Heinrich eine Eselsbrücke bauen.

„Vor dem Gesetz sind alle gleich", wiederholt sein Vater.

„Wir wollen ja auch nicht vergessen – ihren Pässen nach sind diese Menschen freie deutsche Staatsbürger", ergänzt der Junior energisch.

„Oh Gott!", zischt Heinrich. Er sieht sich um, ob auch niemand im Publikum diese Worte gehört hat. „Ich bitte Sie! Still! Seien Sie still!" Er beugt sich vor und flüstert den Advokaten zu: „Bitte! Sagen Sie das bloß niemandem!"

12

Obwohl Finschhafen aufgrund einer verheerenden Malariaepidemie bereits im Jahre 1891 aufgegeben worden war, hatte Heinrichs Liste noch vier Kontaktadressen für diese Stadt zu bieten. Als Otto Finsch die Bucht entdeckt hatte, hatte es hier nichts außer Wald gegeben, und mittlerweile war dieser Zustand wieder eingekehrt. Heinrich fragte sich, warum es Pläne gab, die Siedlung neu zu gründen. Ein Ort, der von soviel Krankheit und Tod gezeichnet war, konnte kaum der rechte Platz für eine Stadt sein, in der Familien leben sollen. Johannes hatte Heinrich und Ludwig schon auf dem Dampfer wie ein alter Märchenonkel vom Untergang Finschhafens berichtet.

„Kaum zu glauben", schloss er nach langen Beschreibungen von Siechtum und Panik, „aber es sind damals wirklich alle Europäer am Fieber gestorben. Alle. Sogar der Arzt selbst." Johannes schüttelte den Kopf, aber Angst schien er bei dem Gedanken nicht zu haben. Überhaupt, hatte Heinrich den Eindruck, war Angst etwas, das die drei Holzfäller nicht kannten.

Am Ortseingang standen drei Galgen, von der Art wie Heinrich sie bisher in allen Kolonien vorgefunden hatte, und an denen ausschließlich die Einheimischen baumelten. Diese hier waren jedoch vermodert und einer der Balken stand so schräg, dass er jeden Moment umzukippen drohte. Finschhafen bestand aus kleinen, europäisch anmutenden Häusern auf dicken Pfählen. Viele Wände und Dächer waren überwachsen, viele zusammengefallen und fast schon vergessen. Heinrich fühlte sich ein wenig wie Schliemann, als dieser Troja gefunden hatte. Aber im Gegensatz zu Troja war Finschhafen nicht wirklich tot. Plötzlich tauchten Kinder auf, in kurzen Hosen und mit freien, schmächtigen Oberkörpern liefen sie ihnen voraus.

„Willkommen!", riefen sie immer wieder.

Je näher Heinrich dem Zentrum kam, desto deutlicher wurde es, dass hier Menschen lebten. Sie sahen Wäscheleinen mit feuchten Hemden und kleine Gärten, in denen Blumen und Gemüse wuchsen. Die Einheimischen hatten ganz offensichtlich die Häuser der Siedler übernommen. Es wohnte ein ganz neuer Stamm hier, der aus den christianisierten Ureinwohnern von Finschhafen hervorgegangen war. Nun verwalteten sie die Stadt selbst.

Die kleine Holzkirche zeigte sich den Reisenden dann auch in strahlendem Weiß und mit intakter Glocke, allerdings bog sich der Turm wie ein Baum im Wind. Sogar die Reichsfahne wehte noch am zusammengefallen Pier, notdürftig geflickt, aber dafür auch mit einem kleinen Zusatz im weißen Streifen, einem kleinen echsenartigen Wesen, das ein Kreuz mit seinen Pfoten hielt.

Heinrich erinnerte sich plötzlich an Hagenbecks Worte zu seiner Abreise, an das „Sie sind mein Mann", und an „Sie haben mein ganzes Vertrauen." Er fragte sich, wie ehrlich diese Worte waren und versuchte, das Ultimatum darin herauszuhören. Fieber stieg in ihm auf. Die Ergebnisse seiner letzten beiden Expeditionen waren nicht sehr beeindruckend gewesen. Heinrich hatte sich auf diesen Reisen mehr treiben lassen als wirklich gesucht, er hatte ganz auf sein Glück vertraut. Es hatte ihn auch nicht im Stich gelassen. Doch wurden seine Völker den wachsenden Ansprüchen kaum noch gerecht. Ein paar sibirische Nomaden waren gerade noch gut genug für die Kleinstädte oder Tourneen durch das provinzielle Österreich-Ungarn. Wenn diese Reise nicht zum Erfolg werden würde, würde seine nächste Reise bestenfalls in den Harz führen, dass wusste er. Vielleicht würde er dann in Zukunft Elefantenkot schaufeln müssen wie Herakles, der die Rinderställe des Augias ausmistet. Oder vielleicht würde er gar in seinen erlernten Beruf zurückkehren und zusammen mit Friedhelm als Buchhalter arbeiten. „Ich zähle auf Sie!“, hatte Hagenbeck gesagt.

Das Fieber erreichte seinen Höhepunkt, als ein wahrhaft winziger Mann auf sie zutrat.

„Kommen Sie von der Handelsgesellschaft?“ fragte er.

Zirka zwanzig ordentlich gekleidete Wilde standen vor der Kirche, um sie zu empfangen. Ein weihevoller Moment. Selbst die Kinder waren still.

„Nein, wir sind freie Reisende“, gab Heinrich freundlich zurück. Er war verblüfft, ein solches Deutsch hier zu hören, und dachte sofort darüber nach, ob diese Menschen Hagenbecks Anforderungen genügen konnten. Doch es war leider in vielen Gesichtern zu lesen, dass die Siedler, bevor die Malaria sie dahingerafft hat, gegen die Mischlingsverordnung verstoßen hatten. Nicht gut, dachte Heinrich.

Der Pfarrer und Häuptling – vielleicht auch einfach der Bürgermeister – war kaum einen Meter fünfzig groß und trug eine kleine, zerkratzte Brille, die ihm der Optiker der Stadt wohl noch vor der Epidemie geschliffen hatte.

„Kurzsichtig“, erklärte der Bürgermeister, als er die Aufmerksamkeit seines Gastes bemerkte.

Hans Wigdengart stellte sie einander vor. Einige Monate nach seiner Ankunft war Wigdengart mit ein paar Einheimischen bereits in Finschhafen gewesen, um für die Handelsgesellschaft erste Einschätzungen der Baumbestände in der Nähe der Stadt abzugeben, die einen Wiederaufbau rechtfertigen könnten. Bei dieser Gelegenheit hatte er bereits kleinere Geschäfte mit den Bewohnern abgewickelt.

„Sehr angenehm“, sagte Heinrich.

„Willkommen“, sagte Bürgermeister Beowulf.

Zu seiner Überraschung entdeckte Heinrich einen Roland aus Holz neben der Tür zur Kirche. Der Roland trug sein Schwert und seinen Schild und proklamierte auch hier die Eigenständigkeit und das Marktrecht der Stadt, ihre Freiheit und Gerichtsbarkeit. Allerdings war Rolands Gesicht das eines selig lächelnden Neuguineaners. Er trug einen besonders großen Olifant um seine Brust, der aus einer langen Muschel gefertigt und an einem Band aus Leder befestigt war. Um seinen Hals hingen Kreuze aus Holz, so viele, dass man damit rechnete, die Holzfigur würde sich jeden Moment unter der Last beugen.

Siegfried, eine junge Frau im selbst genähten Umhang einer Nonne, führte sie in eine Art Caféhaus, das sich in einer Villa mit Festungscharakter befand. Eine greise Zwergin zeigte ihnen, wie aus alten, ganzen Bohnen der hundertste Aufguss gebrüht wurde. Es schien ein wichtiges Ritual in dieser Gemeinschaft zu sein. Dieser helle Kaffee wurde in schönen Porzellantassen serviert, auf den Untertassen lagen silberne Löffel mit Gravur. Neben Beowulf und der Nonne setzten sich sechs weitere Finschhafenbürger zu ihnen.

Das hier war wohl auch so etwas wie das Rathaus, dachte Heinrich.

Die Gäste nahmen einen Schluck. Daraufhin tauschte man noch weitere Freundlichkeiten aus. Ein alter Mops lag auf einem feuchten, grünen Biedermeiersofa und kaute auf einem Ast herum. Alles hier war so zivilisiert, dass Heinrichs Hoffnung auf Vertragsabschluss schrumpfte. In einem großen Regal erkannte er zum Beispiel fünf Bände des Nibelungenliedes in verschiedenen Ausgaben und auch auf dem Tisch vor ihnen befand sich ein offenes Exemplar, zusammen mit einem ledergebundenen Neuen Testament. Auch andere germanische Heldenepen – eine wunderschöne dunkelrote Ausgabe des Iwein, das gesamte Ambraser Heldenbuch und eine Neufassung der Edda – fanden sich hier.

Während Ludwig ein Gespräch über frühe Minnesänger begann, fragte Heinrich, ob sie hier vielleicht Unterkunft finden könnten.

„Selbstverständlich. Wir freuen uns sehr, wenn Sie unsere Gastfreundschaft annehmen.“ Diese, wie fast jede weitere Aussage wurde um ein Zitat aus der Bibel ergänzt, die das Gesagte bestätigte und untermauerte, egal wie nebensächlich die Aussage war. „Denn wer da bittet, der empfängt; und wer da sucht, der findet; und wer da anklopft, dem wird aufgetan.“

Nach drei Stunden Geplauder über die Nibelungen, die Bürokratie einer sich selbst überlassenen Stadt, Märchen aus Deutschland und die Bedeutung der Lutherbibel versuchte Heinrich geschickt, aber ohne rechte Überzeugung zu den Wundern Europas im Allgemeinen und Hamburg im Speziellen überzuleiten.

Doch weder seine Ausschmückungen und die Postkarten von Zuhause noch Ludwigs vollmundige Erklärungen zum Thema Geld schienen die Finschhafener neugierig zu machen. Im Gegenteil.

„Wir werden da wohl nicht ins Geschäft kommen“, sagte Beowulf.

„Sind Sie dessen wegen hier?“, fragte Siegfried mit schrecklich klingendem Akzent.

Heinrich nickte schwach.

„Ja. Wir würden Sie wirklich gerne einladen.“

„Wie ich bereits sagen tat. Ich bedauere.“

Ludwig schwelgte noch einmal in den Bildern vom Schlaraffenland, das sie in Deutschland erwarten würde. Beowulf gähnte. Unter anderen Umständen hätte Heinrich nun trotzdem versucht, mit einigen der jungen Männer unter vier Augen zu sprechen, sie einzeln kennen zu lernen und, wenn sie was hermachten, auch zu überzeugen. Aber die jungen Männer saßen fromm und milde bei ihnen am Tisch und keinem schien der Sinn nach dieser Art von Abenteuern und Einkommen zu stehen.

Ein alter Mann, der ganz vorzügliches Deutsch sprach und wohl der weltliche Lehrer der Gemeinde war, ergänzte: „Wir haben auch bereits das wohlwollende Angebot des freundlichen Mannes aus Paris ausschlagen müssen.“

Heinrich hörte wieder von irgendwo einen Kuckuck rufen. Er seufzte.

„Wann war dieser Herr denn bei Ihnen gewesen?“

„Vor einer Woche?“, fragte Beowulf in die Runde.

„Ja.“ bestätigte ein breitgesichtiger Bursche namens Wahnfried.

„Er machte sich mit seinen Begleitern auf den Weg ins Land, er wollte Etzel suchen gehen.“

Etzel?

„Der Häuptling eines heidnischen Kopfjägerstammes. Er und sein Klan verkleiden sich als Geister und erschrecken und überfallen ab und an andere Stämme, besonders die im Süden wohnenden zwei Debti-Klane. Er lebt drei Tagesreisen mit dem Einbaum nach Osten." Dort sei Wahnfried ihm und seinen hässlichen Leuten zumindest das letzte Mal begegnet.

Heinrich lächelte. Er mochte die Idee sofort. Ein Hunnenkönig aus dem Urwald. Er sah schon die Plakate in den Straßen hängen: Hagenbeck präsentiert – eine Hermann Ausstellung. Doch wenn Debelier vor ihm dort eintrifft...

„Woher hat der Franzose denn die Boote?", fragte Ludwig.

„Nun, von uns. Wir bauen Einbäume. Wir handeln mit ihnen." In Beowulfs Stimme schwang protestantischer Eifer mit, nüchtern und ohne Stolz.

Der Mops wurde plötzlich munter und sprang auf Heinrichs Schoß.

„Wir möchten drei kaufen", sagte Heinrich, streichelte den Hund und grinste Siegfried an, die neugierig zurück lächelte. Hitze stieg wieder in ihm auf, aber es war dieses Mal sicherlich nicht das Fieber.

„Nehmen Sie Kreditbriefe, Reichs-, Neuguinea-Mark?" Sie mussten nur schnell genug sein, sagte er sich.

„Oder vielleicht auch Pferde?"

13

„Wir kommen zu spät."

„Ich weiß", entschuldigt Heinrich sich leise. „Aber im Zoo sind die Affen und Dieterich los."

Es soll ein Scherz sein, aber Greta lacht nicht, sie fuhrwerkt unbeeindruckt an einem Hut herum. Heinrich schließt eilig die Haustür hinter sich und pellt sich aus seinem Mantel.

„Deine Mutter wird nicht entzückt sein." Sie setzt den Hut auf, dann wieder ab und beginnt die Schleifen erneut zu richten.

„Ich weiß doch“, murmelt Heinrich.

Sie ist immer noch unzufrieden mit ihm. Gestern Nacht hatte sie mit zwei Küssen auf seine Schulter ihren Wunsch und ihre Bereitschaft zum Beischlaf ausgedrückt. Er hatte nicht reagiert, wie die Wochen zuvor. Nur am Tage seiner Rückkehr hatten sie die eheliche Pflicht vollzogen, sie war dabei genussvoller, als es seinem Schamgefühl entsprach. Heinrich hätte ihr auch gestern gerne den Gefallen getan, aber er fühlte sich nicht in der Lage dazu. Er war kein mechanischer Apparat, weder durch Dampf noch Strom angetrieben, noch sonst zu steuern und zu bedienen. Also hatte er ihr vorgespielt, er befände sich bereits im Halbschlaf, so als würden ihn die ersten Traumbilder ablenken und mit sich hinfort ziehen.

„Beeile dich bitte.“ Sie wird es ihm nicht geglaubt haben.

Der Duft von Plätzchen erfüllt das Haus. Anna und Mechthild hatten sie heute Mittag zusammen angerührt und gebacken, und eine Tüte ist dazu auserkoren, das Geschenk der Enkelin an ihre Großmutter zu sein. Mechthild sitzt derweil brav auf dem Sofa im Salon, blättert durch ein Kinderbuch, auf dessen Buchdeckel ein Fuchs im Anzug abgebildet ist, und lässt ihre Beine baumeln. Sie trägt ein blaues, im Marinestil gehaltenes Kleid. Heinrich hält auf seinem Weg einen Augenblick inne, um sie zu betrachten. Sie bemerkt ihn nicht.

Eigentlich hat Heinrich seiner Tochter ja versprochen, heute mit ihr und ihrem timbonesischen Zwergbären Till zu spielen. Till, den Heinrich nicht in Timbonesien gefangen, sondern in einer Zoohandlung in Bremerhaven gekauft hat, ist ein Meerschweinchen. Dass er nun keine Zeit mehr dafür hat, scheint ihn offensichtlicher trauriger zu machen als seine Tochter. Mechthild lacht ihr Buch an.

„Du kommst voran?“, fragt seine Frau.

„Ja“, antwortet er und tut geschäftig, indem er seinen Mantel aufhängt und ein paar der Stücke zu Recht rückt, die er auf seinen Reisen erworben hat. Im Korridor und der Ankleide hängen Masken afrikanischer Magier, neben der Tür zur Küche eine dreischichtige Silberkette aus kleinen, runden Platten, die der Tochter eines Beduinen gehört hat, und überall in ihrem Haus befinden sich kleine Gestalten aus Holz, Elfenbein und Stein. Im Vorbeigehen richtet er eine der neuen Masken aus Kaiser-Wilhelms-Land aus und wirft dabei noch einen weiteren Blick auf seine Tochter, die gerade auf einen orientalischen Diwan aus gelbem Samt klettert. Auf dem Beistelltisch liegt die neuste Ausgabe der „Jugend“ und wahrscheinlich lagen darunter auch neue Blätter zur Frauenfrage.

„Warst du bei Bäcker Krusen?“, ruft seine Frau.

„Dazu bin ich leider nicht mehr gekommen – aber es wird ja geliefert!“

Nun verschwindet er eilig in die obere Etage, schon allein um einem Disput auszuweichen. Im Schlafzimmer, auf dem Spiegeltisch seiner Frau, stehen mehrere kleine Figuren aus Robbenknochen – winzige Eisbären, ein Wal, eine Inuit-Familie. Heinrich lehnt die Tür an und zieht sich aus. Die Figuren lachen ihn an, während er ohne Hose sein Ebenbild betrachtet.

„Du hast ihn also noch nicht bezahlt?“, fragt Greta nach, laut genug, dass es auch im Nachbarhaus zu hören ist. Sie kommunizieren über drei Räume, eine Etage und einen Flur hinweg.

„Nein“, ruft Heinrich zurück, „Noch nicht.“

Er nimmt den bereitgelegten Anzug und überlegt, ob er sich nicht doch für einen anderen entscheiden sollte. Er zieht sich an und schaut erneut in den Spiegel. Die zwei

Narben auf seiner linken Wange scheinen zu leuchten, seine Stirn beginnt sich zu röten. Er bindet seine Krawatte.

„Erledigst du das bitte umgehend, wenn wir angekommen sind? Ich möchte nicht wieder erleben, dass dieses Gerede von wegen deinen Honoraren beginnt."

„Himmel", sagt er leise. Er muss noch mal von vorn beginnen. Dann lauter: „Ich zahl's morgen. Ich muss erst zum Bankier."

„Wieso denn das?"

Heinrich antwortet nicht. Er schlüpft jetzt doch in eine andere Weste, in der bereitgelegten drückt sich seine Taschenuhr immer so stark hervor, als hätte er ein Geschwür am Bauch. Im Bad sucht er nach Pomade, wird aber nicht fündig.

„Was ist mit dem Geld passiert?", fragt Greta.

„Wo ist denn die Pomade?", ruft er.

„Was weiß denn ich?", antwortet seine Frau. Sie steht noch immer vor dem Spiegel im Flur, betrachtet sich abschätzend, und entschließt sich, schnell eine weitere Schicht Puder aufzutragen. „Was ist mit dem Geld geschehen? Du hattest es doch gestern gehabt."

„Anna?", ruft Heinrich. „Haben Sie meine Pomade gesehen?" Er versucht es mit Speichel, aber damit sieht er nur aus wie Dieterich heute Morgen.

„Nein, Herr!", antwortet Anna aus dem Salon, wo sie die mittlerweile gelangweilte Mechthild mit einem Keks davon abhält, ihre Eltern zu stören. Das Kinderbuch hat das Mädchen beiseite gelegt und blickt nun gelangweilt zum Kronleuchter und kaut. Anna nimmt das Kind vorsichtshalber auf ihren Arm, bevor es auf die Idee kommt, durch das Haus zu stürmen.

„Dann wird die Huus morgen wieder davon anfangen, warum du eigentlich nie im Lande bist, wenn du noch nicht einmal Geld mitbringst. Ich höre sie schon."

Heinrich findet endlich seine Pomade, sie liegt unter einem frisch gewaschenen Handtuch.

„Dann lass sie halt reden", ruft er.

„Übrigens bin ich fertig", antwortet Greta, weiterhin in den Spiegel blickend und nicht minder laut.

„Ja." Er richtet seine Frisur. „Ja."

„Fahren wir jetzt lo-os?", ruft Mechthild.

„Gleich!", antworten ihre Eltern synchron.

„Gleich", bestätigt Anna und steckt ihr mit heimlicher Geste noch ein Anisplätzchen in den Mund.

„Bin soweit", ruft Heinrich zwei Minuten später. Er blickt noch einmal in den Spiegel, schaut dann vorsichtig aus dem Fenster auf die Straße und die wartenden Wagen, er nickt und seufzt und geht in den Salon, wo er seiner Haushälterin Mechthild abnimmt. Er schindet Zeit, das gesteht er sich gerne ein.

„Oh, entschuldigen Sie bitte, junge Dame, aber ich suche meine Tochter – es wurde mir gesagt, sie warte hier auf mich."

Mechthild gackert, als ihr Vater sie wieder abstellt, und verteilt dabei etwas vom Plätzchen auf Heinrichs Hose. Dann macht sie einen Knicks und Heinrich bietet ihr galant seinen Arm zum Geleit.

Im Flur richtet Greta noch einmal kurz die Locken ihres Mädchens und wischt kopfschüttelnd die Essen- und Speichelreste von ihrem Gatten. Beide lassen es still über sich ergehen.

„Ich freue mich übrigens sehr, dass wir heute zusammen ausgehen", sagt Greta versöhnlich und küsst ihren Mann auf die Wange. Er nickt, ist jetzt aber nur noch angespannter. Sie verabschieden sich von Anna und treten aus dem Haus.

Direkt vor ihnen auf der Straße stehen zwei Kutschen. In der ersten sitzen ein zaghaft lächelnder Friedhelm sowie zwei schwarzhäutige Männer in nicht ganz perfekt sitzenden, dunkelblauen Anzügen, mit Fliege und sogar Gamaschen. Das sind Peter und sein Vater. Im anderen Wagen befinden sich zwei weitere ebenso verkleidete Wilde, Cordelia, Peters Hauptfrau, in einem einfachen schwarzen Kleid, das sie bereits während der Überfahrt nach Deutschland getragen hatte, und ihr Sohn, dem sein Anzug etwas zu eng ist. Er sitzt, als hätte man ihn mit Lehm gefüllt und trocknen lassen.

„Oh, Jesus“, haucht Greta und versteinert.

Heinrich hat sich etwas zur Erklärung überlegen wollen, aber er ist nicht dazu gekommen.

„Ha! Ha!“, ruft Mechthild, klatscht in die Hände und rennt zu den Wagen.

Heinrichs Frau greift seinen Arm, wie um Halt zu finden und ihm gleichzeitig etwas Schmerz zuzufügen.

„Bitte, Heinrich, das kann nicht dein Ernst sein.“

„Lass uns fahren, wir haben keine Zeit mehr. Ich erkläre es dir unterwegs.“

„Sag es mir bitte: Das kann nicht dein Ernst sein.“

Mechthild ist bereits beim ersten Wagen, wo Friedhelm sie mit einer tiefen Verbeugung empfängt: „Immer an Bord, junge Matrosin!“, und schon springt sie zu Peter.

„Heinrich!“, zischt Greta.

„Komm“, sagt er beschwichtigend. „Es geht wirklich nicht anders, glaube mir.“

Natürlich hat Heinrich erst lang und breit mit Dieterich diskutieren müssen, bevor er mit Peter und dessen Familienmitgliedern aufbrechen konnte.

„Hagenbeck geht ja auch in den Zirkus mit ihnen und zeigt ihnen dies und das“, argumentierte Heinrich.

„Aber Sie sind nicht Hagenbeck."

Er saß im stickigen Büro des Buchalters und holte alle paar Sekunden seine Taschenuhr aus der Weste, um mit Schrecken die Zeiger zu beobachten. Dieterich hatte seine Frisur für heute verloren gegeben. Bei jedem Satz wuschelte er sich abwesend durch die Haare. Sie hörten das Hämmern und Klappern der Schreibmaschinen im Vorraum, wo die beiden Sekretärinnen fleißig Dokumente und Briefe erzeugten.

„Habe nun ich den Vertrag geschlossen oder war es doch die Firma? Wie hätten Sie es denn nun gerne?"

Dieterich, der sich hinter Bergen von Abrechnungen verschanzt hatte, ließ sich noch zehn Minuten über den Eindruck aus, den ein leeres Gatter am geschäftigsten, sonnigsten und wärmsten Nachmittag seit Wochen bei den Gästen hinterlassen würde. Doch darum ging es nicht wirklich. Eigentlich wusste keiner von ihnen, wer hier mit wem rechtsbindende Verpflichtungen eingegangen war. Beide massierten entnervt ihre Schläfen.

Das Schlimmste bei dem ganzen Schlamassel sei nämlich, dass diese Gruppe Wilder mit Anwalt in vier Tagen auf Tournee nach Köln, Frankfurt und München gehen soll – Franz Dieterich verlange doch gar nicht viel, er wolle doch nur, dass der Betrieb aufrecht erhalten werden kann. Heinrich solle ihm wenigstens versichern, dass diese Reise reibungslos ablaufen werde. Heinrich konnte nur mit der Schulter zucken und versichern, sein Bestes zu tun. Zum Beispiel, sie heute mitzunehmen.

Irgendwann winkte Dieterich einfach ab: „Meinetwegen, Hermann. Machen Sie doch, was Sie wollen."

Heinrich nickte und stand auf.

„Ich nehme Friedhelm mit."

„Bitte, bitte - von mir aus." Dieterich wedelte weiter mit der Hand. Er rief Heinrich, der schon halb aus der Tür war, noch nach: „Aber spätestens Punkt sieben Uhr sind Sie mit Peter und Konsorten im Varieté!"

Heinrich griff sich Friedhelm, der vor der Tür gewartet hatte, wo ihn die Sekretärinnen liebevoll mit Butterkeksen und Kaffee versorgt hatten. Gemeinsam rannten sie durch den Tierpark, als wären ihnen die Tiger auf den Fersen.

Peter und seine Familie hatten sich bereits umgezogen und erwarteten sie an der Lieferanteneinfahrt in den firmeneigenen Einspännern. Der Häuptling sah sehr zufrieden aus.

„Kommt Johanna nicht mit?", fragte Heinrich abwesend und sprang in den ersten Wagen. Peter schüttelte den Kopf.

„Also sind wir vollzählig?"

Alle nickten.

„Na, dann – los", hatte Heinrich daraufhin dem Kutscher zugerufen.

„Na komm - los", sagt er jetzt zu seiner Frau.

Mechthild sitzt schon auf Peters Schoß und lacht.

„Schön, dich wieder zu sehen", bemerkt Peter.

Das Mädchen nickt höflich und versucht, sich zu beruhigen.

Greta steigt nach ihrer Tochter ein und sieht dabei so bleich aus, dass Heinrich befürchtet, sie könne jeden Moment in Ohnmacht fallen.

„Guten Tag, Frau Hermann", begrüßt Peter sie.

„Guten Tag, Peter."

Heinrich setzt sich dazu, tupft sich mit seinem Einstecktuch etwas Schweiß von der Stirn, Friedhelm schließt hinter ihm die Tür und gibt das Zeichen zur Abfahrt. Einen Augenblick später macht sich die bunte Gesellschaft schweigend auf den Weg.

14

Heinrich hörte zu.

Unserdeutsch ist eine Sprache, die in Kaiser-Wilhelms-Land mit dem Beginn der Kolonialisierung entstanden war - zuerst auf der Insel Rabaul im Nordosten, wo verstoßene Bastard- und Waisenkinder in Missionen erzogen wurden und Deutsch sich mit Englisch und ihren eigenen Sprachen vermischt hatte – doch von da aus hatte sie sich über das gesamte Schutzgebiet verbreitet. Es war an sich keine große Herausforderung, dieses Sprachgemisch zu verstehen, stellte Heinrich fest. Die meisten Unterschiede zum Hochdeutschen waren im Kontext leicht zu erkennen, so zum Beispiel, dass fi gleichbedeutend mit wir war. Und die grammatischen Ungereimtheiten waren auch kaum schrecklicher mit anzuhören als beim Schwäbischen oder Plattdeutschen. Heinrich belauschte zwei Kindern in seiner Nähe, während er auf der Veranda eines dachlosen, leer stehenden Hauses saß und auf die Bucht blickte.

„I werd aufpicken“, sagte ein Junge namens Erec zu seiner Schwester Enite und ging zum Wasser. Heinrich übersetzte es sich als: „Ich werde dich abholen.“

Die beiden Kinder hatten am Strand eine schnelle Partie Schach gespielt, aber nach sehr eigenen Regeln. Der Springer sprang zwar, doch nur drei Felder in eine Richtung, der Läufer bewegte sich wie ein Bauer – nur dass er doppelt so weit kam, die Dame schien nicht vom Feld gehen zu können, aber dafür konnte sie sich auch nur wie ein König bewegen. Der König selbst hingegen war zu mehr Bewegungen fähig, als Heinrich nachvollziehen konnte.

Es war ein freundlicher Tag, der zwischen Feuchtigkeit und Hitze ein erträgliches Gleichgewicht gefunden hatte.

Ihr afrikanisches Pulver, in dünner Schicht auf der Haut aufgetragen, hielt die Blutsauger fern und ein Krug mit Finschhafener Bier stand neben ihm. Es war ein sehr dunkles und trübes Gebräu und gerade dafür recht schwach auf der Brust. Siegfried hatte es ihm gebracht, und als er sich bedankt hatte, genügte Heinrich allein ihr unschuldiger Augenaufschlag, um sich schuldig zu fühlen. Er bat im Stillen um Vergebung für die Blicke, die sie am Abend zuvor getauscht hatten. Natürlich hatte er zu viel hinein interpretiert, beschwor er sich. Sie war eine Art Nonne. Zurückhaltung ist geboten, sagte er sich. Etwas mehr Moral, Tugend und Gebet.

Also schrieb er einen Brief an Mechthild. Wie meist, würde wohl auch dieser erst lange nach seiner Rückkehr bei seiner Tochter sein.

Allerliebste Meggy,

Dein Vater denkt jede Stunde an Dich und vermisst Dich sehr.

Sehr gerne würde er jetzt im Garten mit Dir und Till spielen, doch er sitzt wieder in einem dichten, wilden Wald voller märchenhafter Tiere und Düfte. Ludwig und ich sind schon seit vielen Tagen in Kaiser-Wilhelms-Land, nachdem wir allen Seeungeheuern des Indischen Ozeans ein Schnippchen geschlagen haben. Zurzeit leben wir bei einem freundlichen Stamm deutscher Wilder, die wie Du das Nibelungenlied mögen und alle Verse auswendig können. Ihr hättet bestimmt viel Spaß zusammen, doch ach - sie wollen gar nicht mit uns kommen, Du wirst es kaum glauben!

Heinrich sah, wie Ludwig die Beladung der Boote überprüfte. Zuvor hatte sein Assistent eine Runde in der Bucht gedreht und den Bootsbauern danach anerkennend die Hände geschüttelt. Die Schiffe waren kunstvoll bemalt. Ein Drache wand sich zum Bug, wo ein Feuerschwall auf die Wasseroberfläche traf. Auf einem anderen waren alte Ritter mit Schildern und Schwertern zu sehen. Es waren verwirrende Abbildungen, da die Ritter, wie schon der hölzerne Roland vor der Kirche, die dunklen Gesichter der Einheimischen trugen.

Wir werden mit Drachenbooten tiefer in die Wildnis reisen, Boote, die je aus einem Baumstamm gehauen worden sind. Du hast solche auch schon bei Hagenbeck gesehen, die Polynesier haben solche gebaut und damit auf der Alster Kunststücke vorgeführt, erinnerst Du Dich? Du dachtest, es wären Schiffe für Puppenfamilien.

Es ging also gut voran. Doch dass Debelier, sein Konkurrent aus Frankreich, kurz vor ihnen hier gewesen sein soll, ließ Heinrich keine Ruhe. Hagenbeck hatte seine Verträge mit den Wilden immer schon nach ganz Europa weiterverkauft, anfangs vor allem nach Paris, wo der Zoo de Vincennes bereits vor über zwanzig Jahren mit der eigenständig organisierten Ausstellung der Nubier einen großen Triumph feiern konnte. Nubier, die Hagenbeck noch geliefert hatte. Doch wie zuvor auch beim Handel mit Tieren wurde der Pariser Zoo auch bei den Völkerausstellungen vom Kunden zum Konkurrenten. Obwohl es zwischen Hagenbeck und seinem alten Geschäftsfreund Geoffroy St. Hillaire mehr einem Wettkampf unter Gentlemen glich - für Heinrich und seine Kollegen war dieser Wettkampf ernst. Und nun war der Franzose in St. Hillaires Auftrag Heinrich einige Tage voraus. Tage, die Heinrich aufholen musste. Und was Jacobsen, sein firmeninterner Konkurrent, zurzeit gerade machte, wollte Heinrich schon gar nicht wissen.

Mit uns kommt ein junger Mann namens Wahnfried, der uns beim Übersetzen helfen wird. Er möchte Pfarrer werden und ich muss zu unser aller Schande gestehen, dass er die Worte des Herrn besser kennt als unsere ganze Familie und wahrscheinlich sogar besser als unser alter Pfarrer Mitten! Gestern Nacht besuchten alle in der Stadt eine Mitternachtsmesse und sie waren sehr erstaunt, dass Ludwig und ich ins Bett gingen. Zuerst hatte ich befürchtet, es sei Heilig Abend und ich wäre schon wieder wochenlang fiebrig gewesen, aber es stellte sich heraus, dass sie jede Nacht so in die Kirche gehen.

Die Finschhafener hatten ihnen nicht davon abgeraten, nach Etzel zu suchen. Es schien ihnen sogar ganz gleich zu sein, was Heinrich und seine Gruppe unternehmen würden. Es war nicht ihre Angelegenheit oder Entscheidung, und so kam nicht ein Wort der Warnung über ihre Lippen, sie blickten nur weiterhin wie auserwählt und voll allumfassender Güte. So musste Ludwig jedes Detail der Route einzeln erfragen, von den Gefahren des Flusses bis hin zu Informationen über das nächsten Dorf. Alles im allem schien Etzel weniger grausam zu sein, als sein Name vermuten ließ, aber zu einem endgültigen Urteil konnte man nicht kommen. Dafür waren die Finschhafener hellwach gewesen, als es um den Kauf der Boote ging. Man verhandelte bis in die Nacht, bevor beide Seiten zufrieden waren.

Kurz bevor sie zu Bett gingen, musste Ludwig feststellten, dass ihre Kamera nicht mehr funktionierte.

„Muss der Verschluss sein", hatte er gemurmelt und daraufhin den Apparat auseinander genommen. Die Gesänge in der Kirche begleiteten seine Arbeit. Am Morgen lagen die Einzelteile überall im Zimmer verstreut. Sie würden also keine Fotografien mehr machen können. Was nicht gut war. Hagenbeck rechnete fest mit den Bildern.

Mache Deiner Mutter nicht so viel Ärger, hörst Du?
Sei lieb und artig und lerne fleißig und ich hoffe sehr, dass Du ein frisches Stück am Klavier für Deinen alten Vater einstudiert hast, dem ich bei einer Pfeife lauschen darf, wenn ich wieder bei euch bin!

Während Heinrich die letzten Zeilen noch einmal überflog, beobachtete er, wie Siegfried aus dem Wasser stieg. Sie trug ihr selbst genähtes, dünnes Nonnenkleid, das ihr nun verrutscht war und an ihrer Haut klebte. Heinrichs Blicke währten nur Sekunden. Sie bündelte ihre langen Haare, wrang sie aus und legte sie sich auf die Schulter. Sie war zu weit weg, als dass sie Heinrich bemerkten würde, aber dieser wandte sich trotzdem ab.

Ich küsse Dich, meine Prinzessin.

Nachdem er den Brief beendet hatte, kümmerte er sich um die Buchhaltung. Er notierte die Ausgaben der letzten Tage mit Datum, Anlass und – wenn vorhanden – mit Beleg. Wenn es, wie in diesem Fall, keinen Beleg gab, ließ er sich eine Unterschrift geben. Beowulf malte jeden Buchstaben einzeln und in Druckschrift, doch trotzdem war sein Name kaum zu entziffern. Er hätte auch drei Kreuze machen können.

Dem Bürgermeister vertraute er später auch den Brief an seine Tochter an, damit dieser, wenn die Architekten und Landvermesser nach Finschhafen kamen, in deren Hände übergehen konnte.

Nach einer kleinen Mahlzeit aus Yams-Wurzeln und Süßkartoffeln, bei der Ludwig den Finschhafenern von Wagner erzählte und versuchte, etwas aus der „Götterdämmerung“ zu singen, brachen sie auf. Zuvor musste sein Begleiter versprechen, auf dem Rückweg für einen ausführlichen Auftritt zur Verfügung zu stehen.

Als Heinrich in das Boot stieg, schwankte es so bedrohlich, dass er sich flach hinwarf.

„Das kann ja heiter werden“, murmelte er.

Beowulf segnete sie vom Ufer aus, Siegfried murmelte ein Gebet und einige Kinder winkten ihnen nach.

Heinrich ließ sich wider besseren Wissens noch einmal von dieser eigenwilligen Mischlingsfrau verzaubern. Er sah Siegfried lange an. Obwohl sie so devot erschien, würde auch eine Peitsche in ihrer Hand nicht fehl am Platze wirken. Sie war von solcher Anmut, dass er versuchte, einen Weg zu finden, sie doch mit nach Deutschland bringen zu können. Sie würde Aufsehen erregen. Ganz sicher. Er spürte jedoch auch, wie sehr dieses lüsterne Drängen an seiner Kraft und seinem Verstand zehrte. Wie doch ein Blick genügen konnte, Tugend und Selbstbeherrschung zu vergessen. Keine deutsche Sitte ist das, sagte er sich leise und kraftlos, und winkte ihr flüchtig zu, ihr und dann allen anderen. Sie blickte ihn still an. Die Kinder winkten zurück.

Ihre Boote glitten gegen die träge Strömung flussaufwärts und schon nach einigen Minuten war die Stadt hinter ihnen vom Dschungel verschluckt worden, als wäre Finschhafen ein Trugbild gewesen und dieser christliche Stamm nur eine Einbildung ihrer überspannten Fantasie. Sie merkten schon sehr bald, dass diese Fahrt nicht einfach werden würde. Mangroven, die mit dem dichten Wald verschmolzen, engten den Fluss ein und immer wieder machten ihnen Baumstämme Probleme, die den Weg blockierten. Die Luft war erfüllt von Rufen, Schreien und Glucksen, Jammern und Kreischen der Vögel. Es war ohrenbetäubend und doch verschwand dieser Lärm nach kurzer Zeit wieder aus ihrer Wahrnehmung. Moskitos umschwirrten sie, doch nur wenige von den Biestern überwanden das afrikanische Pulver.

Die Zeit verstrich im Takt ihrer Schläge. Heinrich dachte plötzlich an seine erste Reise, für die er anno ‚76 seine Lehre abgebrochen hatte, um auf Hagenbecks freundlichen Vorschlag hin den Agenten Kohn nach Nubien zu begleiten. Sie hatten unter anderem Hamraner mitgebracht, Jäger aus dem Sudan, die mit ihren Waffen und ihren strahlenden, dunklen Körpern in Hamburg großen Eindruck gemacht hatten. Die Krieger trugen lederne Umhänge und gepanzerte Beinschienen und waren alle prachtvoll geschmückt. Es waren traumhafte Objekte. Diese Zwei-Meter-Männer schienen die braven, norddeutschen Frauen in Versuchung führen. Außerdem hatten sie mehrere Dutzend Tiere mitgebracht, sogar solch Außergewöhnlichkeiten wie ein schwarzes Dromedar. Sie waren damals über Triest zurückgekehrt und Heinrich hatte sich während dieser letzten Etappe geschworen, nie wieder in einem Büro zu arbeiten. Leutemann war auf dieser letzten Etappe mit dabei gewesen und hatte ihm nur zustimmen können. Obwohl gerade die Organisation des Transportes so vieler Menschen und Tiere einem Akt rationalisierten Wahnsinns glich, war es für ihn unmöglich geworden, auch nur darüber nachzudenken, von der Buchhaltung zu leben. Die ganze Zeit in Hamburg zu sein.

Hagenbeck ließ Heinrich bei seiner Ankunft eine besondere Gratifikation zukommen, hatte doch Heinrich selbst dafür gesorgt, dass die erste Nubierin, die Europa im Rahmen einer Ausstellung betrat, eine Hagenbecksche war. Ihr Name war Hadjidje gewesen und sie und ihr Schmuck wurden zur erwarteten Sensation. Ja, dachte Heinrich, das wäre was, wenn er wieder das Glück hätte, eine neue Hadjidje zu entdecken. Er begann von einem triumphalen Einzug in Hamburg zu träumen. Er sah dabei Siegfried an seiner Seite.

Kurz vor Sonnenuntergang fanden sie einen Platz für ihr Lager. Eine alte Feuerstelle lud sie geradezu ein, sie wieder zu entfachen und die bereits flach gelegenen Stellen nutzen sie als Untergrund für ihre Zelte. Offensichtlich hatten sie das erste Nachtlager Debeliers gefunden. Weit voraus konnte der

Franzose also nicht sein, dachte Heinrich. Einen Moment lag zog er in Betracht, die Nacht nicht zu schlafen und weiter zu rudern.

Wahnfried schlief unter freiem Himmel, in einem Sack aus geflochtenem Gras und Palmblättern, der so dicht war, dass Heinrich kein Blatt Papier in die Ritzen hätte schieben können. Wahnfried konnte diesen Sack von innen über dem Kopf zusammen binden und verhinderte so, dass Insekten, oder weiß der Herrgott was, ihn bis auf die Knochen abnagen oder seinen Körper zum Ablageplatz für ihre Eier und Larven machen konnten.

„Was unternehmen wir, wenn Debelier vor uns da ist und mit ihnen schon verhandelt?", fragte Ludwig, bevor sie einschliefen. Er spielte gerne den advocatus diaboli.

„Wir stören", sagte Heinrich. Sie hatten sich gerade zwei Schlucke aus Ludwigs Flachmann gegönnt, einen selbst gebrannten Obstler von Vater Kresse, und Heinrich wurde bereits etwas schwindlig. Seine Muskeln taten weh und er war erschöpft.

„Und dann machen wir ein besseres Angebot", sagte Heinrich, der versuchte, mit halb geschlossenen Augen eine Karte studierte. Dann gab er es auf und ließ sich noch einmal den Flachmann reichen.

Wirklich, dachte er. Manchmal war es so simpel. Damals, bei den Kalmüken zum Beispiel.

Ludwig hingegen grunzte und drehte sich auf den Bauch.

„Ja. Aber was machen wir, wenn er sie schon unter Vertrag hat?", fragte er. „Wenn sie vergeben sind?"

15

Als sie damals mit Hadjidje und den sudanesischen Kriegern in Hamburg ankamen, hatte Hagenbeck zehn Wagen bereitstellen lassen, in denen sich die Nubier auf ihrer Fahrt zum Tierpark zeigten, während ihnen die Dromedare wie eine Karawane folgten. Ab und zu erinnerten Kohn und Heinrich die Nubier daran, auch mal kriegerisch und nicht nur neugierig und erstaunt zu gucken, doch statt dessen lachten sie ihr Publikum weiterhin ebenso verblüfft an wie die Passanten die Fremden. Es war ein Triumphzug.

Auf halben Weg kehrten sie in ein Café ein, das schlagartig so gefüllt war, dass die drei Ober niemanden mehr bedienen konnten. Die Schönheit Hadjidjes hypnotisierte die Männer, und während die Dromedare ihren Mist auf die Straße abluden, trank die Gesellschaft je eine Tasse Kaffee und aß ein Stück Obsttorte, welche nur mit Hilfe einer Stafette an die Tische gelangten. Carl Hagenbeck hatte immer eine Ader für Spektakel und Werbung gehabt, ganz wie sein Vater.

Als Heinrichs eigene kleine Karawane vor dem Haus seines Bruder hält, finden sich gerade noch drei ältere Damen aus der Nachbarschaft und eine Gruppe von Jungen ein, um ein wenig zu gaffen.

„Willst du nicht mit Peters Vater nach hinten, in den zweiten Wagen?“, fragt Heinrich seine Tochter, die davon ganz begeistert ist und sich von dem alten Mann, dem die Krawatte offensichtlich das Atmen erschwert, auf die Schultern nehmen lässt.

Greta bleibt still. Sie wartet noch immer auf eine Erklärung. Wäre Mechthild nicht so aufgedreht gewesen, hätte die ganze Fahrt in eisigem Schweigen stattgefunden.

Peter schien ebenso wenig geneigt, mit Heinrich zu sprechen, wie dessen Frau. Greta stupst Heinrich daher nur wortlos an und zeigt zum Haus seines Bruders. Erst jetzt bemerkt Heinrich, dass seine Schwägerin Ingeborg und seine Nichte Petra bereits vor ihrer Haustür warten. Sein Bruder Gerhard ist Meister und befindet sich auf einer Sitzung der Schornsteinfegerinnung, so dass Heinrich die Aufgabe zufällt, dessen Familie zur Feier zu begleiten.

Er stolpert ihnen entgegen.

Die Blicke der beiden könnten kaum gegensätzlicher sein. Ingeborg klappt einen Fächer auf und wedelt sich Luft zu, als würde sie seit Stunden in der Sommerhitze stehen. Sie blinzelt fassungslos. Ihre Tochter Petra hingegen versucht unauffällig, ihre Rüschen zu drapieren, ohne dass sie dabei den Blick von den Fremden nimmt. Obwohl erst achtzehn Jahre alt, sucht sie bereits seit Jahren mit einer Aggressivität nach einem Mann, der ihr den Weg aus dem Heim der Eltern ebnen kann, dass es bei Ingeborg, Gerhard und ihrer Großmutter Befremden auslöst. Hinter vorgehaltener Hand sprechen sie von Unmoral und Gerhard selbst hat an einem späten Abend von ihr als „Dirne" gesprochen. Sie ist stur, soviel ist sicher. Als Vierjährige hat sie gelernt, die Luft anzuhalten, bis sie in Ohnmacht gefallen ist, nur weil sie nicht zu Bett wollte. Und als Zwölfjährige hat sie sich ihrem Cousin Alfred als Ehefrau vorgeschlagen. Sie hatte eine lange Liste an Argumenten vorbereitet, die ihre Idee wahrhaftig plausibel erscheinen ließ – es wäre zum Vorteil beider Seiten, sogar zur Freude aller.

„Sind das deine Wilden, Onkel Heinrich?", fragt sie.

Heinrich nickt der Einfachheit halber. Die beiden Frauen befinden sich in einer Wolke aus Kölnisch Wasser.

„Sehe ich auch gut aus?"

Bevor Heinrich auch das abwesend bejahen kann, kommt

Ingeborg auf ihn zu, deren Frisur wie ein Kartenhaus zusammengefallen ist. Es ist ihm fast, als hätte er gehört, wie ihr feines Arrangement aus Haaren und Nadeln bei dem Anblick der Kutschen zerplatzt ist.

„Was, also, was geht denn hier – vor?"

„Wir fahren zur Feier deiner Schwiegereltern."

„Ja, aber Heinrich, ich meine, was, was?"

„Kommt doch, wir sind spät dran." sagt er. „Nur Mut."

Petra hakt sich unaufgefordert bei ihm ein und Ingeborg folgt ihnen zögerlich, während sie die losen Haarsträhnen wieder an ihren Ort zu zwingen versucht. Ihre Tochter, zauberhaft mit ihrem schwebenden, selbstbewussten Gang, hat sich so eng in ihr Korsett geschnürt, dass sie augenblicklich wieder in Ohnmacht fallen kann, wenn es irgendeine Situation erfordern sollte. Heinrich will zusehen, dass er Abstand zu ihr hält, während seine Augen nur einmal und sehr flüchtig zu ihrem Dekolleté wandern.

Die Jungen aus der Nachbarschaft gaffen mittlerweile nicht mehr, sondern rennen schreiend in eine Seitenstraße. Peters Vater hat sie mit seinem zahnlosen Mund angeblökt. Er und Meggy lachen schon wieder. Als die Kutschen anfahren, unterhält sich Petra bereits äußerst angeregt mit Peter. Sie macht einige kokette Scherze über ihre Namensähnlichkeit und lässt ihren interessierten Blick auf seinem freundlichen, aber unbewegten Gesicht ruhen. Sie betrachtet die kantigen, männlichen Formen des kleinen Mannes sehr genau und stört sich nicht einen Moment daran, dass seine Frau im zweiten Wagen sitzt. Heinrichs Schwägerin hingegen ist bemüht, die dunklen Menschen nicht wahrzunehmen, sie weder zu hören noch zu riechen, und doch muss sie sich – während sie versucht, sich mit Greta zu unterhalten, der offensichtlich nicht nach einem Gespräch ist – ununterbrochen Schweiß von ihrem Hals tupfen.

Heinrich kommt die Fahrt länger vor als eine Expedition durch die russische Steppe. Keiner im ersten Wagen sagt noch ein Wort. Im zweiten hingegen ist die Stimmung großartig. Seine Tochter scheint die Zeit ihres Lebens zu haben.

Noch bevor die Wagen vor dem Haus seiner Eltern zum Halt kommen, springt Heinrich auf die Straße und denkt über Flucht nach. Er könnte einfach die Straße entlang rennen, bis zum Hafen. Es wäre ganz einfach. Er ist ein freier Mann. Doch gemartert von Schuldgefühlen blickt er auf seine Gesellschaft und wünscht nichts sehnlicher, als dass Ludwig und dessen Flachmann bei ihm wären. Einfach rennen, denkt er.

In dem Moment kommen auch die Hollands an. In feierlicher Garderobe und mit einem Strauß Blumen steigen sie aus einem Einspänner und winken Heinrich und Peter freundlich zu.

Zu spät, denkt Heinrich, und fügt sich seinem Schicksal. Zu spät.

16

In diesem Teil der Welt erwachte der Wald nicht, denn er schlief nie. Nichts schien in diesem Urwald zu ruhen – es lebte oder es war tot. Wobei selbst der Tod wie eine andere Art von Leben erschien, das aufgeht in Erde, Pflanzen und vor allem in Insekten.

Heinrich war mit dem Gedanken erwacht, dass alles keinen Sinn ergab. Sie würden ihren Konkurrenten nie einholen. Aber so konnte man keinen Tag beginnen. Es ist nie zu spät, sagte er sich und kroch zum Ausgang. Als er seinen Kopf aus dem Zelt steckte, flog etwas Wespenähnliches mit langen hängenden Hinterbeinen vor dem Eingang herum, doppelt so groß wie eine Hornisse. Doch nicht einmal für dieses erschreckende Wesen hatte Heinrich Augen, denn mitten in ihrem Lager hockte ein wohl zwei Zentner schwerer Orang-Utan mit zotteligem, schmutzigem Fell und stocherte mit seinen Fingern in ihrem erstorbenen Lagerfeuer herum. Heinrich beschloss, doch noch ein paar Minuten mit dem Aufstehen zu warten, zog sich fürs erste wieder zurück und weckte Ludwig.

„Wir haben einen Gast", flüsterte er ihm ins Ohr.

Als Johannes einen Moment später begann, lärmend seine Genossen anzutreiben – sie hatten gestern festgestellt, dass auch die drei Holzfäller Sozialdemokraten waren, sie trugen die Internationale sozusagen in die Welt – kamen auch die Hagenbeck-Agenten hervor und rieben sich die Augen.

Der Affe war zunächst einmal wieder verschwunden.

„Sind Sie sicher, dass da einer war?"

„Aber ja doch."

„Ich dachte, diese Viecher leben gar nicht auf dieser Insel?", bemerkte Ludwig skeptisch.

„Vielleicht hat jemand ein paar von denen aus Borneo mitgebracht, wer weiß das schon?" Ein solches Erwachen schlug Heinrich arg auf seine Stimmung. „Erinnerst du dich noch an den kleinen Geparden damals?"

„Der uns in Genua ausgebüchst ist?"

„Und Matrosen kaufen im Suff doch jedes Tier. Wie der spanische Maat mit seinen Beutelratten, die er nicht töten wollte, aber auch nicht mehr füttern konnte, weil sie sich wie dumm vermehrt hatten? Hat seine Brut letztlich bestimmt irgendwo ausgesetzt."

„Schon möglich. Ich sehe aber trotzdem keinen Affen."

Während die Holzfäller eine Kanne mit Tee aufbrühten und sich über die Bäume und die Qualität des Holzes ausließen, hatte Wahnfried nach einem gar nicht so stillen Gebet einige Früchte aufgesammelt. Er murmelte ununterbrochen: „Und du, mein Herr und Gott und Vater, schütze meine Ahnen, schütze deinen Klan hier auf Erden, schütze deinen armen Diener, deinen Gehilfen und verlasse seine Seele nicht, verlasse den Wald nicht und nicht das Getier, denn du bist der Schöne und Wahre, wie im Himmel, so auch auf Erden, Amen."

Sie frühstückten, als Heinrich Ludwig in die Rippen stieß und auf etwas deutete: Ihre Gruppe befand sich unter der aufmerksamen Beobachtung des Menschenaffen, der in einem der größten Bäume saß. Kräftige Wurzeln, deren Wuchs an sanfte Wellen erinnerte, stützen diesen Giganten, sie tauchten mit geschwungener Linie in das Unterholz ein, wo sie sich unter anderen Gewächsen versteckten. Baumstämme, die sich um Baumstämme wanden. Und im Geäst hockte der Orang-Utan wie ein König.

„Oh-ha." stellte Ludwig fest.

Heinrich starrte zu dem Primaten hinauf und fragte sich, ob dieses Tier sie mit dem gleichen Gefühl von Verwunderung betrachtete. Dieser verwachsene Baum, womöglich tausend Jahre alt, die verrückten Pflanzen, der unpassende Affe - alles hier sah für ihn aus wie das Werk eines idiotischen, Künstlers.

„Mindestens", sagte Franzchen Mayer bedeutungsvoll, doch Heinrich hatte nicht zugehört und wusste nicht worum es ging.

Aber niemand bekommt eine zweite Chance – wie Heinrichs Mutter immer zu sagen pflegt – und Wer Zeit zum trödeln hat, hat nur keinen Willen zu schaffen – wie sein Vater es gerne ausdrückte – und so paddelten sie auch an diesem Tag, noch bevor die Sonne über dem Blätterdach auftaucht war, kraftvoll und still in diese üppige Art der Leere.

Eine endlose Anzahl von Flughunden hing wie riesige, dunkle Früchte von den Bäumen herab, Vögel flatterten auf, wenn sie zu nahe kamen, und setzen sich hinter ihnen wieder ins Geäst, dazu die immer gleichen Geräusche, die für Heinrich nur noch eine andere Art der Stille waren. Es langweilte ihn maßlos.

Sie waren drei Stunden tief in die Gleichförmigkeit des Flusses gepaddelt, als Wahnfried beiläufig bemerkte, dass der reguläre Erzdampfer sie bald einholen müsse.

„Wie bitte?", blaffte Heinrich. Einen Augenblick lang blickten sich die Agenten starr an, dann versicherten sie sich, dass sie richtig gehört hatten.

„Wie bitte?", fragte er trotzdem noch einmal.

Ludwig begann zu lachten. „Die haben uns also doch über den Tisch gezogen."

„Warum habt ihr uns das nicht gesagt?", rief Heinrich zu ihrem Führer.

„Ihr habt nicht gefragt." sagte Wahnfried mit aufrichtiger Unschuld im Blick und schob sofort leise zitierte Bibelstelle nach. „Meidet allen bösen Schein."

Die Holzfäller zogen nur ihre Augenbrauen nach oben und die Stirnen kraus. Sie taten so, als ginge sie das überhaupt nichts an. Sie wurden ehedem nach Tagen bezahlt.

„Das kann ja wohl nur ein Scherz sein!", begann Heinrich zu schreien, „Eine Posse!", doch er brach ab. Er beschloss, sich nicht aufzuregen. Es wäre zu nichts nütze, sagte er sich. Eine Welle der Resignation erfasste Heinrich. Was für eine Auffassung vom Christentum hatte dieser Mensch? Wieder dachte er, dass nichts einen Sinn ergab.

Ihre Moral war für Stunden hinüber. Lustlos stocherten sie im Wasser herum. Vielleicht lag es an dieser Stimmung, dass Ludwig und Heinrich den Baumstamm übersahen.

Noch bevor sie wussten was geschah, schob sich das Bug knirschend voran in Richtung Himmel und zeigte plötzlich in die Luft. Als sie aufschrieen und mit ihren Paddeln wedelten, als wären es Flügel, war es bereits zu spät. Sie klatschten rücklings in den Fluss, das Boot kenterte und sogar mit den Köpfen unter Wasser hörten sie, wie ein Paddel zerbarst. In der darauf folgenden Stille und in der grünen Dunkelheit des Flusses glaubte Heinrich für einen kurzen Moment, sich seinem Gewicht hingeben zu wollen, dann strampelte er. Aufgetaucht schnappten sie nach Luft.

„Das Gepäck! Unser Zelt!“, schrie Heinrich mit einer Stimme, die ihm selbst viel zu panisch erschien. Ludwig schwamm, trotz des Rucksacks auf seinem Rücken, den beiden Ballen hinterher und prustete dabei durch seinen Bart. Die beiden anderen Boote mit Johannes und Wahnfried sowie Widgengard und Mayer kehrten in kleinen Bögen um, gerade als Ludwig zu lachen begann. Er hatte ihr Zelt verfehlt und es stattdessen weiter fort gestoßen. Die beiden Bündel trieben nun voneinander weg und eine Entscheidung war erforderlich. Das zweite Paddel war währenddessen schon außer Sicht, vielleicht hing es irgendwo in den Schlingpflanzen und Mangroven am Ufer, oder es war auf seinem Weg zum Meer.

„Was ist wichtiger?“, lachte Ludwig Heinrich zu und schwamm schon dem Zelt nach. Johannes und Wahnfried stoppten bei Heinrich, der sich an dem Boot festhielt.

„Und jetzt?“

„Zum Ufer“, sagte Wahnfried und zitierte etwas Passendes aus der Bergpredigt. Ludwig hatte endlich ihr Zelt gepackt, doch die Strömung zog ihn mit dem Bündel weiter flussabwärts. Sie waren an einer der am wenigsten geeigneten Stellen für eine Schwimmrunde gekentert. Widgengard und Mayer paddelten ihm kraftvoll entgegen.

„Seht ihr schon Krokodile?“, schrie Ludwig ausgelassen.
„Ich rechne jeden Moment mit ihnen!“, rief Heinrich wassertretend zurück. Sein gestärkter Hemdkragen verlor die Form, was ihm bis dahin nicht einmal im Regen passiert war.

Wahnfried zeigte plötzlich auf etwas, das das Wasser teilte und auf Ludwig zuhielt.
„Oh, Schiete“, hörte Heinrich Johannes zischen.
„Der blöde Affe!“, kommentierte Widgengard gewitzt und dann sah auch Ludwig den Orang-Utan auf sich zukommen. Der Primat teilte das Wasser mit kräftigen Schwimmzügen, irgendwo zwischen Hundepaddeln und Brustschwimmen.
„Oh-hoho.“ Ludwig trennten nur noch wenige Meter vom Boot, aber unter der Last seines nassen Rucksacks und des in der Strömung gefangenen Zeltes würde der Affe vorher bei ihm sein. Wahnfried rief etwas, das weder Deutsch noch ein Unser- oder Küchendeutsch war, und der Affe schien es zu hören und zu verstehen, aber er hatte sich wohl entschlossen, es zu ignorieren. Wahnfried redete weiter mit ihm. Der Orang-Utan spuckte Wasser.
„Kennst du diesen Affen?“, fragte Heinrich. Das Wasser des Flusses war von sehr angenehmer Temperatur, nur etwas zu trübe, um sich darin entspannen zu können. Er ahnte nicht, was für Kreaturen in diesen Gewässern auf ihn lauern konnten – abgesehen von Primaten, meinte er. Heinrich dachte an große Egel, an Fische mit zwei Mäulern, und an dünne und endlos lange Wasserschlangen. Dann erreichte der Affe Ludwig. Keine zwei Augenblicke später hatte der Orang-Utan dem Assistenten trotz heftiger Gegenwehr das Paket entrissen und schwamm mit seiner Beute zum Horizont, während Mayer und Widgengard den enttäuschten Ludwig an ihr Boot hängten. Der Assistent spie eine Fontäne Wasser aus.

„Gunther ist bei uns aufgewachsen. War ganz klein, als Siegfried ihn finden tat“, erklärte Wahnfried eine halbe Stunde später. Die Agenten saßen wieder in ihrem Drachenboot und Ludwig hatte eines der Paddel von Johannes und Wahnfried bekommen. Nun waren sie so langsam, dass Heinrich die Hoffnung aufgab, den Franzosen einzuholen. Er war deprimiert und ärgerlich.

„Allerdings tat er bei seiner Taufe irre werden und büchste aus und dann schwamm einfach er davon. Dann verschwanden Dinge. Töpfe und Bücher und Daunenkissen. Dann haben wir lange nicht gewusst, wer das war, dann aber schon, denn Gunther kam oft zurück. Er ist ein Dieb geworden. Ist nicht getauft worden“, sagte Wahnfried, als würde es alles erklären.

„Ihr tauft Tiere?“, fragte Ludwig. Heinrich fragte sich, was der Affe mit all den geklauten Gegenständen vorhatte. Vielleicht wollte er einen Handelsposten eröffnen und vorbeiziehende Reisende übervorteilen, wie er es bei seinen menschlichen Zieheltern gelernt hatte.

Langsam und mühsam ging es weiter. Die Männer in den Booten mit nur einem Paddel mussten sich jede Viertelstunde abwechseln. Sie fanden partout keine Stelle, an der sie an Land hätten gehen können, um sich Ersatz aus den Bäumen zu hacken. Damit nicht genug – kaum zwei Stunden später erschien das nächste Hindernis. Ein toter Baum mit hundert schwarzen Skelettarmen, an denen hundert schwarze Skelettfinger hingen, ragte waagerecht über den Fluss, und nur Gott allein wusste, was ihn noch hielt. Sie mussten mit ihren Nasen bis auf den Boden der Boote, um darunter hindurch zu passen, und wehrten die Zweige mit den verbliebenen Paddeln ab.

„Das macht mir keinen Spaß mehr“, murmelte Heinrich dem Kiel zu.

„Sie taufen wirklich ihre Tiere“, sagte Ludwig, den diese Idee ganz gefangen nahm.

Als sie wieder auftauchten, sahen sie sieben Boote voller nackter, bewaffneter, mit farbigem Schlamm beschmierter Krieger, die anfingen, sie wie von Sinnen anzubrüllen. Sie fuchtelten mit ihren Speeren und dabei ließen sie mit ihren Paddeln Wasser spritzen.

Heinrich fiel vor Schreck hintenüber. Er schrie in Todesangst, nur eine Sekunde lang, bis er sich den Hinterkopf an einem Ast stieß. Dann verstummte er und tauchte ins Wasser ein. Durch das heftige Schwanken des Bootes aus dem Gleichgewicht gebracht, fiel Ludwig gleich wieder hinterher.

Ich will nach Hause, war Heinrichs letzter Gedanke.

17

Als Heinrich vor dem Haus seiner Eltern, dem Haus seiner Kindheit, steht, wird ihm schwindlig. Muss ein Schub des Fiebers sein, denkt er. Er schließt die Augen, atmet ruhig und beschließt, sich bei nächster Gelegenheit ein, zwei Tropfen Heroin zu gönnen. Nur zur Sicherheit. Zur Beruhigung. Vielleicht sollte er sogar eine Runde ausgeben. Für alle.

Er hält die Tür der Kutsche auf und alle steigen aus, die Wilden äußerst zurückhaltend, die Damen etwas unbeholfen, nur Meggy springt umher, als wüsste sie nicht wohin vor Aufregung. Die Hollands und Peter beginnen sofort zu tuscheln. Kurz bevor sie den Garten hinter der Villa betreten, kommt ihnen Heinrichs Bruder Wolfgang entgegen. Wolfgang stolpert, fängt sich, und zieht die Augenbrauen zusammen.

„Habe ich Visionen?"
„Gewiss sogar", antwortet Heinrich.
Wolfgang begreift plötzlich, was er sieht. „Dir haben sie wohl ins Gehirn geschissen und vergessen zu ziehn, oder was?", zischt er.
„Riechst du es auch?", sagt Heinrich.
Wolfgang starrt ihn an.
„Oder hast du eine Mutprobe am Laufen, oder wie?"
„Ich weiß auch nicht. Aber ich brauche ein Glas Wasser." Damit lässt Heinrich seinen Bruder stehen und geleitet die bunte Gesellschaft weiter. Sie betreten den Garten. Heinrich hat aus einem unerfindlichen Grund einen Tusch erwartet, aber das Streichquartett verspielt sich nur. Die kleine Dissonanz lenkt die Aufmerksamkeit der Gäste auf die Musiker und von dort wandern die Augen zu den Neuankömmlingen. Commerzienrat Riegele hat das Privileg, als erster zu reagieren.
„Donnerwetter", sagt er.
Eine Frau fällt in Ohnmacht, doch Gott sei Dank saß sie bereits auf einer Bank. Ihr Mann und ihr Sohn lockern ihr umgehend die Korsage und Doktor Buthen eilt ihr zur Hilfe. Bei den Rosenstöcken kommt Getuschel auf, dort wo die Geschwister von Heinrichs Vater beieinander stehen. Ansonsten bleibt es überraschend friedlich.

Der Garten ist feierlich bekränzt. Die Bäume sind an den Stämmen und an den unteren Ästen umwickelt, die Büsche sind geschmückt wie Weihnachtsbäume und auf der großen Tafel mit dem feinen Spitzendecken liegen Blütenblätter zwischen frischen Blumengestecken. Selbst die Musiker tragen farbenfrohe Kränze auf ihren Köpfen. Zu seiner Beruhigung entdeckt Heinrich die Torte auf dem Tisch. Wenigstens etwas ist von selbst gelungen, denkt er und sucht nach Krusen.

Dabei fällt ihm etwas an seiner Ehefrau auf.

„Du hast da was an der Nase."

„Meine Medizin", schnieft sie.

„Du nimmst deine Medizin durch die Nase?"

„Wie Schnupftabak. Sie wirkt dann besser."

Heinrichs Aufmerksamkeit wird abgelenkt. Sein Vater August Hermann kommt mit fassungslosem Gesicht näher, sich mühsam auf seinem Stock aus Eichenholz stützend, die Hand fest um den silbernen Knauf geschlossen.

„Ich bin doch so hysterisch", sagt Greta noch, doch ihr Mann hört sie nicht mehr. Sie sieht ihm böse nach und nimmt entschlossen den Arm von Cordelia. „Kommen Sie, meine Liebe", sagt sie und so mischen sich die beiden Frauen unter die Gäste.

August Hermann, kurzsichtig und kurzatmig, bleibt derweil stehen. Er blickt zu den negerähnlichen Gestalten. Heinrich kennt diesen Blick. Als sie Kinder waren, hatte es bedeutet, dass der alte Herr den Rohrstock aus seinem Arbeitszimmer holen würde.

In diesem Moment beginnt Heinrichs älterer Bruder Gerhard geistesgegenwärtig von der großen deutschen Nation zu reden und dem Auftrag, den sie ihren schutzbefohlenen Wilden gegenüber zu erfüllen hat. Er ist dabei etwas zu laut und spricht in einer Art, als hätten er und die Bremer Cousinen, bei denen er steht, schon seit langem darüber diskutiert. Gerhard trägt seine traditionelle Schornsteinfegerkluft. Das hat natürlich etwas mit Mutter und ihren Ansprüchen zu tun, denen sich Gerhard früh entzogen hat. Kein Besuch des Gymnasium und erst recht kein Studium der Architektur, um Vater nachzueifern, und auch keine Karriere beim Militär. Doch zumindest hat er, im Gegensatz zu Heinrich, wenigstens für den geliebten Nachwuchs gesorgt – mehr als nur ein Kind konnte man schon erwarten, wie ihre Mutter nicht müde wurde zu betonen.

Während Gerhard redet, streifen in regelmäßigen Abstanden Hände seine Kleidung. Kleine Kinderfinger streichen flüchtig über die Hose, Damen berühren ihn wie zufällig, Herren stoßen ihn versehentlich an. Heinrich denkt darüber nach, sich auch etwas Glück abzuholen. Könnte heute nicht schaden.

Die Wilden gehen währenddessen freundlich lächelnd von Gast zu Gast und schütteln Hände, soweit sie ihnen gereicht werden. Einige Mitglieder der Familie Herrmann versuchen, ihnen unauffällig aus dem Weg zu gehen, doch Greta lässt sie nicht entkommen.

„Die sprechen ein erstaunlich gutes Deutsch“, wird geflüstert.

„Ein Häuptling, ach wahrhaftig?“

Heinrich sieht auch die beiden Advokaten, die freundlich ihre Hüte lupfen, als könnte sie kein Wässerchen trüben.

„Was für eine Burleske soll das werden?“, bellt Heinrichs Vater nach einer weiteren Minute des Schweigens plötzlich auf unnachahmliche Weise, nämlich sehr leise. „Ein Scherz vielleicht?“

Wie aufs Stichwort ist Wolfgang wieder herbei gesprungen und pflichtet bei: „Willst du Mutters Tod sein, Hein?“

Heinrich schwitzt. Hitzewellen rollen durch seinen Körper, begleitet von nicht minder lästigen Wellen von Schwäche.

„Bitte, Wolferl, ein Glas Wasser, ja? Mir ist nicht wohl. Ich muss meine Medizin nehmen.“

„Ich weiß nicht, was du dir einbildest!“

„Ja, ja, ja“, winkt Heinrich ab. Red du nur, denkt er, während sein Bruder abzieht.

„Und?“ Sein Vater zeigt mit dem Stock auf Peter, betont unhöflich, als würde er auf einen geknickten Baum vor der Haustür zeigen. „Möchtest du mir das vielleicht erklären?“

„Das ist mein Geschenk an euch."

Das verschlägt seinem alten Herrn zunächst wieder die Sprache. Bis Wolfgang mit dem Wasser zurück ist, kommt er auch nicht wieder zu Stimme. Heinrich nutzt die Gelegenheit. Er holt sein Fläschchen aus der Innentasche, lässt flink ein paar Tropfen Heroin ins Glas fallen und trinkt es in einem Zug leer. Im Augenwinkel kann er seine Tochter sehen. Mechthild spielt mit einem Kaleidoskop. Sie hält es in den Himmel, dreht es langsam und hat alles um sich herum vergessen.

„Mama wird aufgebracht sein", setzt Wolfgang wieder an. Als ob er nach seinem Bruder schnappen würde.

„Die Wilden sind ihr Geschenk." Diesmal spricht Heinrich lauter. „Sie werden etwas singen."

„So?" Sein Bruder überlegt einen Augenblick. „Aber nicht so ein primitives Affengeschrei. Wir sind hier nicht im Wald!" Wolfgang wird ebenfalls lauter.

„Was Deutsches, bei Gott, Wolfgang. Was Deutsch-Neuguineaisches."

Wolfgang denkt nach.

„Wo ist denn Mutter eigentlich?", fragt Heinrich seinen Vater.

„Im Haus. Sie fühlt sich heute nicht recht wohl. Seit sie sich um ihre Torte hat kümmern müssen und Krusen Geld von ihr wollte."

Heinrich versucht den Vorwurf hinweg zu stöhnen, doch es klingt nur, als würde er schwer zu Atem kommen.

In diesem Moment treten Peter und Cordelia zu ihnen.

„Guten Tag", sagt der Häuptling.

August Hermann starrt ihn an wie eine Geistererscheinung.

„Das ist Häuptling Peter vom Stamm der Ha-Jy", erklärt Heinrich. „In Begleitung seiner Hauptfrau Cordelia."

„Angenehm“, sagt Peter. Cordelia macht einen Knicks.

August Hermann starrt. „Komm mal bitte mit“, sagt er dann und nimmt seinen Sohn beiseite, wobei sich der alte Mann übertrieben schwer auf seinen Stock stützt, die Last des Familienvorstandes wiegt schwer. Plötzlich steht Wolfgang somit allein bei den fremden Gästen und muss mit ihnen reden. Heinrich hört ihn stottern.

„Ich sehe jetzt nach deiner Mutter“, sagt August Hermann, „und sage, dass ihr... dass du endlich da bist. Sie hat auf dich gewartet.“

Wahrscheinlich poliert sie wieder ihre Porzellanfiguren, denkt Heinrich. Mit einem samtenem Tuch.

Kaum ist sein Vater verschwunden, nähert sich Petra ihrem Onkel und flüstert in Heinrichs Ohr: „Wie viel wird mein Häuptling denn am Ende verdient haben?“

Heinrich reibt sich die Augen. Er bräuchte einen Augenblick Ruhe.

„Dein Häuptling hat bereits eine Frau.“

„Aber keine richtige, Onkel Heinrich. Ich meine, keine echte Frau.“

„Er hat sogar zwei, und noch einige mehr bei sich Zuhause.“

„Die sind aber auch keine richtigen, oder?“

„Und er hat Kinder, meine Liebe.“

„Aber auch keine echten. Übrigens ist es sogar viel besser so – mit eigenen Kindern habe ich es gar nicht eilig.“

„Na, dann“, bemerkt Heinrich und hofft auf Frieden.

„Er ist so galant und stark“, sagt seine Nichte im Gehen.

Dann nickt Heinrich Peter zu und gestikuliert ihm, dass es gleich losgehen wird. Der Häuptling versteht und sammelt seine Familie um sich. Wolfgang ist endlich aus dem Gespräch erlöst und fällt erschöpft auf einen Gartenstuhl. Heinrich hingegen geht ins Haus, um seine Mutter auf das vorzubereiten, was sie erwartet. Er fühlt sich wie ein Zwerg. Wie ein Gnom aus einem Märchen der Brüder Grimm. Wie Rumpelstilzchen. Oder viel eher noch wie Zwerg Nase.

Elisabeth Hermann kommt ihm im Salon entgegen, mit so viel Puder im Gesicht, dass nicht nur ihre geplatzten Äderchen auf Nase und Wangen abgedeckt sind, sondern ihr ganzer Ausdruck zur Maske erstarrt ist. Ihre Arme sind wie zur Klage erhoben, und ihre Stimme ist laut – seine Mutter ist also ganz sie selbst.

„Warum musst du mir ausgerechnet heute solche Sorgen bereiten, mein Junge?"

„Herzlichen Glückwunsch, Mutter." Er fragt sich, ob Peter diese Puderschicht nicht für eine Art ritueller Bemalung halten wird.

„Der Krusen kam und wollte Geld."

„Ich hatte zu tun, es tut mir sehr Leid, Mama. Bei Hagenbeck. Es gab Probleme in der Buchhaltung." Er umarmt sie und küsst sie auf die Wange. „Alles Gute."

Sie lässt es geschehen.

„Du siehst ganz zauberhaft aus", sagt er.

August Hermann steht zwei Schritte hinter seiner Frau und fixiert den Stuck an der Decke.

„Immer machst du mir Sorgen", sagt sie. „Sogar heute."

Heinrich lässt diesen und die nächsten Vorwürfe geduldig über sich ergehen. Er wartet still, bis es ihr genug ist.

„Na, dann komm", sagt sie, „Meine Gäste müssen wegen dir nicht noch länger warten."

„Natürlich nicht." Damit bietet er ihr seinen Arm zum Geleit an. Auf dem Weg zur Veranda bemerkt er fast beiläufig: „Draußen wartet übrigens schon das Geschenk auf dich."

„Ach", sagt seine Mutter unberührt.

August Hermann, der einen Schritt hinter ihnen geht, bleibt still.

„Etwas ganz Besonderes“, ergänzt Heinrich und öffnet die Türflügel zum Garten. Dann nickt er Peter zu, der sich mit Cordelia, dem Jungen und seinem Vater bereits in einer Reihe aufgestellt hat. In dem Moment, in dem die alte Dame hinaustritt, setzt der Häuptling an: „Zu Ihrem Jubiläum, liebe Frau Hermann, wollen wir Ihnen herzlich gratulieren und Ihnen mit einem kleinen Lied von unserer kleinen Insel eine ebenso kleine Freude machen.“

Seiner Mutter ist nichts anzumerken, weder Verblüffung noch Entsetzen, noch Freude oder Erstaunen. Sie verschränkt die Arme vor der Brust, eine seltene Geste, die sich entweder in einer sehr bösen Szene oder in Zufriedenheit auflösen wird.

Peters Vater zählt ein und alle vier beginnen, rhythmisch zu klatschen. Die Wilden singen:

„Neuguinea, unsere Heimat
Neuguinea schönes Land
Mit den Bergen, Flüss und Tälern
Wie das schöne deutsche Land

Immerzu vom blauen Himmel
Lacht der Sonne goldner Strahl
Drum der Kaiser und die Vöglein
Freuen sich mit uns zumal

Welch Vergnügen, wenn die Winde
Wehen und die Fahne fliegt
Und man ohne Sorg und Mühe
Rauchend auf dem Kanu liegt

Ja, wir sind ein lustig Völkchen
Neuguineer weit bekannt
Danken Kaiser, dass er aus Güte
ließ uns dieses schöne Land.“

„Was für ordentliche Menschen“, hört Heinrich seine Mutter nach dem letzten Ton sagen. Sie beginnt freundlich zu klatschen, wie alle Gäste. Dabei lächelt sie über das ganze Gesicht.

„Was für ein Lied war denn das?“, fragt sie.

„Ihre Hymne.“

Er erwähnt nicht, dass es kleine und feine Variationen zum Original gibt, und ist froh, dass niemand hier ist, der es feststellen könnte. Es ist, wie Ludwig es auf dem Rückweg nach Friedrich-Wilhelm-Hafen gesagt hat, kurz nachdem Peter den Fahnenappell einer Polizeieinheit auf einer Bananenplantage vor der Stadt beobachtet hatte und geschlagene zwei Stunden nicht mehr aufhören konnte zu lachen:

„Wir haben es hier wohl mit kleinen Anarchisten zu tun.“

18

Heinrichs Schädel schmerzte. Die Beule auf seinem Hinterkopf war so groß geworden, dass man glauben konnte, dort würde ein zweiter Kopf wachsen. Als Etzels Krieger ihn und Ludwig aus dem Wasser gefischt hatten und sie danach weder fesselten noch häuteten, war es für Heinrich noch ein gutes Zeichen gewesen. Er hatte sogar geglaubt, dass sich dieser Stamm zur Anwerbung eignen könnte.

Mittlerweile hatte er eher den Eindruck, dass der Fluch des Bim-Bam zu wirken begann. Aber vielleicht lag auch es daran, dass er dieses Dorf nicht mochte. Hier hing ständig ein ranziger Geruch in der Luft, der wohl etwas mit den gärenden Früchten in den Holzschüsseln zu tun hatte, die vor allen Hütten standen und Insekten anzogen. Viele Dächer waren undicht, das Essen oft faulig und selbst das Fleisch befand sich in einem elenden Zustand. Es roch und schmeckte zu süß. Niemand sang hier, niemand spielte, niemand lachte oder schien sich sonderlich um irgendetwas kümmern zu wollen. Außerdem war es unmöglich, mit diesen Menschen zu kommunizieren. Man sprach zwar miteinander, aber man verstand sich nicht. Auch Wahnfried konnte nicht helfen. Stattdessen erklärte er ungefragt, dass für ihn die europäischen Sprachen klangen, als würden die Weißen allesamt wahnsinnig sein. Und er fand auch an Etzels Sprechweise kein Gefallen. Übersetzen könne er dieses primitive Kauderwelsch jedenfalls nicht, meinte er und ging beten.

Sie lebten bereits seit zwei Tagen im diesem Dorf, ohne dass sich etwas an ihren Verständigungsschwierigkeiten geändert hätte. Aber ausgerechnet die Sprache des Geldes wurde verstanden, und so bekamen sie für eine Hand voll Neuguinea-Mark Essen und eine kleine Rundhütte, die zwei alte Frauen, wahrscheinlich Witwen, für die Reisenden räumen mussten. Darüber hinaus kaufte Heinrich gleich einige der Masken, Muschelketten, Waffen und ein paar gebrauchte Handwerkszeuge des Stammes ein, ohne so recht zu wissen, wie diese nach Friedrich-Wilhelm-Hafen kommen sollten. Seit dieser Transaktion lag er, ebenso wie die Holzfäller, im Schatten, döste und wartete darauf, dass der Schmerz nachließ. Nur Ludwig war sehr geschäftig.

Sein Assistent zeichnete. Dabei schrumpfte der große Mann fast zu einer Kugel zusammen, nur seine Hände ragten wie die Fühler eines Einsiedlerkrebses hervor und huschten über das Papier. Mit Bleistift, Feder oder Kohle hielt er das Leben der Kopfjäger fest - er zeichnete die Hütten, ihre Kochstellen, das kleine Feld mit Kartoffeln und die gehäuteten Beuteltiere, die sie zum Braten aus einem Erdlager geholt hatten, doch vor allem die Frauen, die damit beschäftigt waren, das Leben im Dorf am Laufen zu halten, während die Männer schliefen und den Kindern Tritte gaben, wenn diese zu nahe kamen.

„Wie auf St. Pauli", bemerkte Ludwig ohne aufzusehen.

„Das ist es also, was du immer machst, ja?"

Ludwig nickte und Heinrich schielte auf dessen Zeichenblatt. Obwohl die meisten Bilder wie Skizzen aussahen, stellte sich beim Betrachten ein Gefühl von Vollkommenheit ein. Ludwig übertrieb an vielen Stellen, machte seine Bilder fast zu Karikaturen – die Frauen dünner und gebeugter, die Männer mit tiefer liegenden Augen und spitzen Zähnen. Manche geiferten.

„Hast du auch mich gezeichnet?"

Sein Assistent schniefte und hielt ihm nach kurzem Suchen ein Blatt hin. Ein Jugendlicher, trotz eines erwachsenen Gesichtes, der wie ein Wiesel aussah und an einer sehr, sehr langen Leine zerrte, die eine starr stehende Frau hielt, ganz am anderen Ende des Blattes. Sie war ebenso dünn, wirkte aber wie aus Stein gehauen, mit dicken Tränensäcken und hängenden Mundwinkeln. Greta sah geradeaus. Zu ihren Füssen saß ein Mädchen mit riesigen Augen, das die beiden Erwachsenen ignorierte und stattdessen neugierig den Betrachter anlachte.

„Du bist talentiert."

Unerwartete Linien, die neben den festen Formen der Leine und Körper zu tanzen schienen. Es waren wohl die Versuche, mit denen sich Ludwig an sein Bild heran getastet hatte, auf keinen Fall waren es Fehler.

„Warum hältst du es geheim?", fragte Heinrich.

„Es muss keiner sehen."

„Du bist zwar eigenwillig, aber wirklich sehr gut."

Ludwig grunzte.

„Hagenbeck würde dir die Zeichnungen bestimmt gerne abnehmen."

„Nein."

„Er würde dich auch gut bezahlen. Du kennst ihn. Dann braucht er in Zukunft auch keinen Fotografen, Kameras oder Maler mehr mit uns zu schicken."

„Das will ich nicht", sagte Ludwig scharf.

„Wenn du nur noch ein wenig konservativer malen könntest. Etwas gefälliger und vielleicht - "

In diesem Augenblick stand Ludwig auf und ging wortlos gerade soweit weg, dass Heinrich ihn nicht mehr stören konnte. Erst zum Essen verstaute er seine Materialien wieder in dem Metallrohr, das er sorgfältig verschloss und tief in den Rucksack steckte.

Die Abende vertrieben sie sich wieder mit Doppelkopf. Heinrich und Johannes gewannen Wechsel über einhundertzwanzig Mark. Mayer fluchte wie ein Rohrspatz. Dann mischte er, als wolle er die Karten mit Gewalt zwingen, sich zu seinen Gunsten zu sortieren, selbst wenn er eigentlich gar nicht an der Reihe war.

„Kannst ja abheben!", schnaufte Mayer, als Johannes ihn darauf ansprach. Heinrich nahm sein neues Blatt. Er hätte gerne ein Buch von Verne gelesen, aber „Die Reise zum Mond" war jetzt im Besitzt des Orang-Utans namens Gunther.

Am dritten Tag tauchte ein Dampfer auf.

„Da ist er ja", sagte Wahnfried und sprach ein Gebet zum Dank.

Ludwig sagte, er würde dem Bengel jetzt eine langen. Heinrich empfahl seinem Assistenten, stattdessen einen Schluck vom Obstler zu nehmen.

Der alte Erzdampfer war nicht mit der Rosenberg oder auch nur mit dem gutmütigen Schiff zu vergleichen, das sie nach Finschhafen gebracht hatte. Er war sehr viel kleiner, braun vom Rost und mit einem stummeligen Schornstein, der schwarze Wolken aushustete. Es sah aus, als würde das Schiff unter einer pestartigen Grippe leiden. Einige Bergbauingenieure der Neuguinea-Kompanie, die in Berlinhafen wohl Wochen auf ihre Verbindung ins Landesinnere gewartet hatten, standen an der Reling und blickten auf das Ufer und die Einheimischen. Ihre Augen verrieten, dass dies ihre erste Begegnung mit der Wildnis war und die Sehnsucht nach Zivilisation war ihnen ins Gesicht geschrieben.

Als die Beiboote zu Wasser gelassen wurden, sah Heinrich einen Mann, der mit seinem schmalen, hellen Gesicht so fehl am Platze war, dass sich er dagegen plötzlich wie zuhause vorkam. Doch anders als bei den verschreckten Ingenieuren war der Ausdruck des schmalen Mannes nur von gelangweilter Gleichgültigkeit geprägt. Ein Mann der einheimischen Polizeitruppe folgte ihm aufmerksam und präsentierte dabei möglichst auffällig seinen Revolver. Doch dieses Paar blieb zunächst zurück, denn der erste Maat des Dampfers und Häuptling Etzel begrüßten sich.

„Gibt es denn heute was zu sehen?“, fragte der Maat

„Das liegt an Ihnen. Wenn Sie Zeit mitgebracht haben.“

Etzel selbst sprach kein Deutsch und kein Englisch, in welcher Abart auch immer. Er schnalzte und blubberte stattdessen einen schnellen Schwall von Lauten. Ein Bursche von wohl fünfzehn Jahren übersetzte zwischen dem Stammesführer und dem Maat. Es war der Schiffsjunge des Dampfers und er schien angetrunken zu sein.

„Gut wäre das. Wir haben Neue an Bord, die unser Häuptling mit euresgleichen vertraut machen will. Wenn Ihr euch wieder was verdienen möchtet, wäre es eine feine Gelegenheit.“

Heinrich wurde hellhörig. Etzel - ein professioneller Schausteller? Dann trat der schmale Mann mit seiner polizeilichen Begleitung vor, und der Schiffsjunge begann wieder gestenreich zu übersetzen.

Er vertrete drei europäische Banken, sagte der Mann, die „große Lust verspüren“ zu investieren und mit Krediten den Schutzgebieten „helfen wollen, wo sie es nur können“. Um dem Fortschritt und dem Wohlstand „der edlen Bürger des Waldes“ zu dienen. Er sei unter Vorbehalt zeichnungsberechtigt, und außerdem stehe er auch jederzeit bereit, mit praktischem und ökonomischem Rat weiterzuhelfen.

Der Schiffsjunge übersetzte, Gott allein wusste, was er wirklich erzählte. Etzel blinzelte, aber er sagte nichts. Der Stammesführer schien sich nicht sicher, ob er mit einem Wahnsinnigen sprach. Aber die Aufmerksamkeit schien seinem Ego sehr zu schmeicheln und das war wohl der Weg zu Etzels Herzen.

Heinrich lief derweil dem Maat nach, der gerade überwachte, wie ein breites Brett ausgelegt wurde, um Schiff und Ufer direkt miteinander zu verbinden. Dann erst entdeckte er den Agenten.

„Ja, hallo! Welches Schicksal hat Sie denn hierher geweht?“, fragte der Seemann gut gelaunt. Jemand hatte ihm vor längerer Zeit gründlich die Nase gebrochen, sah Heinrich jetzt.

„Das ist eine lange Geschichte, glauben Sie es mir.“ Sie schüttelten sich herzlich die Hände.

„Sagen Sie“, fragte Heinrich, „können Sie uns flussaufwärts mitnehmen?“

„Oh gewiss, gewiss. Dafür sind wir ja unterwegs, nicht wahr? Aber wir reden später, wir müssen hier zunächst etwas klären, ja?“

Eine Stunde später, es dämmerte bereits, hatten sich die Bergbauingenieure, einige Mitglieder der Besatzung

– alles Einheimische – und die Gruppe Hagenbeck zu einem Publikum zusammengefunden. Sie saßen mit dem Rücken zum Fluss vor einem großen Feuer und warteten. Es sollte eine große Verstellung geben. Er wolle die neuen Ingenieure mit dem Land vertraut machen, hatte der Maat Heinrich erklärt. Die drei Ingenieure, allesamt junge Burschen Anfang zwanzig, die frisch von einer Universität zu sein schienen, spekulierten:

„Und worin soll da nun der Genuss bestehen?"

„Sie meinen, worin hier dann unsere Unterhaltung besteht?"

„Nein. Ich meine eher, es geht mehr um so etwas wie eine Ablenkung."

„Womöglich."

„Ablenkung von was?"

„Na, von der Insel. Allem."

„In der Unterhaltung liegt der Sinn!"

„In einer Lehre. Im besten Fall.

„Ich meine auch, wir sollen etwas lernen. "

„Von der Insel?"

„Von der man uns mit Insulanern ablenken will?"

„Vielleicht soll es ja eine Art der Tröstung sein?"

„Meine Frau würde mich trösten."

„Mein Gott, es soll uns halt Spaß machen! Wir hätten ja nicht unterschreiben müssen, aber wir haben, und nun sind wir hier und die Kompanie lässt uns diesen Abend zukommen – also mögen die Herren aufhören zu nörgeln und gefälligst genießen, was uns geboten wird."

Die Frauen des Stammes schenkten ihren Männern währenddessen vom gegorenen Sud ein, der in kleinen Schlucken getrunken wurde. Dann bemalten sich die Krieger gegenseitig, zeichneten Linien und Kreise auf ihre Wangen und Stirn, um sich dann in die große Haupthütte zurückzuziehen.

Man hörte leises Gemurmel.

„War es das schon?“, fragte ein Ingenieur.

„Nein, nein“, versicherte der Maat und beugte sich dann zu Heinrich. „Lassen Sie sich nicht täuschen“, erzählte er. „Die Siedler sagen gerne, Weiße würden ihnen nicht schmecken. Wir wären bitter und ungenießbar. Aber das stimmt einfach nicht. Ist eine fromme Lüge.“

Die Gesänge in der großen Hütte wurden lauter. Die Ingenieure machten sich nun Gedanken über die Ankunft der Weißen vor vielen Jahren.

„Die einheimische Währung muss ja damals im freien Fall gewesen sein.“

„Die beste Zeit für einen Schwarzmarkt.“

„Womit nur füllt man den?“

„An die Erze kommt ja heut noch kaum jemand ran.“

Ein geflüstertes Wir schon steigerte ihr Selbstbewusstsein.

„Bananen, Holz, Muscheln – so etwas.“

„Das war ehedem die Währung hier“, mischte sich der schweigsame Vertreter der Banken das erste Mal ein. Dieser Mann war so unauffällig wie ein Schatten, stellte Heinrich fest. Er hatte ihn nur einmal an diesem Abend gesehen, wie er mit einigen jungen Männern gesprochen hatte, seinen Wächter und den jungen Übersetzer an der Seite. Die restliche Zeit schien er mit seiner Umgebung verschmolzen zu sein.

„Sie meinen, hier gab es kein Geld?“

„Bestimmt nicht.“ Kopfschütteln.

Heinrich staunte auch nicht schlecht.

„Wo kommen diese komischen Ingenieure denn eigentlich her?“ fragte er den Maat. Soviel Lebensferne war ihm lange nicht begegnet.

„Dem Rheinland, glaub ich. Sind aus Essen oder der Gegend.“

Die Diskussion ging derweil munter weiter.

„Aber dann wird es schwer, Eigentum zu verkaufen."

„Oder zu kaufen!"

„Wenn sie denn überhaupt besitzen."

„Kein Landbesitz?"

„Alte, angestammte Rechte an Wald und Land womöglich."

„Wie Wegerecht?"

„So in der Art, ja. Könnte ich mir vorstellen."

„Und so weiter und so fort", sagte der Maat und verdrehte die Augen.

Die Frauen bereiteten erneut eine vergorene, milchige Flüssigkeit vor, als die Männer endlich wieder ins Freie traten und plötzlich und ohne Ankündigung in berauschter Ekstase zu tanzen und zu schreien begannen. Die Bemalungen waren nun von solchem Farbenreichtum, dass Heinrich sich fragte, woraus sie all diese Farbstoffe wohl beziehen mögen. Die Nasen waren zitronengelb bemalt, die Augen weiß und rot umrandet, die Bärte weiß wie Schnee, der Oberkörper dunkelblau und ein jeder trug seine individuellen Muster.

„Die sind aber ganz schön beschickert", bemerkte Ludwig.

Die Ingenieure waren jetzt ganz still und beobachten mit Faszination, was vor sich ging. Fast vergaßen sie zu atmen. Nach zehn Minuten dieses Spektakels verwarfen die Hagenbeck-Agenten endgültig den Plan, Etzel einen Vertag anzubieten. Seine Art der Folklore war zu – nun ja, zu extrem. Etzel sprang mittlerweile mit einer Pickelhaube auf dem Kopf um das Feuer, gefolgt von singenden oder lallenden Männern, die trotz allem den gleichen Rhythmus in ihren Sprüngen halten konnten. Sie gossen Alkohol ins Feuer, so dass die Flammen hoch in die Luft schlugen und den ganzen Tanzplatz rot färbten. Beißender Rauch wehte dem Publikum ins Gesicht und nahm ihm den Atem. Hie und da glaubte Heinrich, einen Furz zu vernehmen. Wahnfried hatte seine Augen fest verschlossen und murmelte ununterbrochen sein Vater Unser.

„Woher er den Helm wohl hat?“, flüsterte Ludwig in die Runde.

Als im Hintergrund eine der Frauen geschlagen wurde, begann das Publikum, unruhig zu werden.

„Ist das normal?“, fragte einer der Ingenieure Heinrich.

„Ist mir nicht oft begegnet“, antwortete dieser diplomatisch.

Sie sahen plötzlich Flaschen mit klarer Flüssigkeit, die sich die Wilden zuwarfen. Sie hatten einige davon als Bezahlung angenommen. Ihre eigenen vergorenen Säfte schienen nur der Einstieg gewesen zu sein.

„Wie in einer Hafenkneipe.“

„Erinnert mich an den ‚Taumelnden Schiffsjungen‘.“

„Nicht sehr ursprünglich.“

„Kein Besitz ist gleich Anarchie, schließe ich daraus.“

„Nicht zu voreilig, mein Guter. Ich weise hier ein weiters Mal auf den besagten ‚Taumelden Schiffsjungen‘ hin.“

Heinrichs Blase trieb ihn in diesem Moment in den Wald. Bis seine Augen mit der Dunkelheit zurechtkamen, hatte er sich zweimal die Zehen gestoßen und wäre einmal fast gefallen. Dann hatte er die Faxen dicke, blieb stehen und entleerte sich. Als er seinen Blick senkte, um abzuschütteln und seine Hose zu schließen, entdeckte er bleiche Stöcke und Steine. Es dauerte noch einen Moment bis er begriff. Vor seinen Füßen lag eine Ansammlung von Knochen. Er flüchtete zu schnell, um sich wirklich sicher sein zu können, aber in seiner Erinnerung glaubte er schwören zu können, mindestens einen Menschenschädel erkannt zu haben. Meine Fantasie geht mit mir durch, dachte er schaudernd, das Fieber. Etzel schrie mittlerweile wie ein Wahnsinniger.

Die Phantome, dachte er.

„Ludwig?“ Er stupste seinen Assistenten an. „Ich würde jetzt gerne lieber auf das Schiff gehen. Wir werden hier keine Geschäfte machen.“

Ludwig hielt das für eine ausgezeichnete Idee und winkte den Holzfällern.

„Ich glaube, ich habe einen Geist gesehen. Er tanzt mit ihnen“, hauchte einer der Ingenieure.

„Nur ein Schatten“, sagte sein Freund mit eisiger Stimme.

„Es ist wohl besser, wenn wir jetzt aufbrechen“, bemerkte der Maat in diesem Moment ebenfalls. „Glaube nicht mal, dass wir vermisst werden.“ Auch er war sehr bleich.

Ohne weitere Worte zu verlieren, eilte das Publikum in Richtung Dampfer, der leuchtend und anheimelnd auf dem Fluss auf sie wartete. Niemand sah sich um.

„War das ein Kinderschädel, den der dürre Hexer getragen hat?“, fragte ein Ingenieur außer Atem.

„Ohne Kiefer, nicht wahr?“, hechelte ein anderer.

„Habe nichts gesehen.“

„Und ich ebenfalls nicht!“

„Da bin ich ja beruhigt“, keuchte der erste.

Sie wurden noch etwas schneller. Niemand blickte zurück.

„Dann war das wohl nun unserer Bluttaufe“, ließ ein Ingenieur vernehmen, als die das sichere Deck betreten hatten.

„Wer blutet?“

„Nein, nein – ich meinte es allegorisch.“

„Metaphorisch!“

Die Kessel glühten zu diesem Zeitpunkt bereits, und als der Maat das Zeichen gab, wurde auch der Steg eingeholt. Die Maschinen schoben das Schiff den Fluss hinauf. Die Ingenieure verschwanden in der Kombüse und ließen sich Rum einschenken. Man diskutierte über den Geist, den nun sogar ein zweiter Ingenieur gesehen haben wollte. Das gab ihnen zu denken. Wenn dieser ätherische, dunkle Schleier wirklich ein Gespenst gewesen war, bedeutete dies dann nicht zwangsläufig, dass diese Wahnsinnigen eine Seele besaßen?

„Unmöglich!“, sagte der eine.

„Die Logik lässt keinen anderen Schluss zu“, sagte der andere, dem mit dem ersten Glas Rum endlich wieder Farbe in sein Gesicht stieg.

„Wo ist ein Theologe, wenn man mal einen braucht!“, rief Mayer dazwischen und lachte. Für ihn und die anderen Holzfäller schien es ein großer Spaß gewesen zu sein. Ludwig und Heinrich, die ebenfalls mit in die Kombüse gegangen sind, wogen daraufhin flüsternd die Vor- und Nachteile ab, die zwischen der Begleitung durch Militär, Wissenschaftlern und ihren drei Sodomiten bestand.

Dann hielt sein Assistent plötzlich inne, als wäre ihm aus heiterem Himmel ein Stein auf den Kopf gefallen. Er sah sich um.

Heinrich nahm noch einen Schluck vom Rum.

„Stimmt etwas nicht?“

Ludwig nickte heftig.

„Wo ist eigentlich Wahnfried?“, fragte er.

19

Heinrich und seine Mutter stehen beieinander und noch immer zeigt sie sich begeistert von diesen famosen Menschen.

„Welch originelle Überraschung!“, gratulierte auch Wolfgangs Frau Katarina, deren weites Kleid beweist, dass sie bereits wieder schwanger ist. Sie hat Wilhelm, ihren Vierjährigen, an der Hand und ihren ein Jahr alten Enkel auf dem Arm – das erste Kind ihrer Ältesten, die vor einem Jahr in Lübeck in eine alte Händlerfamilie eingeheiratet hat und sich heute entschuldigen lässt. Das Kleinkind, dessen Name Heinrich nicht einfallen will, schläft und Katarina strahlt, als wäre sie um so glücklicher, je mehr Kinder in ihrer Nähe sind.

„Meinst du, ihr Kleiner da darf mit Wilhelm spielen?", fragt sie ihren Schwager.

„Ihr Kleiner ist trotz seiner Größe so an die fünfzehn Jahre - also frage ihn doch am besten selber", gibt Heinrich aufmunternd zurück.

Zunächst wollte man Peter und seine Familie an einen Beitisch setzen, doch Heinrich hat es erahnt und die Plätze, die für das Streichquartett gedacht waren, freigehalten. Den Musikern steckte er zehn Mark zu, die er zuvor Gerhard abgenommen hat.

Die ersten Minuten am Tisch vergehen mit Reden zum Feiertag. Fast keiner der anwesenden Herren lässt es sich nehmen, einen Toast auf das allseits geschätzte Ehepaar und die Jubilarin im Besonderen auszubringen und eine Begebenheit aus ihrem gemeinsamen Erlebnisschatz zum Besten zu geben. Man unterdrückt den Drang, nach den schwarzen Gesichtern am Tisch zu schielen, allerorten sehr gut - nur die Kinder starren die Fremden an, als wären sie Märchengestalten. Peters Vater zieht ab und an Grimassen für sie.

Erst nachdem das letzte „Hört! Hört!", verstummt ist, wird der Kaffee gereicht und die Torte angeschnitten.

„Herr, ähm, Buschmann, könnten Sie mir das Zuckertöpfchen reichen?"

Peter nickt und gibt es an Heinrichs Onkel Jensen weiter, der personifizierten Ehre der Familie. Als ehemaliger zweiter Offizier der kaiserlichen Marine unter Fregattenkapitän Gross verließ er seine Wohnung in der Innenstadt nur in Uniform. Er gehörte zu den Männern, die Helgoland von den Engländern nach dem Sansibar-Vertrag übernommen haben. Er ist ein tragendes Mitglied der „Patriotischen Gesellschaft", was Onkel Jensen meist zu später Stunde unter Beweis stellt, wenn er nach einigen Gläsern Likör aus Tacitus „De origine et situ Germanorum" zitiert und daraus die Blutgemeinschaft und Charakterstärke der deutschen Nation ableitet. Was ihm meist gerade rechtzeitig gelingt, bevor er zu schnarchen beginnt.

Onkel Jensen nimmt das Töpfchen, murmelt einen nervösen Dank in keine spezielle Richtung, süßt seinen Kaffee und setzt seine Lobrede auf Großadmiral Alfred von Tirpitz und dessen wunderbares Flottengesetz fort. Bei diesem Thema befindet er sich wieder auf sicherem Grund.

August Hermann stupst seinen Sohn, der gerade einen Schluck vom Kaffee trinken wollte, an und beugt sich an sein Ohr: „Findest du nicht, dass deine Neger komisch in diesen Anzügen aussehen?"

„Es sind nicht meine Neger", antwortet Heinrich abwesend.

„Wo haben sie diese Kleidung überhaupt her?"

„Es sind ihre eigenen Sachen. Sie haben sie gekauft."

„So?" Sein Vater beugt sich wieder zurück und beginnt die Fremden nun noch genauer zu mustern. „Das hätte ich nicht gedacht."

„Ich weiß."

August Hermann schüttelt den streng frisierten Kopf und nimmt einen Schluck Kaffee aus seinem gläsernen Humpen, der einen Metalldeckel mit Gravur trägt: U.l. Schriftführer, Coll. A. Hermann, z. Erg. Gew. V. U.G.V. Darmstadt, Anno 1856. Das Geschenk seiner Schlagenden Vereinigung, bei der er einen heldenhaften Status innehatte, da er in nur fünf Semestern ganze zwanzig Mensuren geschlagen hatte und nur bei einer Gelegenheit selbst verletzt wurde.

Links von Heinrich sitzt Heidrun, eine Cousine väterlicherseits. Sie verschlingt den Kuchen, als hätte sie eine Woche gefastet und fragt plötzlich, ohne sich Zeit zum Atmen zu nehmen:

„Und damit verdienst du nun also dein Geld."

„Schon."

„Schämst du dich nicht? Als Christ, meine ich."

„Doch", sagt er, in der Hoffnung, nicht mehr von ihr belästigt zu werden. Ihm ist ihre Gegenwart immer schon schwer erträglich gewesen. Ihr pastorales Gehabe schien angeboren zu sein.

„Wesen Gottes so zu behandeln." Sie bekreuzigt sich, ohne ihr Kauen zu unterbrechen. „Diese armen Kreaturen", sagt sie noch laut genug, damit es auch die Umsitzenden hören können, dann geht sie wieder dazu über, sich selbst wie eine Mastgans zu stopfen.

„Es stimmt doch, dass sie hier ständig erkranken und weinen und Heimweh haben. Sie sterben hier doch."

„Nicht alle." Heinrich wendet sich ab, solche Themen will er heute nicht diskutieren.

Zwei von Wolfgangs Jungen fangen in diesem Moment zu heulen an. Der eine hat sich den letzten Keks von der Tafel erobert, der andere streckt seine Hand danach aus, doch sie werden sich nicht einig, wem er nun gehören soll. Katarina nimmt ihrem Sohn den Keks weg, der daraufhin einen letzten lauten Schrei ausstößt. Sie teilt das Gebäck mit leiser Ermahnung in zwei Hälften und reicht den Kindern je eine davon. Wolfgang bemerkt währenddessen nicht ohne Stolz, also aufgeplustert wie eine selbstgefällige Kröte, dass seinem Älteren bereits eine recht zackige Art zueigen ist.

„Hat schon die richtige Einstellung, der Lausbub."

Die Hollands, deren Anwesenheit niemandem auffällt und keinerlei Fragen verursacht, scherzen mit Doktor Buhten, während Friedhelm in ein Gespräch mit der Tochter von Mutters bester Freundin verwickelt wurde, einer zarten, hochgeschlossenen jungen Dame namens Barbara, deren Wangen nicht minder rot sind als Friedhelms eigene. Heinrich hatte ihn als kommenden Chefbuchhalter des Tierparks vorgestellt und der Mutter von Barbara ein leises „Was für eine Partie, sage ich ihnen!", ins Ohr geflüstert. Das Mädchen streicht sich immer wieder eine lose Haarsträhne aus dem Gesicht.

Sehr schnell geht man am Tisch zum Champagner über. Heinrich lässt derweil kein Auge von Peter und dessen Familie. Sie betrachten das gute Kristall mit ähnlichen Augen wie der Kurator des Museums ihre Schnitzwerke. Von allem am Tisch wird ein kleines Stück gekostet und immer wieder tauschen sie sich leise in ihrer klickernden Sprache aus, kaum hörbar unter den Gesprächen am Tisch.

„Schmeckt es?", fragt Heinrich.

„Danke", sagt Peter und wieder tuscheln sie.

Heinrich wundert sich nur, dass sich der Häuptling keine Notizen macht. Bis einige Minuten später Peters Vater plötzlich eine Kamera aus einem großen, abgewetzten Koffer holt und sie im Garten aufbaut. Der offizielle Fotograf schaut zwar erst etwas verwirrt und dann gar pikiert, doch nur so lange, bis er mit aufs Bild gebeten wird. Der alte Mann belichtet aus einigem Abstand zum Tisch drei Platten, als hätte er diesen Beruf schon vor Jahren erlernt.

„Und wie haben Sie nun diese famosen Geschöpfe entdeckt?“, fragt eine Frau, die Heinrich gänzlich unbekannt ist. Er spürt für einen Moment sehr deutlich den Alkohol in seiner Blutbahn, er ist somit gerade in besserer Laune.

„Ja! Erzähl uns doch was von deiner letzten Reise“, fordert Petra ohne ihren Häuptling aus den Augen zu lassen.

„Nun, es ist wahrhaftig ein Abenteuer gewesen.“ Heinrich nimmt einen Schluck Wasser. „Wir waren bereits seit drei Wochen auf der Suche, als es uns in einen besonders finsteren Teil des Urwaldes verschlug.“ Es schien, als würden ihm wieder alle lauschen, sogar Peter und seine Angehörigen waren aufmerksam. „Wir paddelten mit unseren Booten auf einem dunklen Fluss tief ins Innere der Insel - drückende Hitze, Insekten, und eine Luft, die so von Feuchtigkeit gesättigt war, dass man sie kaum atmen konnte. Am Ufer lauerten Krokodile und über unseren Köpfen zogen bereits Geier ihre Kreise. Eines Morgens blockierte ein Baum unseren Weg, was an sich nichts Ungewöhnliches war, aber etwas daran gefiel mir nicht. Es lag wohl an der Erschöpfung und der brennenden Sonne, denn ich bemerkte zu spät, dass es ein Hinterhalt war - plötzlich schossen surrend giftige Pfeile auf uns zu! Gleichzeitig erhob sich ein schreckliches Geschrei, das genügte, unsere Herzen aussetzen zu lassen. Meine Begleiter kamen nicht einmal mehr dazu, ihre Waffe zu ziehen, und so retten wir uns mit kühnem Sprung ins Wasser - doch den wilden Kriegern konnten wir schwimmend nicht entkommen. Sie fingen uns ein wie Fische und gut verschnürt verschleppte man uns in ein dunkles Dorf. Etzel wurde ihr Häuptling genannt, und er war ein kleiner, finsterer Bursche mit böse funkelnden, blutunterlaufenen Augen.“

„Etzel? Wie der König der Hunnen?“, fragte Wolfgang. Heinrich nickte und senkte seine Stimme, als er weiter sprach: „Unser tapferer Führer, ein einheimischer und tiefgläubiger Junge, zitterte am ganzen Körper, als litte er unter Schüttelfrost – er murmelte Psalme und die Worte der Propheten, und so sehr ich ihm auch Mut zusprach, verlor er doch die Hoffnung. Visionen plagten auch mich. Wir hatten Hunger und Durst, waren schwach und müde, doch wann immer einer der Krieger nach uns sah, erhoben wir unsere Köpfe und ließen uns nichts von all den Leiden anmerken!"

„Der rechte Geist!", sagt Onkel Jensen stolz, als wäre er es gewesen, der diesen Test des Lebens bestanden hat.

„Als es Abend wurde, bereiteten die Kopfjäger ein großes Feuer vor. Sie bemalten sich rot, als wären sie kleine Teufel, und sie verbeugten sich daraufhin hundert Mal vor einem haushohen Haufen Schädel. Sie sangen dann, Stunde um Stunde – es war ein Heulen und Jammern und Schreien. Uns plagten grauenhafte Vorahnungen, doch immer wieder beschworen wir unseren unerschütterlichen Glauben an Gottes schützende Hand. Doch tief in uns wussten wir nun, dass wir als Blutopfer für ihre Geister und Götter dienen sollten, vielleicht wollte man uns sogar fressen. Gefesselt und geschwächt warteten wir auf unser Schicksal. Wir spürten die grausamen Blicke, sahen die geschärften Klingen und hörten das vulgäre Gelächter der Wilden. Wir wagten kaum noch zu atmen." Wie meine Zuhörer, stellt Heinrich fest.

Ludwig hatte einmal vorgeschlagen, Heinrich solle doch Abenteuerromane schreiben, wie in den Heftchen, die man an jedem Kiosk kaufen kann und die mit Titelbildern von Schlachten, magischen Ritualen und Panoramen aus wilden Ländern warben. Der wiederkehrende Titel wäre etwas in der Art wie „Heinrich Hermann, Agent im Auftrag Hagenbecks." Darüber würde ein verwegenes Portrait des Protagonisten prangen und darunter der jeweilige Titel des Heftes, zum Beispiel Ausgabe Nummer Eins: „Heinrich Hermann, Agent im Auftrag Hagenbecks und die Königin vom Saba" oder

“Heinrich Hermann und die Jagd nach den Bärenkriegern“, oder auch „Heinrich Hermann im wilden Sibirien.“ Das geht wie von selbst. Wer möchte nicht etwas lesen über „Heinrich Hermann und der Tempel der Menschenfresser“?

„Doch es regnete in dieser dunklen Nacht und es muss ein vom Himmel gesandter Regen gewesen sein, denn er durchweichte die Seile, mit denen sie uns gefesselt hatten. Während ich mit Schrecken ihre Vorbereitungen verfolgte, versuchte ich unaufhörlich, diese Seile zu lösen.“

Oder „Heinrich Hermann und der Schlangengott der Kugelköpfe“. Es könnte natürlich auch heißen: „Heinrich Hermann und Ludwig Kresse, die Agenten Hagenbecks – und die Ballonfahrt nach Xantilon“ oder so ähnlich. Da war viel Raum für große Heldentaten und würzige Geschichten, hatte sein Assistent gemeint.

„Ich bewegte meine Handgelenke, drehte sie und spürte, dass ich mehr und mehr an Raum gewann. Die Kannibalen tanzten um ihr Feuer, das so groß war wie eines unserer Osterfeuer, und ihre Körper warfen schreckliche Schatten auf uns. Es war ein übles Schauspiel - sie verrenkten ihre Glieder in so grotesken Ausmaßen, als hätten sie gar kein Skelett in ihren Leibern. Dann, endlich, spürte ich, dass ich meine Hände aus der Schlinge ziehen konnte!“ Heinrichs Mutter wedelt sich Luft zu. Hier und da wird leise aufgeatmet.

„Ich löste still und eilig die Fesseln meiner Begleiter, doch kaum, dass wir unsere Füße frei hatten, begann einer der Menschenfresser zu schreien und auf uns zu zeigen. Sie hatten unsere Flucht entdeckt! Oh, wir rannten, so schnell wie uns unsere Beine trugen. Ein Sturmregen aus Pfeilen ging hinter uns hernieder, doch die Angst verlieh uns Flügel und wir flüchteten ins schützende Dickicht des Urwaldes. Doch die Jäger waren uns dicht auf den Fersen. Haken schlagend wie die Hasen erreichten wir mit letzter Not den Fluss. Wir konnten unser Glück kaum fassen, als wir einen Flussdampfer entdeckten und deutsche Stimmen hören durften!"

„Das haben Sie sich doch ausgedacht!", lacht der ältere Holland vom Ende des Tisches ohne jeden Vorwurf in der Stimme.

„Ich schwöre Ihnen, so ist es geschehen!", widerspricht Heinrich. „Es war ein Erzdampfer der Handelsgesellschaft. Ich schützte meine Begleiter, indem ich mir einen dicken Ast griff, während sie sich bereits tollkühn in den schwarzen Fluss stürzten, aber ich wäre wohl doch noch in einem der Kochtöpfe geendet, wenn die Soldaten an Bord nicht auf uns aufmerksam geworden wären. Nur mit Hilfe ihres Feuerschutzes gelang es uns, das rettende Schiff zu erreichen."

„Heldenhaft", flüstert Barbara und schaut Friedhelm dabei fast so verträumt an wie Petra ihren Häuptling. Heinrich muss nun die Nachfragen einiger Damen beantworten und weitere Details berichten, während die Musik wieder einsetzt.

„Aber nein, nein", wiegelt er immer wieder ab, „das Ganze war durchaus unüblich, das kann ich Ihnen versichern. Solche Sachen kommen Gott sei Dank nicht allzu oft vor. Aber rechnen muss man mit solchen Gefahren in diesem Gewerbe nun einmal."

In diesem Moment wird der rote Wein serviert und Onkel Jensen zitiert plötzlich für alle hörbar und bestens gelaunt aus dem „Faust":

„Gut! wenn ich wählen soll, so will ich Rheinwein haben.
Das Vaterland verleiht die allerbesten Gaben."

Und Doktor Buhten antwortet ihm ebenso beseelt:

„Ich will Champagner Wein,
Und recht moussierend soll er sein!
Man kann nicht stets das Fremde meiden.“

An dieser Stelle steigt August Hermann laut mit ein:

„Das Gute liegt uns oft so fern.
Ein echter deutscher Mann mag keinen Franzen leiden.
Doch ihre Weine trinkt er gern!“

Die letzte Zeile sprechen sie gemeinsam mit Gerhard, Wolfgang und den sonst so zurückhaltenden Hollands im Chor und alle lachen aus voller Kehle. Sie prosten sich und dem Häuptling zu.

„Zum Wohl, die Herren!“

„Auf unseren Heinrich!“, ergänzt Gerhard.

„Hört! Hört!“, erklingt es von allen Seiten.

Später, während an allen Enden der Tafel in kleinen Grüppchen leise gelacht und laut geschwatzt wird, beugt sich Friedhelm zu einem gut gelaunten Heinrich, der weiterhin umringt ist und nicht genug Auskunft geben kann: „Herr Hermann?“

„Ja, mein Junge?“

„Ich glaube, wir sollten langsam aufbrechen.“

Heinrich nickt eifrig. „Ja, du hast Recht.“

Er entschuldigt sich bei seinen Zuhörern und geht, leicht beschwingt, zu seiner Mutter. Er legt seine Hände auf ihre Schultern und beugt sich zu ihr: „Ich habe übrigens noch eine zweite Überraschung für dich – für euch.“

„So?“ Seine Mutter schaut zu ihm hoch.

„Ich möchte euch einladen.“ Dann breitet er seine Arme aus, um zu verkünden: „Wir gehen heute Abend ins Theater. Der Tanz unserer Wilden wird euch in die Südsee entführen und zeigen, wie es dort wirklich zugeht!“

20

Eine endlose Woche später lebten sie noch immer auf dem Erzdampfer. Die Langeweile war tödlich. Das Schiff arbeitete sich schrecklich langsam auf dem mäandernden Lauf des Flusses ins Innere der Insel vor. Umgestürzte Bäume und Äste, die wie Netze über dem Wasser hingen, zwangen sie täglich zu Unterbrechungen. Die Besatzung, die zum großen Teil aus Neuguineanern bestand, nahm notgedrungen an die zehn Bäder allein zwischen Sonnenaufgang und Sonnenuntergang, um den Weg wieder frei zu machen. Nachts ging es oft gar nicht voran.

Die Bauingenieure, der schweigsame Bankagent und die Hagenbeck-Reisenden dösten die meiste Zeit auf klapprigen, ausgemusterten Sonnenstühlen und beobachteten, wie die Berge näher kamen, langsam zwar, aber doch sicher. Es waren gewaltige grüne Massive, hinter denen sich noch höhere Bergspitzen ankündigten. Heinrich suchte die Hänge nach Siedlungen ab und wahrhaftig glaubte er eines Nachmittags, etwas erkennen zu können. Ein winziges Dorf wohl, aus dessen Zentrum eine feine Rauchwolke aufstieg. Es schien unerreichbar fern zu sein.

„Armer Wahnfried", bemerkte Ludwig eines Abends, während er Heinrich die Haare schnitt. „Glaubst du, sie haben ihn in den Kochtopf gesteckt?"

Heinrich wollte es eigentlich gar nicht wissen. Haare rieselten still auf seine Schultern und das Jucken machte ihn noch nervöser.

„Oder werden Menschen gebraten?"

Heinrich wurde unwohl, wenn er an den Jungen dachte. Ludwig, der versuchte nicht in die Ohren zu schneiden, bemerkte seine Anspannung.

„War doch nicht deine Schuld."

„Na ja."

„Er hätte doch einfach mit an Bord kommen sollen."

In dem Moment, als ihnen das Fehlen ihres Führers aufgefallen war, hatte Heinrich darüber nachgedacht, umkehren zu lassen. Doch er wusste aus Erfahrung, welche Maßnahmen die Polizeieinheit an Bord gegen Etzels Stamm ergriffen hätte. Damit wollte er sich nicht beladen. Vor allem jedoch konnte er es sich einfach nicht leisten, noch mehr Zeit zu verlieren - gerade jetzt, wo sie dabei waren, Debeliers Vorsprung aufzuholen.

„Außerdem", versuchte es Heinrich mit einem Gedanken, „als nützlich hatte sich der Junge ja nun wirklich nicht erwiesen."

„Fertig", sagte Ludwig.

Heinrich betrachtete sich in einem nahezu blinden Spiegel und wechselte das Thema. Er sprach seinen Begleiter, der sich die Haare von den Händen wusch und danach seinen Sonnenbrand mit Creme einrieb, noch einmal auf dessen Zeichnungen an, und ob er nicht doch in Betracht ziehen wolle, sie Hagenbeck zu zeigen.

Ludwig überlegte einen Moment, während er einen letzten Klecks Creme auf seiner Nase verrieb.

„Kennst du ‚Der Traum, ein Leben'?"

Heinrich schüttelte den Kopf. Wieder regneten sanft Haare zu Boden.

„Nein? Das geht so:

‚Eines nur ist Glück hienieden,
Eins: des Innern stiller Frieden
Und die schuldbefreite Brust!
Und die Größe ist gefährlich

Und der Ruhm ein leeres Spiel,
Was er gibt, sind nicht'ge Schatten,
Was er nimmt, es ist so viel!'"

Pfff, dachte Heinrich. Und die schuldbefreite Brust!

„Ich muss mal meine Medizin nehmen", sagte er.

Auf dem Weg zu seiner Kabine traf er einen der Ingenieure, der eine komische Handbewegung machte oder vielleicht eher ein Handzeichen.

„Sind Sie Freimaurer oder so etwas?" fragte Heinrich.

„Darauf darf ich leider nicht antworten. Ich dachte, ich versuche es einmal. Sie kamen mir nämlich bekannt vor. Nichts für Ungut, Herr Hermann."

Damit verbeugte sich der Mann und ging wieder an die frische Luft.

Heinrich träumte in diesen langen Tagen von Hawaii. In Indien hatte er von einem Amerikaner namens Hailey Geschichten von sogenannten „Hula"-Mädchen, brodelnden Vulkanen und einer völlig uneuropäischen, aber trotzdem zivilisierten Lebensweise gehört. Von namenlosen, saftigen Früchten und sanften Stränden. Er hatte beschlossen, möglichst bald den Reisebericht von Mark Twain zu lesen.

„Wie ist Ihnen denn dieser Traum?", fragte ihn Ludwig eines Nachts, bevor sie sich schlafen legten. Heinrich hatte gerade wieder ganz geschäftlich von dem geplanten Besuch der Sandwich-Inselgruppe gesprochen - im Zweifelsfall auch zu Hagenbecks Wohlgefallen, selbstverständlich, er wolle da nichts ausschließen - während Ludwig mit dem Kompass herumspielte und sich über den Zustand des hiesigen Kartenmaterials beschwerte.

„Wie er ist?" Heinrich zögerte. Solche Fragen wurden ihm sonst nie gestellt. Fast wäre er rot angelaufen. „Angenehm", sagte er dann einfach.

Ludwig krakelte mit einem Stift auf einer besonders alten und nutzlosen Karte herum.

„Tatsächlich", begann Heinrich, „habe ich keine rechte Lust mehr auf diese Reisen."

Aber vielleicht lag es nur daran, dass er heute wieder vom Fieber geplagt wurde. Ja, der Junge schwächelt wieder, hörte er seine Mutter sagen.

„Warum dann diese Pläne mit den Sandwich-Inseln?"

„Einen Versuch ist es wert. Diese Welt muss doch ein Plätzchen für einen Menschen bereithalten. Ein Ort zum... zum Sein."

Ludwigs dummes Gedicht war ihm den ganzen Tag nicht mehr aus dem Kopf gegangen. Heinrich würde wirklich gerne mit Mechthild nach Hawaii reisen, nur um zu sehen, ob es wirklich anders sein mochte als all die anderen Länder der Welt, als all die anderen Menschen, als all das, was er kannte.

Am nächsten Morgen, kurz vor Sonnenaufgang, wurden sie von einem lauten Tohuwabohu an Deck geweckt.

„Bestimmt wieder irgendein Baum", nuschelte Ludwig und drehte sich in seiner Koje um, in die er nur mit angewinkelten Beinen passte. Für Heinrich klangen die Stimmen allerdings aufgeregter als sonst und er ahnte den Anlass. Immerhin wartete er schon lange genug auf das entsprechende Zeichen. Er warf sich seine Jacke über und eilte nach oben. Unterwegs begegneten ihm zwei Matrosen, die ihn wieder dringend dazu anhielten, doch bitte, bitte langsam zu gehen. Die S.M.S Kostengünstig - so getauft von ihrer sie liebenden Besatzung - hatte ungefähr fünfzig Kisten mit Dynamit für die Bergwerke im Westen an Bord und jedes Mitglied der Besatzung lief wie auf Eiern. Schon einigen Tagen Reise hatte jemand entdeckt, dass Nitroglycerin aus mindestens einer der Kisten tropfte. Seitdem hatte niemand mehr gewagt, einen genaueren Blick in den Laderaum 3 zu werfen. Man hatte dem Smutje sogar verboten, mit Feuer zu hantieren, und obwohl die Maschinen Tag ein Tag aus liefen, bekam man seit dem nicht einmal einen heißen Kaffee.

„Ja doch!“, flüsterte Heinrich und er beschleunigte erst wieder, als die Männer außer Sicht waren.

Die Luft war bereits zu dieser frühen Stunde von Feuchtigkeit gesättigt und die milde Kühle der Nacht hatte sich im Nebel verfangen. Das ewige und unendliche Grün dieser Insel begann Heinrich auf eine Art zuzusetzen, die er nicht erklären konnte. Vielleicht lag es an diesem überwältigenden Detailreichtum, der einen ganz wirr im Kopf werden ließ. Millionen von Kleinigkeiten, die sich oft nur durch eine Nuance in Farbton und Form voneinander unterschieden, waren zu dieser Morgenstunde einfach zu viel für seine Augen.

Die Mannschaft stand an Backbord und schaute ans Ufer. Die Männer diskutierten in Pidgin-Englisch und sein Blick folgte ihren zeigenden Händen. Dann entdeckte Heinrich das verlassene Lager.

Wusste ich es doch, dachte er.

Eine Sekunde später schlitterte Heinrich über das Deck, stürzte die engen Stufen hinunter und ignorierte die Frage eines Pause machenden Maschinisten, ob er sie denn alle umbringen wollte. Er rannte durch das Innere des betagten Dampfers wie ein Hamster durch ein Labyrinth, dass er auswendig kennt, und fiel polternd in ihre Kabine.

„Debelier!“, rief er Ludwig ins Ohr und schüttelte ihn durch. „Der Franzose! Wir haben ihn!“

Das Lager konnte kaum älter als zwei Tage sein. Als sie neben dem erloschen Feuer standen, rochen sie noch den Rauch, der aus der feuchten Asche quoll. Die Boote, eindeutig die kunstvolle Arbeit der Finschhafener, lagen ein paar Meter weiter im Wald, in einem kleinen Lagerhäuschen aus Holz.

„Gute Arbeit“, kommentierte Mayer den kleinen Bau. „Das ist aber schon ein paar Jährchen alt.“

„Einige sogar“, ergänzte Hans.

„Und steht noch immer.“

„Gerade noch so“, stellte Johannes fachmännisch fest und rüttelte zaghaft an der Konstruktion, die daraufhin zu schwanken begann.

Der Maat erzählte ihnen, dass sich hier früher eine kleine Anlegestelle befunden hatte, die eine Verbindung zu einer mittlerweile aufgegebenen Plantage im Landesinneren darstellte. Zuvor soll auch schon ein Hafen der Einheimischen an dieser Stelle existiert haben. Allerdings hielten sie sonst nie hier.

„Da lebt wohl seit vielen Jahren niemand mehr.“

Es war nur ein Verdacht – aber wenn Debelier sich entschlossen hatte, hier an Land zu gehen, und durch den Wald zu marschieren, dann musste er seine Gründe dafür haben.

„Wenn Sie meinen.“ Der Maat zuckte mit den Schultern.

Heinrich erklärte dem Mann, wohin die Kisten mit Etzels Devotionalien gebracht werden sollten – nämlich zunächst nach Friedrich-Wilhelm-Hafen, wo sich ein Herr Jakob Hippen von der Neuguinea-Kompanie gerne um alles weitere kümmern werde. Dann kaufte er den Ingenieuren zwei ihrer Zelte ab und suchte für sich und Ludwig halbwegs passende Kleidung aus der Waschküche des Schiffes. Er kaufte Wasser und getrockneten Fisch und entlohnte den Maat darüber hinaus noch diskret mit einigen Reichsmark in die Hand.

„Für Ihre Auslagen und Aufwendungen.“

Der Maat steckte es ein und versicherte, dass er sich persönlich um die Kisten kümmern werde. Kurz bevor sie von

Bord gingen, stand plötzlich der Bankagent vor Heinrich.

„Wir sind leider gar nicht dazu gekommen, ein paar Worte zu wechseln." Die Stimme des Mannes klang so hohl, als käme sie aus dem Trichter eines Grammofons.

„Sehr richtig." Irgendetwas musste Heinrich ja sagen.

„Aber vielleicht lässt sich das ja nachholen. Darf ich Ihnen meine Karte übereichen? Ich werde in einigen Monaten wieder in Hannover sein, und wenn Sie einen Rat benötigen oder gar einen Kredit, zögern Sie nicht, sich an mich zu wenden. Unter Kameraden lässt sich doch immer einfacher helfen."

Heinrich bedankte sich, doch noch bevor er etwas sagen konnte, hatte sich der Mann wieder in den Schatten zurückgezogen. Heinrich steckte die Karte ein, ohne sie sich anzusehen. Kameraden, dachte er.

Eine halbe Stunde später winkte die Hagenbecksche Expedition dem Dampfer nach. Wenn Heinrich richtig gesehen hatte, hatten sich Ludwig und einer der Ingenieure mit den geheimen Handzeichen verabschiedet, um sich danach brüderlich die Hände zu schütteln, ganz so, als wären sie Schulfreunde. Als nur noch die Dampfwolken über dem Dschungel vom Schiff zeugten, schulterten sie ihre Säcke.

„Auf, auf, Genossen!", sagte Heinrich gut gelaunt. Wieder zu fünft verschwanden sie auf den frischen Spuren der französischen Expedition im Urwald.

21

Den gesamten Weg zum Theater verbringen Peter und seine Familie mit tuscheln, glucksen und gackern. Sie sind aufgeregter als am Tage ihrer Ankunft in Hamburg. Ab und zu lacht der alte Zauberer herzlich auf und schüttelt sich. Heinrich kann den wirren Kauz nicht mehr leiden. Diese Art des boshaften Krächzens kennt er aus vielen Kehlen und noch keine davon ist ihm je so sympathisch gewesen.

„Was lacht ihr?“, will Meggy wissen, doch sie antworten ihr nicht und werden nur noch ausgelassener. Der Schamane hat gerade jemanden aus der Geburtstagsgesellschaft nachgeahmt.

Die Hollands fahren den beiden Kutschen des Tierparks in ihrem eigenen kleinen Zweisitzer nach. Sie haben Heinrich seit langer Zeit in Ruhe gelassen, weder während der Feier noch danach sprachen sie ihn an. Sie scheinen ihn nur noch zu überwachen.

Peter trägt ein mildes und, wie es Heinrich scheint, süffisantes Lächeln auf den Lippen, und ihm erscheint es außerdem, dass dieses Lächeln nur für ihn bestimmt ist.

„Ich freue mich sehr auf unsere Reise in die anderen Städte“, bemerkt Peter. „Und ich freue mich sehr, dass Sie uns bestimmt begleiten werden“, sagt er.

Heinrich weiß für den Rest der Fahrt nicht mehr, was er denken soll. Oder wie überhaupt dieser Eindruck hatte entstehen können.

„Ich glaube nicht, dass wir das so handhaben werden“, antwortete er vorsichtig, aber der Häuptling nickt nur, als wäre es ganz gleich, was Heinrich glaubt. Und vielleicht hat er damit sogar Recht. So ist er sehr erleichtert, als er die Peters am Bühneneingang absetzt, wo sie von den anderen Stammesmitgliedern erwartet werden. Kaum steht ihr Häuptling bei ihnen, beginnt auch hier wieder das Getuschel und Gekicher. Peters Vater übergibt Heinrich die Kamera mit der Bitte, vielleicht im rechten Moment eine Fotografie von ihrem Auftritt zu schießen.

„Woher habt ihr diese Kamera denn überhaupt?“

„Ich habe sie gekauft", antwortet der alte Mann fast beleidigt.

„Von Friedhelm?"

„Sicherlich. Er ist ein freundlicher Junge."

In diesem Moment versteht Heinrich auch endlich, wie dieser Stamm seine beiden Anwälte gefunden hat. Er hätte fast gelacht, doch er verschluckt sich nur, denn die Hollands treten wieder näher. Sie sprechen ihn an, freundlich, fast verbindlich, so als kenne man sich bereits seit vielen Jahren.

„Wir müssen bei dieser Gelegenheit erwähnen, dass zu den im Vertrag genannten Personen weit mehr gehören als die Familie des Häuptlings. Der heutige Ausflug wird also als Zeichen des guten Willens und als Anzahlung gewertet. Sie sollten aber nicht aus den Augen verlieren, dass auch den anderen Mitgliedern des Stammes vergleichbare Vergütungen zustehen."

Wieder bleibt es Heinrich nur, zu nicken und zu hoffen, dass morgen einer der Hagenbecks zurück ist.

„Oh, und eines noch", sagt der ältere Holland. „Sie werden doch als Impresario bei der anstehenden Tournee mitreisen?"

„Nein", sagt Heinrich jetzt entschlossen. „Das nicht. Da handelt es sich wohl um einen Irrtum."

„Ja, nun", setzt der Jünger an, aber sein Vater winkt ab und beugt sich zu Heinrich.

„Vielleicht sehen Sie sich den Vertrag heute oder morgen früh noch einmal an und wir sprechen dann darüber."

„Nein, ich bin mir da ganz sicher -"

„Da Sie sich für die Freizeit als Begleiter bereitgestellt haben", beginnt der junge Mann nun doch zu erklären, aber sein Vater verabschiedet sich bereits von Heinrichs Frau und deutet seinem Junior, es ihm gleich zu tun.

„Herrn Peter liegt offensichtlich viel an der Einhaltung dieser Klausel, wissen Sie", lächelt der junge Holland noch, um sich anschließend vor Greta zu verneigen.

„Herr Hermann“, bemerkt sein Vater abschließend. „Wie gesagt, lesen Sie doch bitte noch einmal nach. Wir werden dann morgen weitersehen, nicht wahr?“

„Da bin ich mir sicher.“

Einige Minuten später hat sich die Familie Hermann in der Vorhalle des Theaters zusammengefunden. Greta und Mechthild stehen bei Heinrichs Mutter und seinem Vater, der sich nicht recht zu freuen vermag. Er wäre heute lieber zu seinem Stammtisch gegangen – eine Störung seiner Gewohnheiten empfindet August Hermann als grimmigen Schlag gegen seinen Seelenfrieden. Als Kinder haben Heinrich und Gerhard hinter seinem Rücken Scherze über ihren alten Herrn gemacht. Wenn er mit dem kleinen Wolfgang durch den Garten spazierte, auf seiner Suche nach Unkraut, und er ganz sicher außer Hörweite war, rezitierten sie sogar einige Zeilen von „Herr Biedermeier“:

„Schau, dort spaziert Herr Biedermeier
und seine Frau, den Sohn am Arm;
sein Tritt ist sachte wie auf Eier,
sein Wahlspruch: Weder kalt noch warm.“

Seit einigen Jahren war der Vers nicht mehr für ihren Vater, sondern für Wolfgang selbst gedacht. Dem sie es auch direkt ins Gesicht singen.

„Wann wird es denn beginnen?“ Meggy rutscht auf dem Schoß ihrer Mutter unruhig umher. Greta streicht ihr über die Haare. Sie hatten keine Zeit gehabt, Zuhause vorbei zu fahren, damit sie die Kleider wechseln konnte. Sie kommt sich daher schrecklich unpassend vor, aber sie hat auch etwas Weißes an der Nase und das scheint ihr zu helfen.

„Um acht Uhr.“ Sie zeigt auf die große Standuhr neben der

Kasse, deren glänzendes Ziffernblatt einem Zweispänner gut und gerne als Rad dienen könnte.

Heinrichs Mutter, mit ihrem feinen Silberfuchs um die Schultern, strahlt so ungewohnt hell und freundlich zu Heinrich hinauf, dass es kaum mehr Licht bedürfte, um das ganze Theater zu erhellen.

„Heute ist es ja doch sehr schön“, sagt sie herzlich.

„Das freut mich.“

„Ich weiß ja, dass du auch ganz anders kannst.“

Er stimmt ihr zu.

„Du musst dich mehr um deine Familie kümmern“, beginnt sie wieder mit ihrem liebsten Thema. „Wir sorgen uns. Dir kann doch tausendfach Unbill geschehen.“ Sie spricht sehr ruhig. „Und was dann?“

„Mutter...“

„Ich liebe dich nur“, sagt sie leise. Ihr ist es ernst. „Wirf es mir ruhig vor. Wenn du schon nicht genug an deine Familie denkst, so muss deine Familie dreimal so oft an dich denken.“

Ihr Mann steht wieder still an ihrer Seite und trägt ein Gesicht, als würde er an gar nichts denken.

„Es ist doch tatsächlich alles nur halb so aufregend“, beschwichtig Heinrich. „Ihr wisst doch gar nicht, wie es da wahrhaftig ist.“

„Das muss ich auch nicht.“ Damit blickt seine Mutter Greta an, als wäre mit diesem Hinweis alles Nötige erklärt.

„Ich schau mal, ob schon Einlass ist“, und mit diesen Worten sucht Heinrich die Toilette auf. Das Thema Enkelkinder liegt wieder in der Luft.

Obwohl das Schlimmste überstanden zu sein scheint, kann Heinrich sich nicht beruhigen. Er rechnet jeden Moment damit, dass die Advokaten aus einer dunklen Ecke hervorspringen, um mit ihm noch über ein oder zwei Paragrafen zu diskutieren. Schlimmer noch, er ist besorgt, dass die Ha-Jy sich entschließen können, während des Auftrittes zu streiken. Dass sie sich einfach auf die Bühne setzen und warten. Was er bei diesem Gedanken spürt, die Wellen aus Hitze und Kälte, das Zittern und das Gefühl der Hilflosigkeit – diese Symptome sind zumindest nicht das Fieber. Auch wenn dies nur ein schwacher Trost ist.

Es dürfte ein ausverkaufter Abend werden, stellt Heinrich fest. In der Vorhalle, unter einem Himmel aus funkelnden Glühbirnen in goldenen Kronleuchtern, finden kaum mehr Menschen weitere Platz und noch immer stehen potenzielle Gäste an der Kasse. Überall sieht man gewichste Schuhe, stramme Uniformen und blinkende Orden, feine Kleider aus gutem Tuch, saubere Kragen, geleckte Bärte und Frisuren, die erst vor wenigen Stunden vollendet worden sind. Fast alle Herren tragen Zylinder, als wäre es seit kurzen vorgeschrieben. Manche lesen in Programmen mit beeindruckenden Bilder, die die Besonderheiten der einzelnen Rassen darlegen. Auch Heinrichs Name wird in den Broschüren erwähnt.

Ein Mann preist vor dem Eingang seine Bücklingsbrötchen mit und ohne Zwiebelringe an und schreit dafür laut in das Theater hinein. Ein anderer Mann steht vor dem Händler. Er hat sich ein Schild umgehängt, das ihm bis zu den Knien geht und das frischeste Hamburger Bier in der „Altdeutschen Schenke" anpreist. Für einen Moment glaubt Heinrich, einen der Berliner Wissenschaftler entdeckt zu haben, der sich allein durch eine Gruppe von Offizieren kämpft, aber der Mann ist klein und verschwindet wie von Zauberhand.

Heinrich betritt die Toilette, geht ans Waschbecken und feuchtet sein Einstecktuch an, um sich Wangen und Stirn abzutupfen. Der Prunk dieses Raumes ist überwältigend. Ornamente wie in einem Harem, Schwäne an den Wänden, Blütenkelche, Schnörkel und Verzierungen in goldenen

Bändern und über allem erstrahlt das elektrische Licht. Außer ihm befindet sich nur ein Mann hier – ein kleiner Herr im Smoking steht neben ihm. Erst als Heinrich sich wieder aufrichtet, bemerkt er, dass der Mann sich nicht bewegt hat. Seine Augen sind starr auf das Spiegelbild gerichtet.

Vielleicht betet er, denkt Heinrich. Doch der Mann ist so regungslos, dass er tot sein könnte. Eigentlich erinnert Heinrich dieses starre Gesicht nicht an einen Deutschen, sondern an einen Wilden. Es ist ein ebenso kleiner Mann, mit dunkler Haut, breiter Nase und krausen Haaren. Wie ein Mischling. Wie ein Bastard aus Kaiser-Wilhelms-Land. Eigentlich erinnert der Mann ihn an Wahnfried.

Heinrich wagt nicht, die Gestalt ein weiteres Mal anzusehen. Und er befürchtet, wenn er den Mann berührt, wird seine Hand durch den Körper dringen, als wäre dieser aus Nebel. Oder gar der manifestierte Lichtäther, der, unnatürlich beeinflusst von all dem elektrischen Licht, Geistern die Gelegenheit gibt, Gestalt anzunehmen.

Heinrich stopft das feuchte Tuch die linke Hosentasche und eilt wieder in die Vorhalle.

„Es dürfte jeden Augenblick beginnen“, sagt er und reicht seinen Eltern mit zitternden Händen je ein Programmheft. Sein Vater liest für die Familie vor:

“Der grosse Tanz aus Neuguinea – echte Ureinwohner männlichen und weiblichen Geschlechtes!

Carl Hagenbeck präsentiert Ihnen voller Stolz die ersten Exemplare dieser Race in ganz Europa! Sehen Sie seltene und merkwürdige Menschen! Versäumen Sie diese Auftrittsreihe nicht, bevor der Stamm auf große Tournee geht, wo sie den Hoheiten Europas und den gebildetsten Wissenschaftlern des Kontinentes vorsprechen werden! Speerwerfer, Bogenschützen und exotische Weiber, geschickte Kletterer und Jäger, aufregende Tänze und fremde Gesänge!

Werden Sie Zeuge, wie die Kinder der Wildnis den ersten Christen begegnen! Trotz ihrer geringen Verstandeskräfte werden Sie diese unbekannten Wesen in Staunen versetzen! Gerüchte erzählen gar von Kannibalen Ritualen...“

„Wie schön“, sagt seine Mutter und meint es auch so. Greta streicht sich ihr Kleid glatt und Heinrich nimmt Meggy auf seinen Arm. Er ächzt dramatisch.

„Schwer bist du, Mädchen!“

„Neun bin ich schon, nicht schwer!“

„Ich weiß“, sagt Heinrich und drückt sie an sich, während sein Vater ihn missbilligend und gleichzeitig traurig anblickt. Obwohl sein alter Herr letzteres mit Sicherheit bestreiten würde. Heinrich kneift Mechthild zärtlich in die Wange und sie lacht ihn an. Dieses Lachen ist heilsamer als seine Medizin und Ludwigs Flachmann zusammen. Wahnfried, denkt er. Wie kommt er nur auf solche Ideen? Er hätte wohl doch vom Schaumwein lassen sollen.

Die Menschen um sie herum geraten in Bewegung und betreten den großen Saal und die Familie Hermann schließt sich an.

„Jetzt geht es los“, verspricht er seiner Tochter.

22

Heinrich stand im Wald und schrie.

Die Entscheidung, auf gut Glück den Spuren des Franzosen durch unwegsames, sumpfiges Gelände zu folgen, war ein Akt und ein Eingeständnis der Verzweiflung gewesen. Ohne angemessene Karte und ohne kundige Führer glich es nichts anderem als einer Lotterie. Einer Runde Roulette mit dem letzten Einsatz in Baden Baden.

Was würde auf dieser Reise überhaupt noch gelingen?

Während Heinrich wie ein Berggorilla brüllte, hoffte er, dass Hippen, ihrer Absprache folgend, wenigstens einige spektakuläre und bunte Tiere hatte auftreiben können. Mittlerweile befürchtete er allen Ernstes, mit leeren Händen zurückkehren zu müssen. Er schlief von Nacht zu Nacht schlechter, er verlor jeglichen Appetit – seit Finschhafen nahm er nur mehr Happen zu sich – und an diesem Morgen hatte er sich mit Tränen in den Augen ertappt. Ein, zwei Mal in den letzten Tagen hatte auch sein Hörvermögen ausgesetzt. Er würde auch noch in einem Sanatorium in der Lüneburger Heide enden. Außerdem war ihnen an diesem Morgen das afrikanische Pulver ausgegangen. Mosquitos saugten seitdem ununterbrochen an ihm. Nein. Das hier war gar kein Schutzgebiet. Das war noch immer nichts weiter als eine undurchdringliche, grüne Hölle. Hier war kein Platz für Zivilisation. Der Wald brauchte keine Menschen und was ließ Menschen glauben, sie bräuchten diesen Wald?

Er schrie noch einmal. Ein so überwältigender Laut, dass er sich wie von selbst steigerte. Seine Kehle vibrierte. Irgendwann war es weniger ein Brüllen als ein Quietschen. Ludwig und die Holzfäller lagerten ein paar Meter entfernt, gerade außer Sichtweite, aßen etwas Dörrfisch und taten so, als würden sie nichts Außergewöhnliches bemerken.

So etwas wie dieser Zustand war Heinrich nur einmal zuvor widerfahren. Er war in Ostafrika Zeuge gewesen, wie nach dem Diebstahl eines Kammes eine Familie Neger bestraft worden war. Man prügelte mit kunstvoll geschwungenen Peitschenhieben jeden Rücken zwanzig Mal. Dem Dieb selbst wurden die Hände abgehackt. Stümpfe wie diese hat er seitdem überall wieder gesehen. Nach Wochen der Suche nach Objekten, schwach und nervlich angeschlagen, hatte dieser Tag Heinrich damit liebäugeln lassen, nie wieder auf Expedition zu gehen. Seine Mutter hatte wohl doch recht: Wieso fehlte ausgerechnet ihm jede deutsche Tugend? Warum hatte er keine Willensstärke? Warum war er so bar jeden Wertes?

Heinrich, mir graut vor dir, dachte er.

„Heinrich!"

Nicht sicher, ob er sich verhört hatte, hielt er inne und lauschte. Ludwig rief nach ihm.

„Ich komme ja!", schrie er zurück. Er klang auch in seinen Ohren wie ein quengelndes Kind. Vielleicht lag es auch nur an der Erschöpfung. Dem Fieber vielleicht. Sicher, was könnte auch sonst die Ursache sein! Als er zurück war, hatten die Holzfäller ihre Rucksäcke bereits wieder geschultert und Ludwig hielt ihm aufmunternd den seinen hin.

„Dort. Es erschien gerade eben."

Mit der freien Hand wies er nach Norden und dann sah Heinrich das Licht. Die Sonne war vor einigen Minuten untergegangen und dieses kleine Licht hinter den Bäumen schien in dieser Dämmerung wie ein Weihnachtsstern zu leuchten.

„Gott sei Dank", flüsterte er.

Eine Minute später schlitterten sie bereits wieder mit rudernden Armen durch den Matsch und versuchten, sich an jedem Baum in Reichweite festzuhalten. Im Angesicht des Lichtes hatte die leise, monotone Flucherei geendet, mit der sie sich bisher angetrieben hatten – abgesehen von Mayer, der sich trotz aller Vorsicht drei Mal auf den Hosenboden setzte, wo er zunächst ausgiebig zeterte und mit Schlamm um sich warf, bevor er wieder aufstand.

Nicht mehr als eine halbe Stunde später hatten sie eine Lichtung erreicht, auf der ein zweistöckiges Holzhaus im kolonialen Stil stand. Direkt davor hatte man eine Fahne gehisst. Nicht die Reichsfahne oder die einer anderen europäischen Nation, sondern eine gelb-schwarze, die das verschlungene, überfrachtete Wappen derer von Riekke trug. Ludwig strahlte wie die Sonne, als er den Baron neugierig aus dem Haus kommen sah.

„So sieht man sich wieder!", rief der Baron, als wären sie sich auf einer Flaniermeile in Europa begegnet. Heinrich fiel ihm um den Hals.

„Ich musste gerade an Sie denken", sagte der Baron lachend. „Seit gestern habe ich nämlich Besuch von einem Kollegen von Ihnen."

„Ach, sieh an", seufzte Heinrich. „Ein Franzose, nehme ich an?"

Heinrich konnte im Zwielicht des Abends erkennen, dass die Rodungen um das Haus für eine Plantage gedacht sein mussten, doch es schien, als läge die letzte Bestellung der Pflanzung viele Jahre zurück.

„Kann ich denn noch weitere Männer Ihres Schlags hier erwarten?", fragte der Baron und klopfte jedem der Männer auf die Schulter. Von Riekke sah gesund und lebendig aus, seine leuchtenden Wangen überstrahlten die Mosquitobisse bei weitem.

„Aber was rede ich! Sie und ihre Begleiter wollen sich bestimmt frisch machen. Kommen Sie doch rein und fühlen Sie sich wie zuhause."

Kurz darauf standen die fünf Reisenden mit nackten Oberkörpern an einem Holztrog und wuschen sich. Es fühlte sich an, als würde man neu geboren, dachte Heinrich.

Eine Stunde später fanden sie sich mit glänzend sauberen Fingernägeln an einer Tafel ein. Es standen Früchte, Brot und kaltes Fleisch bereit. Krumme Kerzen standen auf dem Tisch und drohten jeden Moment zu erlöschen und sie in der Dunkelheit zurückzulassen. Heinrich und seine Begleiter versuchten, nicht zu sehr zu schlingen. Der Baron berichtete während des Mahls, was ihm seit seiner Ankunft widerfahren war. Sie erfuhren, dass er nach seinem Bordellaufenthalt ebenfalls zur Handelsgesellschaft gegangen war und dort der Einfachheit halber geradewegs die Rückgabe seines Grundstückes gefordert hatte. Er hatte einen Stapel alter englischer Dokumente, Reiseaufzeichnungen und Karten vorgelegt, die die Begleiter seines Verwandten zurück nach Deutschland gebracht hatten. Wie sich herausstellte, wusste Hippen nichts von diesem Teil des Schutzgebietes, es existierte noch nicht einmal eine Karte für diesen Bereich. So erklärte er es kurzerhand für besitzlos und überschrieb es im gleichen Atemzug dem Baron mit der Auflage, selbstverständlich jeglichen Handel, der sich aus diesem Besitz ergeben sollte, über die Deutsche Neuguinea-Kompanie abzuwickeln.

„So einfach war das", sagte der Baron und lachte.

„Die Gesellschaft ist froh über jeden, der freiwillig ein Stück Grund urbar machen will. Besonders, wenn sie dafür niemanden mit Zuschüssen und günstigen Konditionen aus Deutschland locken müssen", bemerkte Ludwig. „Man bekommt einiges geschenkt, wenn man bereit ist, in die Fremde zu gehen, wussten Sie das?"

Als Baron von Riekke erzählte, wie er eine Gruppe von sechs Trägern und vier Polizisten über die Kompanie anwarb – beim Landeshauptmann von Bennigsen persönlich diesmal – bekam Heinrich den Eindruck, dass das Budget des Barons um einiges höher sein musste als die Hackenbeck´schen Spesenvorräte.

„Wir folgten neuen Wegen und alten Pfaden, und nach zwei

Wochen strammen Marsches fast geradewegs nach Süden fanden wir das Haus und ich schickte die Träger wieder zurück. Einheimische hatten meine Villa in Schuss gehalten."

„Kaum zu glauben", sagte Heinrich und lauschte auf das dauernde Quieken, Schnarren, Surren und Gackern des Waldes. Es klang in dieser Gegend neu. Als ob hier andere Tiere ihren Spaß mit den Menschen trieben.

„Und wo sind diese Einheimischen?", fragte Ludwig.

„In ihrem Dorf, so eine gute Meile östlich. Und hier", sagte der Baron, als die Köchin eintrat, um die Essenreste abzuräumen.

„Sie ist sehr hellhäutig", bemerkte Heinrich vorsichtig, nachdem sie wieder gegangen war.

„Ja. Das sind viele hier. Damals gab es noch keine Regelung gegen das Durchmischen. Wie gesagt, es gab ja noch nicht einmal das Reich." Er gluckste fröhlich.

„Haben Sie viele Angestellte?", hakte Heinrich nach.

„Eigentlich sind es nicht meine Angestellten. Sie helfen mir nur."

„Das ist sehr freundlich von ihnen", kommentierte Ludwig skeptisch.

„Sehr freundlich", bestätigte Heinrich. „Wissen Sie denn nun eigentlich, was mit Ihrem Vorfahren geschehen ist?"

„Doch. Sicher. Er zog zu den Wilden ins Dorf."

„Oh-ha!", sagten die Holzfäller im Chor. Bis eben schien es, als würden sie dem Gespräch überhaupt nicht folgen und sich gänzlich auf das Essen konzentrieren.

„Ich kann Sie ihm gerne vorstellen. Er ist zwar senil und nicht ganz richtig im Kopf, aber ich wollte in zwei Tagen sowieso rüber gehen, um Debelier ein paar Mitglieder des Klans vorzustellen."

„Ach", sagte Heinrich.

„Können uns gerne begleiten", bot der Baron an.

„Das wäre zu freundlich.“

„Wo ist der Herr Kollege überhaupt?“, fragte Ludwig.

„Er und seine Begleiter schlafen schon seit einem Tag. Waren auch äußerst erschöpft. Sie müssten eigentlich langsam mal wieder wach werden, glaube ich.“

„Nun, Schlaf könnten wir allerdings auch benötigen.“

Der Baron führte sie auf ihre Zimmer. Sie fanden einfache Holzbetten vor, darauf lagen selbst gestopfte Matratzen mit rätselhaft weicher Füllung und über allem schwebten die obligatorischen Netze gegen Insekten aller Art. Heinrich konnte sein Glück kaum fassen. Die Erschöpfung übermannte ihn und er gab sich ihr ganz und gar hin, rollte sich in seine Decke ein und verlor sich schon einen Augenblick später in tiefem Schlaf.

Geweckt wurde er durch ein erderschütterndes Lachen. Aha, dachte Heinrich und stand sofort auf. Er kannte dieses Geräusch. Und es war an der Zeit, sich dem Verursacher zu stellen. Er betrachtete sich in dem Becken mit Wasser, nickte entschlossen und ging er dem Lachen entgegen.

Erst jetzt, im Licht des Morgens, erkannte Heinrich, in welch schrecklichen und erbarmungswürdigem Zustand das Haus sich befand. Die meisten Möbelstücke schienen Attrappen zu sein, die ihre Vorbilder mehr schlecht als recht nachahmten. Schränke mit aufgemalten Türen, vorgetäuschte Schubfächer in den Kommoden und selbst von hier sah er, dass der Kamin im Salon eigentlich nur eine Anhäufung von Steinen ohne einen Abzug war. Die Decke war undicht und das Regenwasser der Nacht tropfte noch an verschiedenen Stellen auf die Treppe und den Fußboden. Plötzlich war sich Heinrich nicht einmal mehr sicher, dass ihn die Stufen tragen würden. Das, was er gestern für einen Kronleuchter gehalten hatte, stellte sich als eine Bastelei aus von ihrer Rinde befreiten Ästen heraus, auf deren Spitzen Kerzen steckten. Das ganze Haus schien nur eine Attrappe zu sein.

Der Baron saß noch immer auf dem gleichen Stuhl wie am Vorabend und er trug auch noch die gleichen Kleider. Er hielt einen Holzbecher mit klarer Flüssigkeit in beiden Händen. Neben einem der Fenster lag ein zersplittertes Glas, als ob jemand versucht hatte, es aus dem Fenster zu werfen und nicht getroffen hatte. Mit dem Baron saßen drei Männer am Tisch und einer von diesen lachte ein weiteres Mal grollend, als er Heinrichs Schritte hörte und ihn eintreten sah.

„Mein lieber Monsieur Hermann!“, der Mann erhob sich mit einem Gesicht wie aus Honig.

„Herr Debelier!“, entgegnete Heinrich. So schlossen sie sich in die Arme.

„Pascal, bitte, nennen Sie mich doch endlich Pascal!“

Debeliers Deutsch war noch besser geworden - geradezu famos, wie Heinrich dem Franzosen sogleich versicherte.

„Danke. Ich arbeite daran.“ Pascal Debelier war in Lothringen aufgewachsen, bevor seine Familie nach dem Krieg ‚70/‘71 nach Paris gezogen war.

„Wie lange ist es nun schon wieder her?“ fragte der Franzose.

„Es mögen jetzt drei Jahre sein.“

„Auf der Ausstellung der mongolischen Nomaden in Brüssel, nicht wahr?“

Debelier war ein rundlicher Mann, der unter seinen Fettpolstern sehr kräftige Muskelstränge versteckte. Angeblich soll er einmal auf einer seiner Expeditionen ein wild um sich spuckendes und tretendes Lama zu Boden gerungen haben. Aber tiefe Augenringe, eine von Insekten zerbissene Haut, Haare, denen man beim Ausfallen zusehen konnte und ein andauerndes Blinzeln vermittelten Heinrich den Eindruck, dass auch der Franzose zurzeit in schlechter Verfassung war.

Debelier stellte seine zwei französischen Begleiter vor. Einer der Männer schien närrisch zu sein, jeder Muskel in dessen Gesicht zuckte – eine solch krankhafte Nervosität war Heinrich noch nie zuvor begegnet. Der zweite hingegen war so still, dass er ebenso hätte mit Stroh gefüllt sein können. Die Blicke, die diese beiden Männer Heinrich zuwarfen, gaben zu verstehen, dass sie sehr genau wussten, wer dieser Heinrich Hermann war und warum er sich hier befand. Sie tauschten Worte in ihrer Muttersprache aus, zu leise, als dass Heinrich sie verstehen konnte. Aber etwas an ihm schien sie zu belustigen, geradezu köstlich zu amüsieren.

„Frühstück, die Herren?", fragte der Baron bestens gelaunt. Er war eindeutig betrunken.

„Sehr gerne!" Debelier nickte eifrig.

„Warum nicht?", sagte Heinrich.

„Dann lassen Sie mich mal machen", sagte von Riekke. „Für Sie auch?"

Doch Debeliers Begleiter entschuldigten sich, sie wollten wieder zurück ins Bett, Schlaf nachholen und neue Kraft schöpfen. Heinrich spürte ihre Blicke in seinem Nacken. Er würde diesen beiden Männern nicht weiter trauen, als er spucken konnte. Oder Debelier, was das betraf.

„Wie lief es denn bei Ihnen bisher?", wollte der Agent aus Paris wissen.

„Fragen Sie nicht!", sagte Heinrich. „Diese Kolonie ist in einem erbarmungswürdigen Zustand. Außerhalb der großen Häfen kann man sich gut vorstellen, in die Zeit gefallen und irgendwann vor dreitausend Jahren aufgeschlagen zu sein."

Vielleicht wäre es eine gute Idee, heute Nacht eine Wache aufzustellen, dachte er.

„Nicht wahr? Ich habe bei meiner Ankunft einen Stamm

getroffen – auf einer der Inseln - bei dem allem Anschein nach die Frauen regierten, stellen Sie sich das vor! Wollten aber partout nicht ihren Wald verlassen, sehr schade. Es waren faszinierende Weibsbilder." Der Franzose lachte wieder. „Die staunten nicht schlecht, als sie weiße Männer sahen und uns Pfeile entgegen schickten. Ihre Regierung kommt hier nicht recht voran, mon cher camarade."

„Werd's dem Kaiser bei nächster Gelegenheit mal berichten."

Jetzt lachten sie gemeinsam und seufzten anschließend. Die folgende Stille zog sich.

Der Baron kehrte mit drei Tellern Rührei zurück, neben dem jeweils ein tief braun gebratenes Stück Fleisch lag. Anstatt sich zu ihnen zu setzen, nahm er nur einen Schluck aus seinem Becher.

„Muss noch abwaschen. Man sollte hier keine Essensreste liegen lassen. Das kann die komischsten Viecher anlocken."

„Hat er Ihnen auch versprochen, dass Sie seine wilden Freunde kennen lernen?", fragte Debelier, nachdem der Baron wieder verschwunden war. „Bin offen gesprochen ja schon recht gespannt." Das folgende Lachen war falsch. Die Freude darüber, ein bekanntes Gesicht am Ende der Welt gefunden zu haben, war wohl bereits verflogen.

Mayer könnte ein Auge auf die Franzosen haben, dachte Heinrich, der Mann schläft ja angeblich ehedem so schlecht. Nur um sicher zu sein. Die beiden Männer blickten sich wieder an, wortlos und falsch lächelnd. Dann aßen sie. Keiner sagte mehr ein Wort. Wie Tiere auf der Lauer, dachte Heinrich. Bis Debelier eine letzte, gut gehäufte Gabel Rührei zu sich nahm, um mit vollem Mund zu sagen:

„Möge der Bessere gewinnen!"

Sie verstanden einander schon.

„Ja", entgegnet Heinrich zaghaft. Er schaute auf das

ungenießbare Fleisch. Vielleicht war es auch nur eine Attrappe, eine Vortäuschung falscher Tatsachen. „Möge der Bessere gewinnen."

Debelier hielt im Kauen inne und sein Gesicht verzog sich zu einer Grimasse.

„Fragen Sie sich eigentlich auch, von welchen Tieren diese Eier wohl stammen mögen?"

Ja, beschloss Heinrich, jemand musste diese Nacht wachen.

23

Als sich der rote Vorhang hebt, wird es still im Varieté. Drei Lichtkegel richten sich auf die Bühne. Zunächst ist das Licht noch sanft wie ein Sonnenaufgang. Eine einzelne Trommel klingt, wie aus weiter Ferne, sehr leise und sehr verspielt. Im Hintergrund steht ein Bühnenbild, auf dem eine Bucht, Palmen und bunte Fantasietiere gemalt worden sind, dem Plakat nicht unähnlich, an dem von Einem arbeitet. Einige Steine aus Gips liegen davor und erzeugen eine Illusion von Tiefe. Zwei Frauen in Kostümen aus Muscheln, Korallen und Bastkleidchen betreten zusammen mit drei Kindern die Szene. Sie lächeln und schwatzen leise, jeder Schritt der nackten Füße erfolgt im Rhythmus der Trommel. Die Gruppe geht ans andere Ende der Bühne, wo die Frauen sich über einem Holzzuber, der mit Steinen aus Pappe ummantelt wurde, beugen. Die Männer im Publikum beugen sich ebenfalls vor. Die wilden Frauen beginnen beim Wasserschöpfen ein Lied in ihrer Sprache zu singen und die Kinder hüpfen fröhlich um den Brunnen.

Nun folgen auch die Krieger - aufrecht und stolz, nackt bis auf einen Lendenschurz und bunt bemalt. Ihr Haut glänzt, ihre starken Schritte übertönen sogar die Trommel. Die Frauen im Publikum senken ihre Blicke, ohne die Augen von der Bühne zu nehmen. In den Händen halten die Krieger ihre verzierten Stoßhölzer, mit denen sie beginnen, unsichtbare Tiere zu jagen. Die Waffen werden drohend gehoben und gesenkt. Eine zweite Trommel beginnt zu spielen, der neue Rhythmus ist schnell und spannungsgeladen. Die Krieger schleichen über die Bühne, sie huschen von einen Ende zum anderen, verstecken sich hinter den Holzpalmen und dem gerafften Samtvorhang. Einer kriecht sogar am Boden entlang. Die Bewegungen sind ruhig, langsam und deuten einen Kampf nur an. Alles ist sehr symbolisch gehalten, fast wie in einem neuen Theaterstück aus München.

Das Jagdglück ist dem Stamm hold – die Gesten der Krieger zeigen, dass die Beute üppig sein muss, und so beginnt der erste Tanz der Vorstellung, ein Dankestanz. Beine heben und senken sich schnell, Füße stampfen auf den Holzboden, einem ganz neuen Trommelrhythmus folgend, der sich mit Hilfe der Streicher im Orchestergraben langsam in eine Polka verwandelt. Arme bewegen sich, als wären sie aus Gummi, Köpfe scheinen über Schultern zu rollen und Haare fliegen wie Peitschenbündel. Die Wilden tanzen für die Naturgeister und die Geister der Ahnen. Zwei schwer vernarbte Männer spielen die Bambusflöten, eine Ehre, die nur bewährten Kriegern wie ihnen zugestanden wird. Ihre Narben sind Zeichen, die den Krokodilen geweiht sind, erklärt Heinrich leise seiner Mutter.

Das Publikum applaudiert freundlich. Hier und da stoßen einige aufgeregte Gemüter erstaunte Kommentare aus.

Die Wilden essen nun flink die Beute, einige handwerkeln mit übertriebenen Gesten und unsichtbaren Werkzeugen. Pappaffen hängen nun herab und werden von Bühnearbeitern unter dem Dach an dünnen Stricken von Palme zu Palme geschleudert. Die Kinder jagen ihnen nach und als sie einen zu fassen bekommen, hätten sie fast die Arbeiter von dem Gestell über den Bühne gezerrt. Aufmerksame Ohren hören einen unterdrückten plattdeutschen Fluch.

Plötzlich treten am rechten Bühnenrand drei stattliche schwarze Männer auf. Es sind Brüder von Peter, allerdings in Uniformen der deutschen Marine gekleidet, mit angeklebten Kaiser-Wilhelm- und Franz-Joseph-Bärten und einem strammen Schritt betreten sie das Dorf. Die Ankunft der Deutschen! Hier und da wird applaudiert, aber das die Deutschen schwarz sind, verwirrt viele im Publikum.

„Finsch höchstselbst!", stellt sich einer der Marineoffiziere mit einer gekonnten Verbeugung vor, bei der seine Nase fast den Boden berührt. Er wird vom Häuptling ehrerbietig willkommen geheißen.

Die Gäste aus Europa bringen in den nächsten Minuten die Reichsfahne, Saatgut und Nutztiere, eine Eisenbahn und einen weiß gekleideten Mediziner mit Monokel, dargestellt von Peters Vater, sowie einen gutmütig murmelnden Pfarrer auf die Bühne, ebenfalls dunkelhäutig und breitnasig. Mechthild winkt, wohl weil der alte Wilde ihr ein verabredetes Zeichen gegeben hat. Greta zischelt ihre Tochter zur Ruhe.

Gemeinsam mit ihren deutschen Wohltätern errichten die Wilden eine Kirche aus Pappe. Das wird natürlich mit einem weiteren Tanz gefeiert. Diesmal hört man sogar eine Ukulele, die ein Spaßvogel im Orchester wohl eingeschmuggelt hatte. Gewaltiger Federschmuck ziert die Köpfe nun, ein Schamane trägt eine große, hölzerne Maske, deren kantig geschnitztes Kinn ihm bis zu den Knien reicht, und er brummt und summt dahinter, während alle anderen umher springen und die Augen verdrehen. Ihr unverständliches Lied geht in einen kirchlichen Gesang über, der in frommer

Haltung vorgetragen wird - ein Teil der Aufführung, über den lange diskutiert wurde. Die Firma Hagenbeck sieht solche Zähmungen ihrer Ausstellungsobjekte nicht gerne, doch einige kreative Geister des Theaters hielten diese Wendung für „dramaturgisch zwingend."

Zum Ende singen alle zusammen die Hymne der Kolonie, selbst die, die kein Deutsch können und nur die Laute nachahmen, und das sind noch immer die meisten der Ha-Jy. Sie singen es auf die schon heute Nachmittag benutzte, abgewandelte Art und das Orchester unterlegt es mit einem Marsch-ähnlichen, aber sehr festlichen Arrangement.

„Ja, wir sind ein lustig Völkchen
Neuguineer weit bekannt
Danken Kaiser, dass er aus Güte
ließ uns dieses schöne Land!"

Nach fünf Minuten Applaus geht es in die Pause, bevor in weiteren fünfzehn Minuten die südamerikanischen Indianer sich mit deutscher Hilfe erfolgreich gegen die Einflussnahme einer anderen Kolonialmacht erwehren werden.

Auf dem Weg aus dem Saal hört Heinrich viel Lob und Erstaunen, nur einige gröbere Naturen beschweren sich, dass nicht ein einziger Mensch gejagt, gefangen und gegessen wurde:

„Wo bleibt denn da der Witz am Kannibalen?"

„Man kann die Bekehrung ja auch zu weit treiben!"

Im Foyer, als Heinrich Erfrischungen für seine Familie organisiert, die stolz und munter schwatzend beieinander steht, wird er von zwei Mitarbeitern des Tierparks gesichtet und in ein Gespräch unter Kollegen verwickelt: „Haben Sie den Alten vorige Woche mit dem Bürgermeister gesehen? Da wird was ausheckt, sage ich Ihnen!"

Das wiederum zieht die Aufmerksamkeit eines Mannes auf sich, der nur einen Moment braucht, um zu verstehen, um wen es sich handelt.

„Sie sind Herr Hermann, nicht wahr? Der berühmte Hagenbeck-Agent?"

Seine Kollegen bestätigen es und klopfen anerkennend auf Heinrichs Schultern, der mit der linken Hand ein Tablett mit Gläsern voll Sekt und Wasser balanciert.

„Schulpp mein Name. Vom Hamburger Tageblatt. Würden Sie vielleicht freundlicherweise den werten Lesern unserer Zeitung ein Interview geben?"

Heinrich fühlt sich geschmeichelt. Schulpp, die Haare keck gescheitelt und geölt, kennt diesen Gesichtsausdruck und legt nach.

„Ihre Abenteuer in der Wildnis, Herr Hermann, Ihre Kämpfe mit Kannibalen und der gnadenlosen Natur sind die rechten Geschichten. Helden wie Sie inspirieren uns", und so geht es noch einige Zeit weiter, bis Heinrich auch noch rot anläuft. Mittlerweile rutschen ihm die Gläser fast vom Tablett und mehr und mehr Leute sammeln sich um die Gruppe.

„Bitte, ja, meinetwegen", gibt Heinrich nach. Er spürt in seiner Linken einen Krampf herannahen. Schulpp fackelt nicht lange.

„Zuerst würden unsere Leser gerne wissen -"

„Moment, mein Herr, nein, nein, Herr äh, Schulpp, aber nicht jetzt doch. Bitte, doch. Morgen. Ja? Sie sehen ja!" Heinrich hebt sein Tablett an. „Morgen können Sie vielleicht sehr gerne zum Kaffee vorbeikommen."

„Wäre Ihnen das denn auch recht?"

„Doch."

„Wir haben da einen ganz famosen Fotografen, dürften wir ihn denn vielleicht auch mit in ihr Haus -?"

„Also, ähm, hören Sie, ich weiß nicht recht, ob -"

„Es läge natürlich ganz an Ihnen, ob und wann. Aber solch Bilder wirken ganz erquicklich und würden Sie nur im besten Licht..."

„Nun, ja, in Gottes Namen, gerne auch das." Heinrich will weiter, aber das Gespräch ist offensichtlich noch nicht beendet. Die Augen des Reporters glühen vor Eifer.

„Sie könnten vielleicht auch eine der Masken aus Übersee aufsetzen. Ich habe gehört, dass Sie eine hübsche Sammlung ihr Eigen nennen."

„Nun, ja. Das ließe sich wohl auch einrichten."

„Wäre es Ihnen denn am frühen Nachmittag recht? Morgen gleich?"

„Ja. Nein. Ich weiß nicht recht. Meine Gattin..."

Schulpp nickte heftig.

„So gegen vierzehn Uhr dann? Oder stören wir vielleicht um diese Zeit beim Mittagsschlaf?"

„Nein-nein." Heinrich weiß nicht wie ihm geschieht.

„Nun dann, herzlichen Dank. Ich will Sie dann auch gar nicht weiter stören. Wir freuen uns schon sehr auf das Gespräch mit Ihnen! Einen angenehmen Abend dann noch."

Heinrich nickt.

„Oh, und eines noch", bemerkt Schulpp. „Wenn Sie es einrichten könnten – wir würden auch gerne mit dem ehrenwerten Häuptling -"

„Da müssen Sie mal mit seinen Anwälten drüber reden!", fährt ihm Heinrich in den Satz. Ohne sich vom verdutzten Journalisten zu verabschieden, dreht er sich um und kämpft sich durch die Menschenmenge zurück zu seiner Familie.

Doch auch dort wird er nicht in Ruhe gelassen.

Während seine Mutter noch immer vom Auftritt schwärmt, Greta mit einer Bekannten redet und Mechthild beginnt, ihrem Großvater den letzten Nerv zu rauben, indem sie die Neuguineaner-Hymne wieder und wieder anstimmt, dabei jedoch nur bis zur zweiten Zeile kommt, tritt ein junger Mann in der neusten Mode an sie heran und verbeugt sich. Es ist der eleganteste Mensch im Foyer.

„Guten Abend - ich möchte auch gar nicht lange stören."

Heinrich nimmt die angebotene Hand, ein reiner Automatismus.

„Lothar Cantmann mein Name. Herr Heinrich Hermann, wenn ich mich nicht irre?"

Sie schütteln sich noch immer die Hände.

„Was kann ich für Sie tun?", fragt Heinrich.

„Nun, wenn Sie schon so freundlich fragen: Ich gehöre zur Verkaufsabteilung der Norddeutschen Lloyd und bin dort verantwortlich für die Reklame unserer Firma. Ich möchte Sie in Ihrer freien Zeit nicht lange belästigen, deshalb in aller Kürze. Wir würden Ihre Deutsch-Neuguineaner gerne als Motive für eine unserer neuen Kampagnen nutzen. Gerade für die Ostasien-Linie."

Heinrich fällt eine Last von den Schultern. „Da sind Sie bei mir leider an der ganz falschen Adresse. Am besten wäre es, Sie wenden sich damit an einen der Hagenbeck-Söhne. Der junge Herr Lorenz, denke ich, wäre der richtige Ansprechpartner."

Während er spricht, fällt der aufmerksame Blick von Herrn Cantmann auf Mechthild, die versucht, eine Pose einzunehmen, die einer großen Bühne gerecht wird.

Sie setzt wieder einmal an, die Hymne zu singen.

„Neuguna, unsere Heimat
Neuguna schönes Land
Mit den Tieren, Peter und –„

Sie überlegt einen Augenblick und verdreht dabei die Augen: *„Und dem weichen Meeressand?"*

August Hermann leert sein Sektglas.

„Entschuldigen Sie, aber - “, Herr Cantmann beobachtet Mechthild noch einen Moment. Meggy reagiert auf das neue Publikum, indem sie ein weiteres Mal mit der ersten Zeile beginnt.

Cantmann lässt sie nicht aus den Augen.

„Nehmen Sie mir meine Offenheit nicht krumm, Herr Hermann, aber da kommt mir ganz spontan ein Gedanke. Tatsächlich würden wir vielleicht auch gerne mit Ihrer Tochter“, hier erhebt sich seine Stimme zu einer Frage, woraufhin Heinrich das Verwandtschaftsverhältnis mit einem Nicken bestätigt, „zusammenarbeiten. Einige Bilder womöglich. Wir suchen immer Modelle für unsere Plakate, Schilder und Prospekte, müssen Sie wissen. Und Ihr Mädchen ist ein ganz und gar bezauberndes Wesen.“

Mechthild hat das Ende des Satzes offenbar ebenfalls vernommen und verbeugt sich tief vor dem Herrn Cantmann, der mit einem vornehmen Klatschen antwortet. Sie lacht und macht einen vorbildlichen Knicks, eine Bewegung, die ihren Vater fast zu Tränen rührt.

„Darf ich?“, fragt die Geschmeichelte.

„Du weißt doch noch nicht einmal worum es geht, mein Kind“, hält ihre Mutter sie zurück und lächelt den Mann von Lloyd entschuldigend an. In solch einem Moment erinnert sich Heinrich daran, dass es vor allem seine Frau ist, die Mechthild zu diesem außergewöhnlichen Geschöpf gemacht hat. Sie und Anna. Er nimmt einen schnellen Schluck vom Schaumwein, trotz seines Vorhabens, es für heute gut sein zu lassen.

„Doch!“, sagt Meggy.

Herr Cantmann schüttelt lachend und ganz und gar unaufdringlich den Kopf und selbst Greta kann sich der Aura dieses Mannes nicht mehr entziehen. Sie senkt ihren Blick und bekommt doch wahrhaftig Farbe im Gesicht - Heinrich kann es kaum fassen.

„Doch. Ich weiß es sehr wohl!“, sagt seine Tochter trotzig und entschieden lauter. Sie stellt sich in die Pose der Frau mit dem weißen Kleid und dem weißen Hut, die auf einem Blechschild neben ihrer Schule für eine duftende Handseife wirbt.

„Ich glaube, sie weiß es wahrhaftig“, sagt Heinrich und himmelt sie still an.

Mechthild lächelt starr und mit leuchtenden Zähnen, sie lächelt, als würde sie dort ewig so stehen wollen, ohne jemals zu altern oder zu verblassen.

24

„Der Franzmann ist weg!“, bellte Mayer. Der Holzfäller war so plötzlich wie eine Geistererscheinung in Heinrichs Traum erschienen.

„Wie, was?“, stotterte er.

„Der Franzos und der Baron – sie sind schon aufgebrochen!“

Heinrich fluchte, sprang aus dem Bett und rief nach Ludwig. Er versuchte, eilig in die Hosenbeine zu schlüpfen, verhedderte sich, fiel wieder auf das Bett und strampelte sich in sein Beinkleid. Sein halber Körper schlief noch.

„Ich hatte doch gesagt, ihr müsst aufpassen!“, keuchte er.

Mayer nickte schuldbewusst. „Bin dann wohl doch noch weggenickt“, gestand er.

„Ludwig!“

„Oder vielleicht haben die Franzen mir auch was ins Wasser getan...“

„Luud-wig!“

Sein Assistent tauchte in diesem Moment nackt und mit wildem Blick hinter dem grübelnden Mayer auf. Dabei hielt er einen Stuhl drohend über seinem Kopf, bereit, ihn auf jeden Angreifer nieder gehen zu lassen.

Fünf Minuten später sahen die Träger der Franzosen die deutsche Expedition aus dem Haus stürmen. Die Träger hockten in dem wackligen Rohbau eines Lagerhauses und sahen den lärmenden Weißen gleichgültig bei ihrer Aufführung zu. Heinrich fluchte so laut und inbrünstig, als würde er dadurch schneller werden. Er beleidigte Frankreich, die Franzosen als solche und diesen verschlagenen Debelier im besonderen, dann hieb er auf sein Schicksal und den Wald ein, um zum Schluss, als sie die Gruppe aus Paris bereits sahen, auf sich selbst und seine Nachlässigkeit zu schimpfen.

„Da sind Sie ja!“, begrüßte sie der Baron fröhlich. „Ich dachte, Sie würden erst morgen – ihr Herr Kollege meinte, Sie hätten sich da geeinigt. Sie wollten ausschlafen, so habe ich es verstanden.“ Womit von Riekke die Augenringe des Deutschen fixierte. Für einen Moment zog Heinrich es in Betracht, Debelier hier und jetzt zu fordern. Doch der Franzose winkte ihm gut gelaunt zu. Als würden sie ein Spiel spielen.

„Kommen Sie!“, rief Debelier. Seine Begleiter blickten spöttisch.

Ludwig bot Heinrich einen Schluck vom Obstler an.

Ein paar Minuten später erreichten sie das Dorf und die Bewohner benahmen sich so, als hätten sie die Europäer bereits erwartet. Die Siedlung bestand aus zwanzig bis fünfundzwanzig Hütten und kam im Vergleich zu Etzels Ansiedlung einer gepflegten Gartenanlage gleich. Heinrich hatte schon im ersten Augenblick den Eindruck, hier richtig zu sein. Debeliers Lächeln zeugte von einem ganz ähnlichen Gefühl.

Die Begrüßung allein beanspruchte eine Stunde. Es begann mit der Vorstellung der Ältesten, darauf folgte die Vorstellung des Rates des Stammes der Ha-Jy und zum Schluss kamen auch die Frauen der Ratsmitglieder an die Reihe. Heinrich benötigte einige Augenblicke, um zu begreifen, dass man Deutsch mit ihm sprach. Man stellte ihnen die Wilden sogar mit angenommen deutschen Namen vor, die ihnen vom Ahnherrn des Barons gegeben worden waren. So wie auch der Ahnherr selbst einen neuen Namen bekommen hatte. Ghut saß im Schneidersitz in einer offenen Hütte an einem Feuer, auf das er mit seinen kleinen, gelb gewordenen Augen wie blind starrte, als hätten ihn Flammen und Glut mesmerisiert. Ein dürrer, alter Mann, dessen Haut braun-gelb und faltig war, nur der löchrige Panamahut auf seinem Kopf erinnerte an einen Europäer.

Als sich alle in einem Kreis setzten, wurde den Gästen ein fruchtiger, kühler Brei gereicht. Heinrich und Debelier dankten für das Essen und die Gastfreundschaft. Dann versuchte der Baron, dem Stamm das Anliegen der beiden Agenten zu erklären. Der Rat verstand auch beim dritten Mal nicht recht, was das Ganze sollte.

„Vielleicht können Sie das selbst besser erklären", sagte der Baron. „Zuerst womöglich die Konditionen", schlug er vor, als wäre er der diplomatische Attaché des Häuptlings.

„Nach Ihnen", sagte Heinrich mit funkelnden Augen zu seinem Konkurrenten.

„Oh, bitte! Nach Ihnen", erwiderte Debelier großzügig.

Heinrich holte einen Kontrakt aus Ludwigs Rucksack, während er kurz und knapp die Grundidee einer Anwerbung erklärte. Dann las er vor: „Der Ausführende willigt hiermit ein, im Umfang der allgemeinen Nützlichkeit in Hagenbecks Ausstellung tätig zu sein, und während er sich im Dienste des Impresarios befindet, alles zu tun, was nach Vernunft und

Billigkeit von ihm verlangt werden kann, und was notwenig und zugehörig zu solch einer Tätigkeit ist, und nicht unvereinbar mit den Gesetzen der Moral und den üblichen Regeln des Anstands." Er blickte kurz auf und entdeckte, dass die Assistenten Debeliers im Dorf herumstromerten und bereits versuchten, mit einigen Bewohnern zu sprechen.

„Der Dienst des besagten Ausführenden soll aus nicht mehr als sechsundzwanzig Vorstellungen die Woche und zehn Arbeitsstunden pro Tag bestehen. Der Impresario willigt ferner ein, ihn mit nahrhaften Essen zu versorgen, das auf Fleisch, Fisch, Gemüse, Brot und Butter etc. pp. besteht."

„Sind Sie Impresario?", fragte der Häuptling.

„Nun, nicht mehr. Nicht alle Anwerber reisen mit den Angeworbenen auch durch die Lande. Ich mache das seit einigen Jahren nicht mehr. Ich habe Familie, müssen Sie wissen."

Weiter hinten drängten sich nackte Kinder. Einige von ihnen lachten, andere hingegen zischten, um die Spaßvögel wieder zum Schweigen zu bringen. Sie hatten Glasperlen in den Händen, die der ausgestopft wirkende Franzose ihnen gerade geschenkt hatte.

Heinrich kramte in Ludwigs Metallröhre nach seinen Postkarten von Hamburg, während Debelier mit seiner Rede begann und sich in schmückende Worte hüllte, die ohne viele Details auskamen. Heinrich machte beim Suchen soviel Lärm wie möglich.

„Wenn die Herren gestatten, würde ich gerne in aller Ruhe -", fuhr ihn der Franzose an.

„Oh!", sagte Heinrich nur und blickte unschuldig wie seine Tochter.

Am Ende überreichten die Vertreter der Tiergärten ihre Verträge. Der Rat nahm sie förmlich entgegen und versicherte, sich damit zu beschäftigen. Man werde darüber beraten und morgen weitersehen, sagte Häuptling Peter.

An diesem Spätnachmittag tat Heinrich endlich das, wofür er auf diese Insel gekommen war - er beobachtete in Muße potenzielle Objekte. Den alten Mann zum Beispiel, den er als Vater des Häuptlings kennen gelernt hatte. Er schien der Zauberer des Stammes zu sein. Eine knochige, dunkle Gestalt, die aussah wie ein Spuk aus einer Gruselgeschichte. Ja, dachte Heinrich mit wachsendem Wohlgefallen, vielleicht würde sich doch noch alles zum Guten wenden. Er überreichte dem Mann eine Karte mit der Ansicht des Hamburger Rathauses. Nur dass er den Eindruck hatte, französische Stimmen und Gelächter hinter seinem Rücken zu hören, störte ihn empfindlich.

Vor einem Pfahlhaus traf Heinrich den Häuptling wieder, der an einigen Pfeilen arbeitete. Nur wenige Schritte entfernt hockte Ghut und so abwesend und in sich gekehrt der alte Baron auch erschien, war er vielleicht nicht ganz so durchgedreht, wie der junge Baron annahm. Würde der Stamm denn wirklich einem Irren eine Aufgabe wie die Wache über das Feuer anvertrauen? Heinrich setzte sich zu dem Häuptling, der die Pfeilspitze beiseite legte. Er wollte etwas über den alten Baron erfahren.

„Ghut?“, fragte Peter.

Heinrich nickte.

„Ein Mitglied in unserem Klan.“

„Ja, ganz offensichtlich.“ Heinrich bemerkte, wie Debelier ihn beobachtete, also lächelte er den Häuptling besonders verbindlich an.

„Wie kam es dazu?“

„Er war freundlich, lehrte und lernte.“

„Aber er spricht nicht mehr?“

„Er hat aufgehört.“

Heinrich nickte übereifrig. „Jaja. Warum auch nicht!“

Noch einmal nickte er und versuchte im Augenwinkel zu beobachten, wie der Franzose reagierte. Zwar tat Debelier so, als wäre er in einem angeregten Gespräch mit einem Mann, der ihm seinen Bogen vorführte, doch der Franzose beobachtete ebenso genau, was vor sich ging, wie Heinrich. Ja, lass uns spielen, dachte er.

„Er hat im Leben genug gesprochen, meinte er eines Tages", sagte Peter. „Hat viel aus deinem Land erzählt. Uns von Europa und euch berichtet." Dabei begann der Häuptling wieder, die Spitze des Pfeils mit einem Stein zu schärfen. „Sehr viele Dinge. Sehr interessante Dinge. Eine wunderliche Welt für ein wunderliches Leben habt ihr." Der Häuptling blickte zum Franzosen und lächelte daraufhin Heinrich an. Er schien darauf gespannt zu sein, was nun passieren würde.

„Darf ich Ihnen vielleicht noch eine Ansicht aus meiner Heimat überreichen?" Heinrich zog eine Karte des Hamburger Hafens hervor. Kaum dass Heinrich weitergegangen war, setzte sich Debelier zum Häuptling und überreichte ihm eine Haarspange aus Horn.

Einige Schritte später wurde Heinrich vom Anblick einer Frau angezogen. Sie war eine dieser natürlichen und jungen Schönheiten, die sich auf Postkarten und Plakaten wie Märchenfiguren ausnahmen. Sie erschien ihm eine wahre Eva zu sein, glückselig in ihrem Leben im Paradies. Makellos. Reines, fremdes Blut. Wie geschaffen für eine Ausstellung. Vielleicht sogar eine neue Hadjidje, dachte Heinrich euphorisch. Sie blickte skeptisch zurück.

Einer der Assistenten Debeliers versuchte derweil nur wenige Meter entfernt, Kontakt zu einem Mädchen aufzunehmen, das von seinem Anblick allerdings so verstört war, dass ihr die Murmeln aus der Hand kullerten und ihr selbst dann noch keinen Blick wert waren.

Heinrich fragte derweil seine perfekte Frau, wie sie heiße.

Sie reagierte nicht.
„Dein Name?"
Sie schüttelte den Kopf.
„Heinrich", sagte Heinrich und zeigte auf sich.
„Johanna", sagte die Frau dann.
„Sehr angenehm", erwiderte er und gab ihr eine Postkarte mit der Ansicht des Hamburger Hauptbahnhofs.

Später setzte sich Heinrich unter einen Baum und beobachtete einen Jungen, der an einer länglichen Wurzel kaute, bis ein anderer Junge versuchte, danach zu greifen. Beide hatten große, strahlende Augen und wohlgeformte Körper. Zwei weitere, wunderbare Objekte. Die Jungen stritten sich einen Augenblick – dann begannen beide zu weinen. Die dunkelhäutige Schönheit trat zu ihnen. Der erste Junge reichte ihr die Wurzel. Johanna teilte sie daraufhin und gab sie dem Jungen zurück, der nach einem kurzen Blick auf die nun zwei Stücke eines der beiden weiter reichte. Er bemerkte auch Heinrichs Aufmerksamkeit und kam auf ihn zu, um ihm ein Stück von seiner Wurzel anzubieten, die er vor seinen Augen stolz in zwei Teile brach.

„Danke." Heinrich kostete und die Süße und Würze der Wurzel schmeckten ihm. „Sehr gut." Er lächelte das Kind an.

Johanna rief ihren Sohn zurück. Heinrich winkte ihr zu, doch sie drehte sich bereits weg.

Kurz bevor sie das Dorf verließen, glaubte Heinrich, die Ratsmitglieder in ihrer großen Hütte – die auf besonders dicken Pfählen stand – streiten zu hören. Vielleicht diskutierten sie nur intensiv oder vielleicht war es ein Ritual, in dem der alte Mann Traumgesichter beschwor, um Rat zu erhalten. Vielleicht spielten sie auch nur mit dem Murmeln.

Die Gruppe spazierte schweigend und fein separiert nach Ländern, aber äußert gemütlich in Richtung Plantage, wo die freundliche Haushaltshilfe bereits für alle kochte. Nach dem

Essen brütete der Baron über irgendwelchen Unterlagen, während die Herren Agenten auf der Veranda rauchten. Der Abend wurde mit einigen Runden Canasta und vergorenen Früchten aus dem Dorf herum gebracht. Niemand erwähnte etwas Geschäftliches, man vermied es sogar peinlich, das Thema Dorfbewohner überhaupt anzusprechen. Heinrich schmollte ehedem noch mit Debelier. Die aufgesetzte gute Laune des Franzosen begann Heinrich arg auf die Nerven zu gehen. Daher schummelte er, wann immer sich eine Gelegenheit ergab, und nach einer guten Stunde zeichnete sich eine deutliche Führung für das Paar Heinrich/Ludwig ab. Als sich Debelier kurz entschuldigte, um Tabak nachzuholen, gab Heinrich schon einmal ein neues, handverlesenes Blatt.

„Ich glaube, er wollte schon vor unserer Ankunft nach Europa“, sagte Heinrich zu Ludwig.

„Wer?“ Ludwig ordnete sein Karten.

„Der Häuptling.“

„Wie kommst du darauf?“ Sein Assistent hielt inne und staunte über sein Blatt.

„Er machte so Andeutungen.“ Heinrich versuchte sich an den Wortlaut zu erinnern, doch in diesem Moment kehrt der junge Baron vom Pinkeln zurück.

„Wissen Sie, was Goethe mal gesagt hat?“, begann von Riekke und nahm wieder Platz. „Goethe hat mal gesagt, man sollte oft wünschen, auf einer der Südseeinseln als so genannter Wilder geboren zu sein, um nur einmal das menschliche Dasein, ohne falschen Beigeschmack, durchaus rein zu genießen.“

Ludwig lachte. „Sie sind ein Literaturfreund, ja?“

„Ach, was. Nur Überreste aus der Zeit als Gymnasiast. Habe ich mir aber immer gemerkt, diesen Satz. Hat mich immer begleitet, durch mein ganzes Studium, wissen Sie?“

„Ein alter Traum von Ihnen?"

„Ganz sicher. Wenn man weiß, dass die Familie Besitz an einem solchen Ort hat, wenn man sich Tag ein, Tag aus vorstellt, wie märchenhaft das Leben zu sein vermag. Aber dann erduldete ich doch jahrelang die Arbeit als Notar in Oppeln."

O-ha, dachte Heinrich und begriff. Ihm rutschen unbemerkt einige Karten aus der Hand. Und erst jetzt erkannte Heinrich auch die Unterlagen auf der Schreibtischattrappe: Es waren die beiden Verträge der Tiergärten, die von Riekke so sorgfältig studiert und mit Notizen versehen hatte.

„Eigentlich bin ich ja Jurist", lachte der Baron in Heinrichs entsetztes Gesicht.

25

Auf dem Weg zurück zum Tierpark nickt Heinrich für einige Sekunden ein. Für einen Augenblick ist er zurück im Dschungel mit alle seinen Geräuschen und der ewigen Feuchtigkeit, allein und auf der Flucht, mit einem dicken Rucksack voller Verträge. Jeden Moment wird es wieder zu regnen anfangen.

Er blinzelt sich mühsam zurück in die Realität, aber er kann kaum noch die Augen offen halten. Die Kerze im Wagen erleuchtet die dunklen Gesichter der Ha-Jy kaum und die Gaslaternen entlang der Straßen helfen ihm auch nicht gegen die Müdigkeit. Lichtflecke und Dunkelheit im regelmäßigen Wechsel. Die ganze Stadt erscheint ihm zu still. Die Fabriken arbeiten im Hintergrund, vom Hafen werden ab und zu Nebelhörner laut, als würden sich Urtiere an der Elbe zum nächtlichen Tanz treffen, aber diese Laute sind weit entfernt.

Wie kann der Dschungel lauter sein als Hamburg?

Außerdem muss Heinrich sich eingestehen, dass er betrunken ist. Etwas mehr als nur ein wenig. Er ist den ganzen Tag nicht dazu gekommen, in Ruhe etwas zu essen, stellt er fest und gähnt wie eine Raubkatze.

Als sie aussteigen, rutscht Heinrich vom Trittbrett ab und fällt mit dem Gesicht auf das Kopfsteinpflaster.

„Geht es Ihnen gut?", fragt Friedhelm, beugt sich vor und nimmt seinen Arm, um ihm aufzuhelfen.

„Zuviel vom Champagner heute", sagt Heinrich, milde mit sich selbst. Er reibt sich echten und imaginären Schmutz von seinem Anzug. „Nichts passiert."

Zwei Mitarbeiter des Zoos stehen missmutig dabei. Sie tragen ihre speziellen, der Marine nachgebildeten Schirmmützen, auf denen „Hagenbeck" steht, und müssen so schon seit einiger Zeit auf die Ankunft der Ha-Jy gewartet haben.

„Guten Abend, die Herren", sagt Heinrich, sich noch immer Staub vom Überrock klopfend.

„Hammse Ihnen Probleme jemacht?", fragt der ein breiter, aber zackiger Kerl, der wohl ursprünglich irgendwo aus dem Raum Berlin stammt.

„Aber nein", entgegnet Heinrich.

„Schwein jehabt!"

„Das ist nämlich, als ob man einen Sack Flöhe hüten muss", beschwert sich der andere der beiden Männer, obwohl Peters Familie zurzeit sehr still und nicht minder müde als Heinrich ist.

„Nun los, macht hinne. Go! Go!", sagt der Erste und winkt dem Stamm drohend mit seinen großen Händen.

Der Zoo ist um diese Zeit so still. Alle Lichter sind erloschen und von den Tieren hört man nichts. Bestenfalls streunen sie unsichtbar durch ihre Gehege und Heinrich hat zu seiner Verwunderung das Gefühl, sie spüren zu können.

„Go!“, sagt der Aufseher wieder. Er und sein Kollege versuchen, den Stamm durch den Park zu scheuchen, als wären diese eine Herde Schafe und sie die Hunde.

Die Ha-Jy betreten leise miteinander redend die Kantine, in der das Abendessen sie erwartet - Friedhelm geht ihnen voran, Heinrich trottet hinterher. Er hat zu seinem Verdruss Dieterich am Nachmittag zugesagt, den Stamm auch nach der Vorstellung zurück zu begleiten.

„Nu ma los!“, sagt der Berliner Aufseher und gibt den Befehl zum Essen. Preußisches Blut lässt sich nicht verleugnen.

Auf einem der langen, blanken Tische finden sich Brote, Butter, Aufschnitt, der sich an den Rändern bereits verfärbt und nach oben wölbt, eine große Metallkanne mit lauwarmen Tee und ein Korb mit fünf Salatgurken. Der Stamm setzt sich, und Heinrich lässt sich erschöpft auf einen Stuhl gegenüber dem Häuptling fallen, während Friedhelm sich auf den Weg ins Büro macht, wo er noch nach dem Rechten zu schauen hat.

„Hier. Die Ration. Trinken. Drink.“ Der zweite Aufseher, ein ziemlicher Gnom, vor allem im Vergleich zu seinem Berliner Kollegen, hält eine große Flasche mit klarem Schnaps in seiner Hand und will ungefragt die Tassen füllen.

„Nein“, sagt Peter. „Wir nicht.“

„Alle nehmen ihre Ration. All of you. Have to! Es tut gut.“ Er droht mit einer erhobenen Hand, aber es ist eine schwache Geste.

Denn Peter schüttelt nur den Kopf. Der Aufseher nimmt seine Mütze ab und beschwert sich bei Heinrich.

„Jeden Abend das gleiche Theater. Die wollen nie ihren Schnaps, die lassen sich nicht ruhig stellen!“ Er reckt die

Hände in den Himmel, als ob er wissen wolle, warum Gott gerade ihn frommen Mann so strafen will.

„Lassen sich auch nicht mit der Peitsche drohen“, mäkelt der andere.

„Kommen einem sogar immer mit Vertrag. Vertrag!‘“

„Machen sie denn Schwierigkeiten?“, fragt Heinrich.

„Na, die hier nicht.“

„Noch nich!“

„Sind ja noch neu hier. Also relativ gesehen.“

„Werdense aber schon noch. Irgendwann dreht immer eener von denen durch oder haut ab, oder was weeß ick.“ Er macht mit seinem Zeigefinger eine kreisende Bewegung an seiner Schläfe. „Und ja - ick mein euch - glotzt nicht so affig!“, pflaumt der Mann einen der Jungen an. Eulenspiegels Blick ist auch wirklich mehr als nur aufmüpfig, er scheint kurz davor, aufzuspringen und sich auf eine Schlägerei einlassen zu wollen. Doch aus einem der anderen Unterkünften hört man in diesem Moment einen lauten Rabatz - etwas geht lärmend zu Bruch und in derselben Sekunde verschwinden die beiden Aufseher fluchend, um nach dem Rechten zu sehen.

„Und ihr beeilt euch jefälligst!“, ruft der Berliner noch.

„Es sind aufgeklärte Zeiten. Mit aufgeklärten Menschen“, erklärt Heinrich. Sein Sarkasmus wird nicht verstanden. Peter blickt einfach nur, als würde er nicht der gleichen Meinung sein.

Wie könnte er auch, denkt Heinrich. Wie soll ein Barbar, selbst so ein außergewöhnlicher wie dieser hier, verstehen. Wissen, von der Größe der Zivilisation allgemein und der Deutschen Nation im Besonderen. Ihrem Heil! Ihrem Ziel! Ihrer Bestimmung zum Segen der Völker!

Er lacht und kümmert sich nicht um den Blick, den der

Häuptling ihm zu wirft. Heinrich überlegt stattdessen, ob er noch ein paar Tropfen zu sich nehmen sollte, nur ein oder zwei, zum Ausklang.

Für den Heimweg

„Vieles scheint recht unnötig“, sagt der Häuptling wie aus Höflichkeit und trinkt Tee aus einer Tasse, die er, wie alle anderen Ha-Jy auch, immer mit zwei Händen umfasst. „Sehr viel Zeit verbringt Deutscher mit... Zierrat.“

Heinrich nickt.

„Ihr habt viele Häuptlinge. Darüber, wieder Häuptlinge.“

„Ich weiß“, sagt Heinrich leise.

Johanna, die nichts gegessen und auch den Tee nicht angerührt hat, steht auf und verlässt mit ihren beiden Jungen an den Händen den Raum. Sie blickt niemanden an, sie blickt zu Boden. Auf eine besondere Weise passt dieses Verhalten zu ihr, denkt Heinrich mit einem Bauchgrimmen, dass er bisher noch nicht kannte.

„Wann liegt ihr in der Sonne?“, fragt Peter und es klingt spöttisch.

„Sonntags.“

Der Häuptling nickt, als wäre damit die Beweisführung abgeschlossen.

Im selben Moment betreten wieder die beiden Aufseher den Saal und sehen jetzt noch um vieles aufgebrachter aus als zuvor.

„Kommen Sie mal mit!“ Sie blicken Heinrich an, als wäre er ein Kind, das etwas ausgefressen hätte.

„Bitte?“, sagt dieser und verstaut sein Heroin wieder in der Tasche.

„Da is Ihnen eener uffs Jelände jefolgt“, erklärt man ihm. Die Aufseher ziehen ihn aus dem Saal.

„Er behauptet, irgendjemand wichtiges zu sein“, sagt der zweite Aufseher, Rheinländer wohl, mit einem brutalen

Blick. Aufschneider scheinen dem Mann gegen den Strich zu gehen.

„Er will den Kannibalenstamm sehen“, ergänzt der Kollege.

„Um diese Uhrzeit?“, fragt Heinrich und schüttelt den Kopf. Mit einem unbewussten Handgriff zieht er seine Uhr hervor, doch steckt er sie sofort wieder ein. Er kann bereits den Umriss eines Körpers in der Dunkelheit erkennen. Dieser Umriss spricht.

„Guten Abend der Herr.“ Ein Mann tritt aus dem Schatten.

„Herr Heise-Langen? Was machen Sie denn hier?“, fragt Heinrich. Der Mann ist einer der Anthropologen, der, den er auch im Gewühl des Theaters entdeckt hat. Dabei ist er schon soweit gewesen, es seinem überspannten Gemüt zuzuschreiben. Der Wissenschaftler blickt sich um, als wäre er es, der verfolgt wird. „Kann ich etwas für Sie tun?“

„Nun“, Professor Heise-Langen lacht heißer, „verzeihen Sie.“ Er hält wieder inne und sucht offensichtlich nach Worten. „Ich wollte fragen, ob ich noch einen flinken Blick auf die Objekte werfen könnte. Ich gebe zu, es ist spät und eine sehr außergewöhnliche Bitte, aber...“ Er lacht verlegen, hustet und streicht sich über sein Kinn, als hätte er einen Bart bis zur Brust.

Heinrich ist sich nicht sicher, ob er recht verstanden hat.

„Wir alle hier hatten einen sehr langen und anstrengenden Tag gehabt -“, beginnt er.

„Nur für einen Moment. Ich bitte Sie.“

„Wirklich.“ Heinrich schüttelt den Kopf.

„Ich möchte auch nur einen von denen sehen. Ich versichere Ihnen, es ginge ganz schnell. Nur ein Blick, nur ein Wort.“ Jetzt versucht der Wissenschaftler, Heinrichs Augen mit den seinen einzufangen. Er starrt ihn geradewegs an, als würde er damit die Dringlichkeit seines Anliegens unterstreichen wollen.

„Sie können ja morgen -“

„Peter wurde der Mann genannt, glaube ich.“

Erst jetzt erkennt Heinrich den Wissenschaftler wirklich wieder - es ist der Professor, der den Körper des Häuptlings so lange und leer angestarrt hatte, dass Heinrich davon ausgegangen war, dass in dessen Kopf komplizierte Analysen stattfanden. Es muss sich um andere Gedanken gehandelt haben.

„Er ist ein Original, verstehen Sie?“, versucht der Mann einen Scherz und eine Erklärung zugleich.

„Nein, wirklich. Das wird nicht gehen. Heute nicht mehr.“ Der Wissenschaftler scheint kurz davor zu sein, auf die Knie zu sinken. „Ausgeschlossen!“, schickt Heinrich scharf hinterher, und schaut hilfesuchend die Aufseher an.

„Ja. So geht es ja nun wirklich nicht.“, sagt der Rheinländer mit Nachdruck und der rechten Autorität. „Da mag ja ein jeder kommen!“

„Aber -“

Der Mann könnte sogar zu weinen beginnen, begreift Heinrich.

„Nein“, sagt er deshalb energisch. „Sie werden Verständnis dafür haben müssen, aber nein!“

Dann wendet sich Heinrich wieder direkt an die Aufseher:

„Würden Sie den Herrn Professor bitte nach draußen begleiten.“

Die Männer nicken.

„Mit Vergnügen.“

„Kommse mal mit, Sie Spaßvogel...“

Heinrich sieht zu, wie der Wissenschaftler vom Tierparkgelände geführt wird. Ein willenloses Bündel. Heinrich fragt sich, welch traurige Obsession in diesem Kopf herumspuken mag.

„Was für ein Tag“, murmelt er resigniert.

Vielleicht wäre es doch an der Zeit, sich mit Hagenbeck über einen neuen Auftrag zu unterhalten. Oder vielleicht sollte er sich morgen schon mit dem Mann von der Norddeutschen Lloyd verabreden. Etwas unternehmen, so oder so. Plötzlich erinnert er sich wieder an den schattenhaften Vertreter der Banken, der ihm auf dem Flussdampfer seine Visitenkarte überreicht hatte. Heinrich fragt sich, wo er die Karte hingetan haben mag.

Als er in die Kantine zurückkehrt, fällt ihm die unangetastete Ration ins Auge. Heinrich nickt sich selbst zu, setzt sich und gießt sich ohne jedes Schuldgefühl einen Schluck Schnaps ein. Alle Ha-Jy sehen ihm zu. Es ist ihm egal. Sollen sie die Vorstellung doch genießen. Dann schenkt er nach.

Der alte Vater des Häuptlings beugt sich mit vollem Mund zu ihm und fragt: „Diese Menschen? Die uns ansehen. Solche vielen und die applaudieren und rufen laut, gestern, nur als wir ein Schwein geschlachtet. Ihr schlachtet nicht?"

„Schon", antwortet er. „Aber nur wenige von uns."

Das ist gar nicht seine Art, fällt Heinrich auf, als er die Tasse ein weiteres Mal füllt.

„Deswegen mag man uns?"

„Es macht den Unterschied", erklärt Heinrich. „Zum Wohl!"

„Warum gehen sie nicht hin, wo ihr schlachtet?"

„Ja! Warum!" Jetzt ist es einmal an Heinrich zu lachen. „Es ist halt nicht das gleiche. Die Leute fühlen sich besser, wenn sie euch dabei zusehen."

Der Vater lacht nun auch wieder. Der alte Herr scheint sich überhaupt den ganzen Tag ganz köstlich amüsiert zu haben, ob beim Ausflug, der Feier, ja sogar bei den Untersuchungen. Vielleicht ist der ja wirklich wahnsinnig, denkt Heinrich den Gedanken, der er schon auf der Überfahrt hatte. Oder dumm. Vielleicht sind sie alle nur dumm. Warum sonst sollten sie sich so behandeln lassen? Warum sonst sind sie hier? Heinrich hat gesehen, wie die Aufseher die Kinder schlagen, er war dabei, als sie auf dem Schiff eingesperrt und zwei Wochen lang nicht an Deck gelassen wurden. Er weiß, dass die Untersuchung zu ihrer Ankunft, bei der sie alle nackt in Reihe auf blanken Kacheln standen und wie Vieh behandelt wurden, eine Entwürdigung war. Er weiß vieles, an das er nicht oft denkt. Er weiß nur nicht, was er von Peter halten soll. Dessen Launen, Entscheidungen und Zielen. Dabei fällt Heinrich wieder der zerbrechliche Gertenstoot ein. Der erklärte damals stotternd, dass das Siegel der erreichten Freiheit sei, sich nicht mehr vor sich selbst zu schämen.

„Es ist unterhaltsamer", ergänzt Heinrich beleidigt, aber der Alte winkt ab: Er bekommt kaum Luft vor Lachen.

Heinrich hält inne, als seine Hand ein weiteres Mal zur Flasche wandern will. Die anderen blicken ihn immer noch an. Oh, und er kann das immer weniger leiden. Es ist nicht meine Schuld, denkt er.

Heinrich versucht, sich aus diesem Gefühl zu erretten, indem er wieder über einen Perspektivenwechsel nachdenkt. Darüber, alles aus ihrer Warte zu betrachten. Aber das ist ein gefährliches Spiel. Man darf nicht alles relativieren, er weiß das. Er hat dieses Spiel schon hier und da auf seinen Reisen gespielt, als einziger weit und breit, wie es ihm dann immer vorkam. Er will sich nicht fremd fühlen, und wenn er sich darauf einlässt, dann bleibt ihm oft kein weiterer Halt außer Sprüchen und Psalmen und wirre Philosophenworte und der Stimme seiner Mutter. Dann bleibt eigentlich nur seine Tochter zurück, sein fremdes, weit entfernt lebendes Mädchen.

Einige Minuten später – nach und nach sind alle den Drohungen und Flüchen der Aufseher gefolgt und in ihre

Baracke gegangen – sitzen nur noch Heinrich und Peter am Tisch. Der Häuptling trinkt eine letzte Tasse Tee.

„Wie geht es Johanna?“, fragt Heinrich in die Stille. Jetzt ist es an ihm, zu provozieren.

„Gut.“ Peters nippt wieder und sein Gesicht zeigt deutlich, dass dieses Thema Heinrich nichts angeht.

Ist mir auch gleich, denkt Heinrich.

„Deine Anwälte meinten, ich müsse der Impresario auf eurer Tournee sein“, bemerkt er dann. Peter nickt und nippt.

„Vertrag“, sagt der Häuptling.

„Aber nein. Davon steht nichts im Vertrag.“ Heinrich versucht, seine Stimme so klingen zu lassen, als wäre er bereits jetzt froh, dies Missverständnis aufgeklärt zu haben.

„Doch. ‚Privater Impresario.‘“

Endlich versteht Heinrich. Versteht worauf das hier abzielt, und damit auch die Implikationen. Zum hundertsten Male an diesem Tag verflucht Heinrich seine überstürzte Verhandlung im Dschungel, doch vor allem verflucht er den Baron von Riekke. Peter fährt fort: „Wenn privat, dann wäre es nur klar, dass du auch immer Impresario bist. So wie heute Nachmittag. Impresario der einheimischen Feier. Beides. Du. Für beide Seiten. So war das letzte Angebot. So ist der Vertrag.“

„Moment bitte“, sagt Heinrich. Trunkenheit hin oder her, er braucht jetzt doch noch ein paar der heroischen Tropfen.

„Was ist das?“, fragt Peter.

„Medizin“, sagt Heinrich und öffnet sein Fläschchen. „Gegen mein Fieber.“

„Das Fieber?“ Peter trinkt einen letzten Schluck und blickt ihn auf diese Art an, die Heinrich nicht ertragen kann. Er weiß jetzt, dass Verachtung darin liegt. Aber das geht in Ordnung. Es beruht auf Gegenseitigkeit.

„Was hat es damit auf sich?“, fragt der Häuptling.

Ja, was hat es damit auf sich? Vielleicht ist es eine verschleppte, boshafte Lungenemphesis, vielleicht ein chronischer Brochialdefekt, vielleicht auch ein exotisches Bakterium oder ein hartnäckiger Virus – kein Arzt konnte es Heinrich bisher sagen. Es liegt kein Befund vor.

„Mit diesem Fieber", hakt Peter nach.

Unser Siegel, denkt er. Meines und deines, du elender Heuchler. Nein, sie sind nicht dumm. Sie sind dir nur gefolgt, damit du haben konntest, was du wolltest.

Heinrich spuckt auf den Boden, lässt unabgezählt einige Tropfen in die Tasse mit Schnaps fallen und es ist ihm gleich, ob die Dosis angemessen ist oder nicht.

„Ich denke", sagt er dann, „das geht dich ungefähr soviel an wie mich dein Verhältnis zu Johanna."

26

Als am nächsten Morgen alle wieder beieinander saßen, erklärte Peter den Agenten: „Meine Herren, die Verträge sind gut. Es ist eine interessante Gelegenheit. Einige von uns werden sie gerne nutzen, um Europa zu besuchen. Doch können wir so noch nicht zustimmen."

„Ach?", sagte Heinrich. Er war sich nicht sicher, ob er richtig verstanden hatte.

„Ich dachte, Sie wären zu einer Entscheidung gelangt?" fragte Debelier, der sich Schweiß aus dem Gesicht wischte. Das ganze Dorf hatte sich eingefunden. Es schienen sogar noch mehr Menschen als am Tage zuvor hier zu sein und alle lauschten gespannt.

„Davon bin ich auch ausgegangen", ergänzte Heinrich, der schon wieder einen Schub aus Fieberschmerzen heranahen spürte. Ja, hörte er seine Frau in ihrem ganz besonderen Tonfall sagen, das Fieber.

„Nicht ganz." Peter blickte sie auf eine Art an, die Heinrich nicht gewohnt war.

„Was meinen Sie damit? Dass Sie nun doch kein Interesse haben?" Empörung mischte sich in die Stimme des französischen Agenten.

„Es geht um einige Details", erklärte der Baron beruhigend.

„Nun? Welche denn?" Debelier tupfte seinen Hals ab. „Bitte!", forderte der Franzose. „Wir hören."

Die Liste ihrer Ergänzungen umfasse fünf Punkte, erklärte Peter: Eine Versicherung, dass für ihre Rückkehr gesorgt sein werde, und auch, dass die Reisezeit bezahlt werden werde. Eine Versicherung, dass finanzielle Leistungen, die nach Hause geschickt werden, auch beim Stamm ankommen. Eine Versicherung, dass sie ihr Essen selbst wählen dürfen und dass im Falle eines Todes ihre Körper nach ihren Gesetzen behandelt werden.

„Sicher", sagte Heinrich augenblicklich, ohne darüber nachzudenken, und war damit schneller als der Franzose. „Das ist akzeptiert", versicherte er.

Der Baron beugte sich vor, um Peter zu erklären, was das Wort „akzeptiert" bedeutete.

Ludwig zischte indes Heinrich an: „Bist du auch sicher, dass das in Ordnung geht?"

Doch Heinrich winkte seinen Assistenten hinweg, ohne ihn anzublicken. Er versuchte Debelier im Auge zu behalten. Außerdem war ihm gerade aufgefallen, dass in den Bäumen Menschen saßen und ihnen gebannt zusahen. Er erinnerte sich nicht, wann er sich jemals so beobachtet gefühlt hatte. Was wurde hier überhaupt gegeben? fragte sich Heinrich.

Plötzlich stand Debelier auf. „Wir akzeptieren ebenfalls. Und zahlen Ihnen zehn Mark extra pro Monat."

„Zwanzig!“, antwortete Heinrich umgehend. Damit hatte er das monatliche Gehalt fast um ein Drittel erhöht. Ludwig stupste Heinrich gegen die Schulter und nahm mit der anderen Hand einen Schluck aus dem Flachmann, den letzten, wie man daran erkennen konnte, dass er die Flasche an seinen Lippen auf den Kopf stellte. Er spülte die Flüssigkeit hörbar durch seine Zähne.

„Lass mich nur machen“, hustete Heinrich.

„Fünfundzwanzig. Sowie einen zusätzlichen Tag frei, jeden Monat“, antwortete Debelier, als hätte er es sich diesen Schritt vor langer Zeit bereit gelegt. Peter blickte sie aufmerksam an.

„Dreißig. Und einen weiteren Ausgang, geführt. Für jede einzelne Sondermaßnahme“, antwortete Heinrich. Eine spontane Eingebung, zugegeben. Ihm war, als würde jemand „Zugabe!“ rufen. Ludwig zischte.

Noch bevor Debelier reagieren konnte, hob der Häuptling die Hand für eine Unterbrechung. Mit Hilfe des Barons rekapitulierte er die Konditionen der vertraglichen Sondermaßnahmen.

Was will der Häuptling wirklich? fragte sich Heinrich währenddessen. Er hatte das Gefühl, dass sie die Preise noch stundenlang in die Höhe treiben konnten, aber darum ging es nicht. Heinrich entdeckte Ghut im Publikum. Der alte Baron hielt eine brennende Fackel in der Hand, der seine ganze Aufmerksamkeit zu gelten schien. Dann, für einen Moment, sah Heinrich alles ganz klar.

„Ich begleite Sie übrigens sehr gerne persönlich bei Ausflügen. Betrachten Sie mich als Ihren persönlichen Führer. Ich kann Ihnen alles zeigen, was Sie möchten. Ihr privater Impresario für meine Heimat sozusagen.“

Er lächelte nonchalant und im Bewusstsein, dass Hagenbeck dies bestimmt selbst erledigen würde - ein, zwei Ausflüge unternahm er meistens mit seinen Völkern. Mindestens. Er liebte die Blicke der Wilden so sehr wie die der Hamburger. Die Momente der staunenden Augen ließ er sich nicht nehmen. Besonders wenn über ihn gestaunt wurde.

„Das werden wir gerne annehmen“, sagte der Häuptling umgehend.

Der Baron machte sich umgehend Notizen.

Debelier schnaufte jedoch nur. „Privater Impresario!“, murmelte der Franzose plötzlich empört.

Heinrich begriff in diesem Moment, wie viele Zuschauer sie wirklich hatten. Die Menschen hockten sogar auf den Dächern der Hütten. Die Wilden waren in vielen Reihen um den Hauptplatz versammelt, als wäre er ein griechisches Amphitheater. Auch schien es ihm, als käme immer noch mehr Publikum dazu, und immer wieder erkundigten sich die zu spät gekommenen tuschelnd, ob sie etwas verpasst hatten. Es müssten alle Familien aus den umliegenden Dörfern gekommen sein, um dieser Veranstaltung beizuwohnen.

Hatte Peter Eintrittskarten verkauft? fragte sich Heinrich. Konnte Hagenbeck nun sogar schon Eintritt für einen Blick auf seine Agenten verlangen? Würde man bald großbürgerliche Villen in fernen Ländern bauen? Der Welt die Deutschen zeigen? Ganz neue Völkerausstellungen – in kaum zu erreichenden Bergdörfern, auf kahlen, verschneiten Inseln im Nordmeer oder gar in üppig blühenden Oasen, wo er, Greta und Mechthild einige Wochen lang ein deutsches Leben vorleben würden? Ihre strenge, vielschichtige Kleidung würde natürlich viel Heiterkeit unter den Einheimischen erzeugen und ihre harte Sprache Kopfschütteln und Abscheu auslösen. Sie hätten wohl einen Schäferhund und einen Dackel bei sich, die sich bellend um das Haus jagen würden, wenn sie nicht die Gäste ankläfften, die Futter auf sie werfen.

Vielleicht müsste Heinrich dann auch seine Eltern mit auf Expedition nehmen und sogar Wolfgang und dessen Frau und Kinder. Sie alle würden dann zusammen wohnen und drei Mal täglich einen Geburtstag im Vorgarten begehen, mit einer kleiner Kapelle und frischer Obsttorte. Jedes Wochenende würde zweimal Weihnachten sein, der Baum voller Lametta, Kugeln, Früchten und Figuren aus dem Erzgebirge. Sein Vater trüge immer seine Galauniform mit den vierzig goldenen Knöpfen, den Säbel in der Hand, seine Mutter – der Farbenfrohheit wegen – ein Dirndl und Heinrich selbst würde seinen alten Marineanzug tragen und mehrmals täglich vor der Reichsflagge salutieren.

VERPASSEN SIE NICHT CARL HAGENBECKS ORIGINALE
HAMBURG-SHOW!

Das bürgerliche Leben der echten Deutschen zum Anfassen!
Bestaunen Sie die familiären Rituale
und den Prunk der Feiertagstoilette!
Klatschen Sie mit, wenn zum Tanze aufgespielt wird
und die traditionellen Weisen Norddeutschlands gesungen werden!
Vornehme Kleider, edle Gesinnung
und die Wunder der modernen Zivilisation!

Er sah die Plakate schon vor sich.

NIEMALS ZUVOR GAB ES SOLCH WEISSE HAUT ZU SEHEN!
NUR NOCH DREI WOCHEN BEI IHREM STAMM!

Vorstellungen täglich von zehn bis achtzehn Uhr!
Entree nur 30 Pfennige! (Zu den Aufführungen 50 Pf!)

Die Villa wäre außen sehr prunkvoll, mit Balkon, einem spitzen Giebeldach aus rotem Ziegel und einem Eingang mit Säulen, den Löwen und zweiköpfige Adler bewachen, aber innen würde sich zeigen, dass alles nur Schwindel ist. Nur eine weitere kahle, kalte Attrappe – es gäbe keine Zwischenwände, keine Treppen, nicht einmal mehrere Etagen, sondern nur eine einzige leere, große Halle mit Wänden aus blankem Holz und einigen Doppelstockbetten in der Mitte, die sich um einen bollernden Eisenofen versammelt hätten.

Nur ein Priester oder Pfaffe würde dann noch fehlen, der salbungsvoll aus dem Neuen Testament vorläse, dazu noch ein, zwei junge, hübsche Hausmädchen mit feistem Lächeln und kurzen Röcken, und ein derber Kutscher mit Gespann, der für den Spaß zu sorgen hätte. Segnungen Sonntags, Ausritt jeden Freitag. Man würde ihnen Datteln zustecken und Ziegenmilch aufdrängen, Eskimokinder würden sie mit großen, gelben Schneebällen bewerfen, alte Witwen ihre religiösen Offenbarungen und ihre Naturgottheiten mit ihnen teilen und Wüstennomaden ihnen aus ihren Wasserschläuchen anbieten -

„Das werden wir sehr gerne so annehmen“, wiederholte Peter.

Heinrich blickte auf. Ihm war, als hätte er seinen Text vergessen. Die Vision bereitete ihm Kopfschmerz. Dabei würde er selbst nur den lieben, langen Tag im Garten sitzen, einen Stapel Postkarten neben sich und die Verträge griffbereit. Die Kunden würden zu ihm kommen.

In diesem Moment winkte Debelier schweißgebadet ab.

„In Gottes Namen“, stöhnte er und schüttelte den Kopf. „Es ist zu heiß.“ Damit stand er auf, drehte sich ohne ein weiteres Wort um und ließ sich von seinen Assistenten zurück zum Haus des Barons begleiten.

Heinrich sah dem Franzosen verblüfft nach, ebenso wie das ganze Publikum. Nur der Baron nicht. Dieser saß im den Schneidersitz und krakelte eifrig Papiere voll. Erst nach und nach begriff Heinrich, dass er wirklich gewonnen hatte.

„Dann haben wir einen Abschluss?“, fragte er.

Der Häuptling reichte seinem Vertragspartner nach deutscher Sitte die Hand und Heinrich schlug ein. Wenn jemand applaudiert hätte, hätte Heinrich sich verbeugt und daraufhin Autogramme gegeben. So fühlte er sich plötzlich nur sehr fromm und rechtschaffen, so leicht und befreit, dass er sogar in die Hände klatschte, als er aufstand und sich bei Ludwig einhakte.

„War doch ganz einfach gewesen!“, flüsterte er seinem Assistenten beim Gehen ins Ohr.

27

Heinrich ist schwindelig – oder aber die Stadt bewegt sich, verrutscht auf dem schlammigen Untergründen der Elbe- und Alsterufer, um samt dem schönen, neuen Rathaus zu versinken. Er taumelt und kommt sich vor, als würde er versuchen, auf der Nordsee zu laufen.

Die meisten Ha-Jy liegen bereits in ihren Betten, die Kinder in den oberen Etagen, meist zu zweit, die Erwachsenen in den unteren. Hier und da hört man sogar schon leises Schnarchen. Kisten mit Kleidung und Handwerkszeug stehen im Raum, an der Wand hat jemand ausgerechnet eine Postkarte aus Friedrich-Wilhelm-Hafen mit einer Nadel festgesteckt. Daneben eine Fotografie, die der alte Schamane von seinem Stamm gemacht hat, als dieser vor zwei Wochen eine exklusive Vorstellung für die Hamburger Bürgerschaft gegeben hatte. Die Ha-Jy stehen halbnackt und aufgeputzt mit Schmuck und Waffen neben den gewählten Herren mit ihren Anzügen, die durch ihre Zylindern doppelt so groß erscheinen.

„Ihr verklagt uns sowieso, oder?“, fragt Heinrich mit einer Stimme, die ihm komisch erscheint. Sie klingt nicht nach ihm. Aber er ist in diesem Minuten fest davon überzeugt, dass die Wilden – vor allem Peter – überhaupt nur mitgekommen sind, um ihn zu verklagen. Vielleicht ist es auch die Rache des Barons. Die Rache beider Barone. Vielleicht auch eine Bosheit des Urwaldes. Aber vielleicht ist das alles wirklich nur geschehen, weil ein junger Häuptling seinen Willen wollte. Heinrich sucht im Raum nach Johanna und ihren Söhnen und dem zornigen Eulenspiegel, aber unter den Decken und der Dunkelheit kann er niemanden erkennen.

„So oder so – sag es!“, faucht er mit einem Gefühl des Abscheus.

Peter sitzt jedoch nur auf still seinem Bett. Der Kopf befindet sich zur Gänze im Schatten der oberen Matratze, aber Heinrich weiß, dass der Mann ihn anstarrt.

„Herr Hermann? Wir schließen jetzt ab“, sagt der Berliner Aufseher und zieht den Agenten aus der Baracke. „Feierabend, ihr Spinner! Pennt schön und haltet still!“ Damit drückt er die Tür zu und dreht den Schlüssel zweimal im Schloss.

Heinrich ist plötzlich übel. Er überlegt, ob er zu viel von seiner Medizin genommen hat, oder gar zu wenig. Er überlegt, wie er diese Frage beantworten kann.

„Findense alleen raus?“, fragt der Mann noch. Aber er wartet die Antwort nicht ab, sondern verschwindet bereits in der nächsten Unterkunft, wo er wieder Befehle bellt.

Mir ist so wunderlich, denkt Heinrich und setzt sich zunächst einmal auf den blanken Boden aus Pflastersteinen. Er will sich eine Zigarette drehen. Was er nach einem gewissen Zeitraum aufgeben muss, denn seine Hände sind zu feucht und ungeschickt.

Ich verstehe die nicht, sagt er zu sich selbst.

Er spürt eine so tief sitzende Trägheit, als läge er bereits unter einem Berg von einer Daunendecke eingekuschelt, geborgen und auf ewig. Doch wer bin ausgerechnet ich, verstehen zu wollen, was diese Wesen denken?

Heinrich hört jetzt Stimmen. Also rappelt er sich lieber auf, um sie nach dem Weg zum Ausgang zu fragen. Aus irgendeinem Grund hat er die Orientierung verloren. Und er muss sich schon fragen, wo sein Begleitschutz steckt, seine einheimischen Führer und Berater und die gut ausgerüsteten Soldaten.

Was er hinter einer der Baracken entdeckt, sind zwei Menschen, die dicht und eng umschlungen beieinander stehen. Er kennt die Frau, sie ist eine der Sekretärinnen Dieterichs, eine sonst sehr strenge und tugendhafte junge Dame. Nun jedoch sind die obersten Knöpfe ihrer mit Rüschen verzierten Bluse geöffnet. Der Mann ist einer der Andenindianer, ein stolzer Krieger mit Haaren, die länger sind als die seiner Gespielin. Sie scheinen sehr vertraut miteinander umzugehen, obwohl die gehauchten Worte in unterschiedlichen Sprachen über ihre geschäftigen Zungen kommen.

Plötzlich erklingt hinter ihm der stramme Rhythmus von Schritten.

Auch die beiden Liebenden halten inne, lauschen wie die Erdmännchen und verschwinden ebenso lautlos und flink in der Dunkelheit. Heinrich sucht Deckung. Er will den beiden lärmenden Aufsehern nicht begegnen, auch wenn er dafür keine Gründe zu nennen wüsste. Einige Minuten huscht er hinter dem Vogelhaus umher. Meine Dschungelerfahrung ist hier von großem Nutzen, lobt er sich. Aber er ist sich unsicher, ob er im Futtermagazin oder doch im Reptilienhaus Unterschlupf suchen solle. Wie ein Trapper lugt er vorsichtig hinter einer Ecke hervor, und sieht nun zu seiner

Überraschung vor dem Raubtierhaus am großen Platz drei Wachtmeister stehen. Sie haben einen kleinen Mann in weiten, ockerfarbenen Tüchern bei sich, der vorgebeugt und in Handschellen zwischen ihnen steht. Die Beamten diskutieren mit den beiden unangenehmen Aufsehern.

„... besagtes Subjekt befand sich also von zirka zweiundzwanzig Uhr dreißig bis Mitternacht im Gasthaus ‚Zum schwarzen Adler', wo es nach Angaben des Wirtes ‚pöbelte'. Stark alkoholisiert", erklärt einer der Wachtmeister.

„Ja, nun", sagt der Berliner als kenne er dies bereits auswendig. Er blickt finster auf den Nomaden.

Doch der Beamte lässt sich nicht in seinem Vortrag aufhalten.

„Folgender Vorgang wurde aufgenommen: Das Subjekt konnte sich nicht ausweisen und da besagtes Subjekt wohl unter der Vormundschaft der Firma..."

„Ja, ja", sagt der Berliner wieder und übernimmt den Flüchtling, indem er ihm in die Haare greift.

„Es wurde Anzeige erstattet", schließt der Beamte. „Eine Gute Nacht wünsche ich!"

Kaum dass die drei Männer sich umgedreht haben, schlägt der Berliner Aufseher mit der flachen Hand auf den Kopf des kleinen Mannes ein. Der weiß gar nicht, wie ihm geschieht.

„Wie oft denn noch?", faucht der Berliner. Wieder setzt es Schläge. Wenn Hagenbeck davon wüsste, dachte Heinrich. Wenn Hagenbeck nur hier wäre...

Die Aufseher zerren den kleinen Nomaden durch den Tierpark und diesmal ist es Heinrich, der sich an ihre Fersen heftet. So sieht er, wie sie den Mann, der bei allen Mitarbeiters des Zoos und sogar in den Tageszeitungen der Stadt als „Bin Ahmed, der Sultan der Ausbrecher" berühmt ist, mit einem Tritt in seine Baracke befördern, wo er kopfüber in einen großen Koffer mit Geschenken fällt.

Eine Spieluhr beginnt ihr Lied, etwas aus Glas zerbricht, ein Ball rollt über den Boden und das ganze laute Holterdipolter weckt alle andern im Saal: eine Nähmaschine wankt bedrohlich, zwei Fahrräder kippen scheppernd um, und überall kullern Geschenke umher.

Was sollen Wüstennomaden mit Fahrrädern anfangen?, überlegt Heinrich und kaut auf einem Grashalm.

„Respektiere endlich unsere Autorität!", brüllt der Rheinländer.

Natürlich beginnt nun in der Unterkunft ein großes Gezeter, dem die gereizten Aufseher mit nicht minder lauten und derben Worten entgegen treten. Soviel also zur beruhigenden Wirkung der abendlichen Ration, denkt Heinrich. Es kehrt erst wieder Stille ein, als der Rheinländer den aufgebrachten Männern mit einer Mistgabel droht.

„Und Lights Off, sach ick - verdammt nochmal, Hundebande! Sonst werdet ihr mir mal so richtig kennen lernen! Und Ihr sollt euch jeden Abend gefälligst waschen, wie oft soll ick das noch sagen?"

Heinrich stiehlt sich auf allen vieren davon. Vorsichtig und aufmerksam. Obwohl er so müde ist wie ein Bär im Dezember, kommen ihm seine Sinne geschärft vor. Einige Minuten später kann er sich mit Hilfe eines Baumes sogar wieder aufrichten. Er sieht ein Licht und seine Erfahrungen aus dem Dschungel haben ihn gelehrt, dass man solchen Zeichen im Zweifelsfall folgen muss.

„Es ist so kalt hier, so feucht, so kalt", hört er eine Stimme in einem exotischen, hellen Akzent, als er dem Licht bereits ganz nahe ist.

Heinrich steht bei der Krankenstation. Das Licht stammt von einer Kerze, die neben dem Bett eines älteren Mannes steht, der mit rasselnder Stimme immer wieder über die Kälte klagt. Lungenentzündung, vermutet Heinrich. Außerdem hohes Fieber, ganz sicher. Möglicherweise Delirium. Eigentlich müsste dieser Mann mittlerweile in ein richtiges Krankenhaus gebracht werden.

Der gutmütige Dr. Kling mit seiner blanken Glatze sitzt neben dem Kranken und misst dessen Puls. Er blinzelt dabei halb blind durch seine kleine Brille und murmelt Worte, zu leise für Heinrich, obwohl dieser sein Gesicht gegen die Scheibe drückt. Weinen ist zu hören, aber es ist schwer auszumachen, von wo es kommt. Durch einen kleinen Spalt riecht Heinrich den dumpfen Mief nach süßlichen Körpern und Krankheit. Dabei ist das schlimmste Siechtum von allem, das Heimweh, gänzlich unauffällig.

Weiter hinten liegen zwei Kinder mit brennend roten Hautreizungen und von dem Indianer in der Ecke weiß er, dass der Mann sich seit einer Woche mit einem üblen Durchfall herumplagt und die Aussichten nicht gut sind. Sein Bruder starb im St. Michaels Spital an Brechdurchfall, es ist erst drei Tage her – und noch immer besteht der Stamm darauf, den toten Körper zurück zu bekommen. Weshalb dieser arme Kerl wohl auf Ratsbeschluss des Stammes nicht vom Gelände gelassen wird. Wahrscheinlich hat ihnen noch niemand gesagt, dass ihr toter Freund bereits in einem wissenschaftlichen Institut auseinander genommen wurde, um Stück für Stück analysiert, kategorisiert, eingelagert oder in alle Welt zur Begutachtung verschickt zu werden. Diese Klausel müssen sie bei ihrer Unterschrift übersehen haben.

Heinrich macht sich klein und robbt unter einen Busch. Schon wieder hört er die verhasste Berliner Stimme!

„- und wenn ick ihn in die Finger bekommen hab, schnappta euch seine Beene und Arme, lasst ihn ooch ja nich wieder los! Solange bis wa ihn anjemessen verpackt haben."

Eine flatternde Gestalt in Gewändern rennt nur wenige

Schritte entfernt und fast lautlos an Heinrich und seinem Busch vorbei. Zwei Atemzüge später hetzen die Aufseher dem Ausbrecher nach, unterstützt von einem Nachtportier, der allerdings kaum Schritt zu halten vermag. Wahrscheinlich kennt Ahmed den Weg zum Ausgang, denkt Heinrich, doch er verliert die Fährte der Jagdgesellschaft. Stattdessen findet er sich im nachgebauten Dorf der Ha-Jy wieder. Er steht vor einer der Hütten und blickt in den Sternenhimmel. Alles Attrappe, denkt er.

Plötzlich erinnert sich Heinrich an ein Gespräch, dass er genau hier geführt hatte, drei Tage nach der Eröffnung der Ausstellung. Peter war zu diesem Zeitpunkt mit den anderen aus seiner Familie in Hagenbecks Büro gewesen, wo ein kleines Ritual stattfand, eine Art Aufnahme in die Hagenbeck-Familie, die mit einem Glas Sekt begangen wurde. Nur Johanna war in der Hütte geblieben, der ersten, die die Ha-Jy selbst errichtet hatten, was auch gleichzeitig die erste Vorstellung mit ihnen gewesen war. Heinrich, der die Arbeiter beim Bau der weiteren drei Behausungen beriet, hatte sie ganz vergessen, bis sie ihn ansprach. Johanna hockte auf dem Boden und weinte. Er wusste nicht, was er antworten sollte, er hatte nicht einmal verstanden, was sie gesagt hatte.

„Du bist doch nicht krank?"

Johanna hatte den Kopf geschüttelt. In diesem Moment war ihm erst aufgefallen, dass sie einen Mantel um sich geschlungen hatten. Wenn Dieterich das zu Ohren kommen sollte, würde es Ärger geben.

„Lege das bitte ab."

Sie blickt ihm zum ersten Mal in die Augen.

„Die Leute wollen eure Haut sehen, das ist Vertrag, das ist die Veranstaltung", hatte Heinrich geantwortet. „Es gehört dazu." Seine Stimme war nachdrücklich gewesen und hatte keinen Widerspruch zugelassen, ganz wie die seiner Mutter, so wie Ferdinand Köttewehr, wie Bennigsen oder wie –

„Leg den Mantel ab und zeige dich."

Dann hatte er sich umgedreht, die Hütte verlassen und den Männern Anweisung gegeben, sich darum zu kümmern, dass die Frau ihre Arbeit mache.

Der Schwindel übermannt ihn jetzt wieder, dieses Mal wie ein Anfall seines Fiebers, nur noch tausendmal stärker. Seine Knie geben nach und Heinrich wäre gefallen, wenn ihn nicht jemand gegriffen hätte.

„Herr Hermann, da sind Sie ja! Geht es Ihnen gut?"

Er sinkt in Friedhelms Arme.

„Bist ein guter Junge, Friedhelm", sagt Heinrich.

„Ich fahre Sie jetzt nach Hause. Ja, Herr Hermann?" Friedhelm zieht ihn wieder auf die Beine.

„Weißt du das? Was für ein guter Mensch du bist?"

„Kommen Sie", antwortet Friedhelm.

Heinrich muss den Weg über geschlafen haben, geschlafen beim Gehen, denn sie sitzen plötzlich in der Kutsche, und Heinrich hört das „Hü!" des Kutschers. Die Gaslichter entlang der Straße beginnen sich wieder zu bewegen - hell, dunkel, hell, dunkel.

„Friedhelm?"

„Ja, Herr Hermann?"

Hell, dunkel.

„Friedhelm", setzt Heinrich nochmals an und gibt sich Mühe seine Gedanken zu ordnen. Er versucht aufrecht zu sitzen, muss sich dafür aber am offenen Fenster festhalten. Konzentriere dich, denkt er, sammle dich, ein letztes Mal für heute. Dann holt er Luft.

„Was würdest du davon halten", sagt er, „wenn ich deinen Onkel, Hagenbeck und Peter, wenn ich alle davon überzeuge, dass du der Impresario für die Ha-Jy-Tournee sein solltest?"

28

Der Rückweg nach Friedrich-Wilhelm-Hafen war ein Marsch geradewegs durch den Urwald nach Norden gewesen, immer auf dem Pfad entlang, den der Baron genommen hatte.

Kurz bevor sie aufgebrochen waren, hatte Heinrich noch einmal versucht, von Riekke umzustimmen.

„Wollen Sie uns nicht doch begleiten?“

„Zurück?“, hatte der Baron geantwortet. „Nach Europa?“, hatte er gelacht und dann begonnen, ein Lied zu singen - von echten Kerlen, von Rittern in schimmernder Rüstung und wahren Helden, bis er sich verhaspelte und abbrach. Ein komischer Kauz, hatte Heinrich wieder gedacht und es dabei belassen.

„Passen Sie auf sich auf.“

Der Baron hatte genickt, sich bedankt und auf ein glückliches Wiedersehen getrunken. Dabei wurde er von der drallen, kleinen Frau gestützt, die ihm in der Küche half. Sonst wäre er wohl umgefallen.

Der Einzug in Friedrich-Wilhelm-Hafen, zwei Wochen später, glich einem Karneval.

„Schade, dass wir keine Kammellen für die Kinder dabei haben“, sagte Ludwig und winkte den Schaulustigen zu. Siedler, Soldaten und Einheimische strömten von überallher zusammen. Ja, dachte Heinrich, und zu schade, dass die Kamera futsch ist.

Am Abend fand ein Fest unter der scharfen Sichel des Mondes statt. Der Strand war von Fackeln erleuchtet und niemand wusste, wer eigentlich damit angefangen hatte, Musik zu spielen, Feuer zu entzünden und Wein zu entkorken. Obwohl die Ha-Jy, einquartiert im Rohbau eines neuen

Lagerhauses, bereits schliefen und Heinrich und Ludwig nur vom Eingang des Hotels aus zusahen, tanzen dort Gestalten, bis die Sonne aufging. Jeder Anlass schien Anlass genug zu sein. So hatten die Agenten und ihre Angeworbenen beim Kauf der gesitteten Kleidung am nächsten Tag bereits ein treues Publikum, dass jede Szene aufmerksam und neugierig verfolgte. Einige Leute gaben ständig kluge Ratschläge, als die stolzen Männer des Waldes ihre ersten Hosen anprobierten. Dabei fummelten diese nervös an ihrem Schritt herum und blickten sich an, als würden sie sich nicht wiedererkennen. Auch die deutsche Bürokratie sorgte für einen gewissen Unterhaltungswert. Es mussten die Pässe ausgestellt werden und der Häuptling ging, wie bei allen Dingen, mit gutem Beispiel voran.

„Name?“, fragte die Beamtin und bekam eine unverständliche Antwort.

„Wie schreibt man das?“

Alle blickten sich ratlos an.

„Name?“, fragte die Dame also wieder.

„Peter?“, versuchte es der Häuptling nach einem Stupser von Heinrich.

Die Zuschauer an den Fenstern raunten den Namen, als wären sie als Echo angestellt worden. Die Dame notierte sich etwas.

„Geboren am?“, fragte sie.

Eine halbe Stunde verbrachten der Häuptling, Heinrich und Jacob Hippen damit, mit der Hilfe von Mondphasen, die sie aus einem abgegriffenen Almanach nahmen, ein Datum auszurechen.

„Geboren wo?“

„Im Dorf“, sagte Peter.

In dieser Art war es munter weiter gegangen, bis Heinrich die Nase voll hatte, an die Dame heran trat und sie ganz beiläufig und überaus zuvorkommend fragte: „Gibt es eigentlich noch einen Satz dieser formidablen Briefmarken mit der stolzen Hohenzollern?“

Währenddessen hatte sich der Schamane von Ludwig vier Filzhüte kaufen lassen, waren die Kinder in eine Schlägerei mit zwei Siedlersöhnen geraten, die Männer waren zur Entlausung bestellt worden und die Frauen sollten bereits gegen die Pocken geimpft werden. Was sich als schwierig erwies. Hippen klagte, wo er denn bitteschön so viel Serum gegen die Pocken auftreiben soll, doch Landeshauptmann Bennigsen kümmerte sich nun höchstselbst um die Angelegenheiten der Firma Hagenbeck und so bekamen sie innerhalb weniger Tage eine Kiste aus Berlinhafen geschickt.

Man konnte ohne Übertreibung sagen, dass die Abreisevorbereitungen die ganze Stadt rund um die Uhr beschäftigten. So überwachten Heinrich und Jacob Hippen noch um vier Uhr nachts das Beladen des Schiffes. Unter Fackeln und Öllampen kontrollierten sie die Kisten, vor allem die Käfige mit den Tieren. Hippen kratzte sich ständig und trotz seines zackigen Tonfalls stand er unsicher auf den Beinen, so als könnte er den linken Fuß nicht richtig belasten. Er schreibe nun jeden Tag nach Deutschland, wo er um eine Versetzung bitte, erklärte er.

„Ich bin da ganz Optimist.“ Dann scheuchte er drei Träger den Pier entlang.

An seinem letzten Tag in Kaiser-Wilhelms-Land fühlte sich Heinrich Hermann ganz leicht. Er beobachtete, wie die ersten Ha-Jy in ihren neuen Kleidern und mit ihren neuen Dokumenten die Beiboote betraten, die sie zur Rosenberg bringen würden. Seine Hände waren auf die Hüften gestemmt und er schwatzte angeregt mit den Zuschauern. Heinrich sah, dass der Häuptling das gleiche Lächeln an den Tag legte wie er selbst. Es war eine spontane Geste, als sie sich im Vorbeigehen freundschaftlich die Hände reichten. Nun konnte nichts mehr fehl gehen.

„Halt!“ Pfarrer Konstanz eilte im vollen Ornat durch die Menschen. Er trug ein Gefäß mit Wasser, eine Art breiten Kelch, aus dem bei jedem Schritt kleine Wellen auf seine Füße klatschten. Er sah aus wie der kleine Muck.

„Halten Sie ein!“ rief er.

„Herr Pfarrer!“ Heinrich lachte. „Ja, worum geht es denn?“

Dem Gottesmann fehlte zunächst der Atem, doch er zeigte wieder und wieder auf die Ha-Jy, die in den Beibooten saßen und zur Rosenberg gerudert wurden. Kinder schwammen neben und hinter dem Boot her. Peter und seine Familie warteten noch am ihren Transport.

„Ich bestehe darauf!“ schnaufte er.

Heinrich zog die Augenbrauen zusammen und lachte. „Bitte, worauf bestehen Sie?“

„Ich muss diese armen Heiden taufen!“ Er schwitzte und hechelte und man konnte befürchten, dass sich das Herz des Mannes jeden Moment verweigern würde. „Ich muss nachdrücklich darauf bestehen! So geht es doch nicht!“

„Im Gegenteil“, sagte Heinrich. „So, und nicht anders.“

„Unter Christenmenschen: Lieber Herr Hermann, Sie müssen doch ein Einsehen haben, dass...“

„Nein, Sie müssen verstehen. Ich will keine Christen haben. Ich brauche keine Christen. Ich brauche nur Authentizität.“

„Gotteslästerung!“ keuchte Konstanz.

„Bitte -“ Heinrich sah, wie die Zuschauer diese Szene aufmerksam beobachteten. „Wer will denn einen Skandal?“, ergänzte er leise.

Doch der Pfarrer dachte nicht daran, sich zu beruhigen.

„Gotteslästerung!“ kreischte er nun lauter.

„Papperlapapp!“ Heinrich schüttelte den Kopf. „Und übrigens – Sie können doch nicht allen Ernstes wollen, dass wir getaufte Christen ausstellen?“

Peter betrachtete den Mann neugierig und still.

„Wir müssen dann auch aufbrechen“, sagte Heinrich und ließ den Pfarrer stehen. Doch dieser schien nur auf diesen Moment der Unachtsamkeit gewartet zu haben – mit angefeuchteten Fingern grabschte er plötzlich nach dem Kopf des Häuptlings. „Im Namen des Vaters...“ begann er, doch Peter schob die Hand einfach beiseite und folgte dem Agenten.

„Sie sind des Teufels, Herr Hermann!“ hörten sie den Gottesmann rufen.

Jacob Hippen entschuldige sich für das Verhalten des Pfarrers und kratzte sich abwesend. „Ihm sind einige seiner Schäfchen in den Dschungel entkommen. Seitdem ist dem Manne nicht mehr so recht wohl. Er macht sich sehr viele Gedanken über den alten Bim-Bam.“

„Konkurrenz belebt das Geschäft“, sagt Heinrich.

„Hören Sie mich? Des Teufels!“ Konstanz rief noch immer und sie hörten ihn durchaus.

Nachdem Heinrich sich auch von Hippen und Ned, dem alten Walross verabschiedet hatte, gingen er und Peter auf die wartenden Ruderer des Beibootes zu, die sich die Zeit mit Kautabak vertrieben und Wetten abschlossen, wer seinen Priem wohl m weitesten in die Bucht befördern konnte.

„Wir sind dann soweit“, sagte Heinrich und hielt inne. Ludwig fehlte noch. Als er ihn zuletzt gesehen hatte, war sein Assistent noch nicht einmal zum Packen gekommen. Heinrich stellte sich auf die Zehenspitzen. Ludwig kam gemächlichen Schrittes näher und zu Heinrichs Überraschung begleitete ihn Johannes Tennung, als wäre dieser der Assistent seines Assistenten.

„Haben wir etwas vergessen?“, fragte Heinrich. Ludwig trug nur das Metallrohr mit den Verträgen bei sich.

„Ich werde nicht mitkommen“, sagte sein Assistent.

Obwohl Ludwig die ganze Reise über bei seiner Meinung geblieben war, dass Deutsch-Neuguinea nie zu einer stolzen Kolonie aufblühen würde, war Heinrich nicht überrascht.

„Warum?“, fragte Heinrich aber doch, schon weil er das Gefühl hatte, etwas sagen zu müssen.

„Warum nicht?“, sagte Ludwig.

Tja, dachte Heinrich und schüttelte seinem ehemaligen Assistenten die Hand, wahrhaftig – warum nicht? Dass Johannes dabei sanft lächelte, gab Heinrich allerdings das Gefühl, etwas Entscheidendes nicht erfasst zu haben. Auch dieser reichte ihm die Hand, wünschte eine sanfte Überfahrt und dankte ihm für die interessanten Einblicke.

„Nun dann. Was bleibt mir zu sagen?“, sagte Heinrich daraufhin.

Ludwig fingerte die Verträge aus dem Metallrohr, und reichte sie Heinrich. Dann kletterte der Hagenbeck-Agent zu Peter ins Boot und die Matrosen legten sich in die Riemen.

„Hören Sie mich, Herr Hermann?“ Konstanz ließ noch immer nicht locker, obwohl Hippen und einige Mitglieder der Kirchengemeinde versuchten, ihn mit beruhigenden Worten aus dem Neuen Testament zu besänftigen. „Des Teufels!“

Heinrich blickte noch einmal zu seinem Assistenten. Er würde einen neuen brauchen, stellte er fest.

„Viel Erfolg“, rief Ludwig über die Bucht, „grüßen Sie mir Ihre Familie! Und den Hagenbeck!“

Und auch Konstanz stand nun am Ende des Piers und rief ihnen nach, „Kehren Sie um, Herr Hermann! Kehren Sie um, so lange Sie noch die Möglichkeit dazu haben!“ Er schrie selbst dann noch, als die S.M.S. Rosenberg bereits volle Fahrt aufgenommen hatte und in den Sonnenuntergang navigierte. Der Abend war so klar, dass Heinrich den Mann noch zu sehen glaubte, als der Kirchturm bereits mit den Bergen verschmolz und die Nacht dabei war, die Insel zu verschlucken.

29

Der Weg nach Hause ist eine Reise, die Heinrich im Halbschlaf verbringt. Alles ist Unklarheit, denkt Heinrich in einem seiner klaren Momente.

„Wir sind da, Herr Hermann."

Heinrich nickt. Er fühlt sich wie ein alter Mann.

„Danke", murmelt er, nachdem er sicher auf dem Bürgersteig angekommen ist. „Den verbliebenen Weg schaffe ich allein. Danke."

Friedhelm nickt ihm zu, springt in die Kutsche und klopft sehr eilig an das Dach. Die Zügel knallen. Einen Moment später ist die Kutsche verschwunden. Heinrich lauscht dem Rattern und Klackern hinterher.

„Du willst jetzt also deine Tochter zur Schau stellen", empfängt ihn Greta im Salon. „So wie deine Wilden?" Sie hat ihr Hauskleid an, einige Traktate zur Frauenfrage liegen neben dem Sofa, ein Stück von Ibsen ruht in ihrer Hand. Mechthild hat den Kopf auf dem Schoß ihrer Mutter gebettet, wo sie immer wieder einnickt, obwohl sie sich dagegen wehrt. Ihre Beine sind gefaltet, ihre Arme hängen herab, ihr Gesicht ist weich. Heinrich glaubt immer, sie lächeln zu sehen, wenn sie schläft.

„Es sind nicht meine Wilden", sagt er automatisch. Die Müdigkeit ist bleiern.

„Ich weiß", antwortet Greta.

„Und außerdem, das ist doch eine ganz andere Angelegenheit." Zuerst hat er seiner Frau danken wollen, dass sie auf seine Rückkehr gewartet hat, doch das hat er bereits wieder vergessen. Greta blättert durch das Theaterstück. „Das scheint dir nur so", sagt sie, ohne aufzusehen. Ihre Beine sind maskulin übereinander geschlagen und er kann sogar einen Teil ihres Oberschenkels sehen.

„Bleibe doch bitte sachlich." Heinrich schält sich umständlich aus Mantel und Jacke. „Und sie möchte es doch so sehr!" Im darauf folgenden Schweigen zieht sich Heinrich die Schuhe von den Füßen, ohne sich die Mühe zu machen, die Schnürsenkel zu lösen.

„Kannst du nicht schlafen?", fragt Heinrich. Er sieht ihre Medizin auf dem Beistelltisch stehen, daneben eine Tasse mit kaltem Tee.

Greta senkt statt einer Antwort nur den Kopf und löst ihre Haare, die sich bis zu ihren Ellbogen ergießen. Sie wühlt einmal durch sie hindurch und massiert ihre Kopfhaut, plötzlich um Jahre jünger. Wieder ist ihr Kleid ein wenig höher gerutscht.

„Und ich würde auf sie aufpassen", nimmt Heinrich den Faden wieder auf. „Die Verträge machen."

„Lass uns morgen darüber reden", sagt seine Frau nur noch.

Er betrachtet sie.

„Und ich könnte hier bleiben", ergänzt er trotzdem. „In Hamburg. Bei euch."

Greta sucht seine Augen.

„Dann möchtest du mich jetzt ins Bett begleiten?"

Heinrich antwortet nicht.

„Oder plagt dich das Fieber?" Seine Frau steht auf und stellt dabei ihre schlaftrunkene Tochter auf ihre Beinchen. Meggy hält sich mühsam an der Hand ihrer Mutter fest. „Wir sprechen morgen Abend weiter. Wenn ich von meinem Ibsen-Treffen zurück bin." Greta küsst ihren Mann flüchtig auf die Wange, streicht ihm mitleidig übers Haar und geht in den Flur.

„Anna!" Sie übergibt ihre Tochter an die eilig aus ihrer Stube kommende Haushälterin. Mechthild, mit halbgeschlossenen Augen, berichtet Anna wieder von dem Mann, der sie auf Häuserwände bringen will: „Ich werde eine Vorzeige-Bilderfrau sein."

„Modell", verbessert ihr Vater. „Komm, mein Liebling, es ist wahrhaftig spät geworden. Du hättest schon längst im Bett sein müssen."

Anna nickt ihrem Herrn zu, nimmt das Mädchen an die Hand und geht mit ihr ins Bad.

Eine halbe Stunde später sitzt Heinrich neben dem Bett seiner Tochter und zieht die Decke bis zu ihrem Hals.

„Magst du Ali Tarazonen?", fragt Mechthild.

„Nun, ich bin mir nicht sicher."

„Du weißt schon, Papa, wenn alle Worte mit dem gleichen Buchstaben anfangen."

„Oh. Das. Ja, sicher. Wer mag das nicht?" Seine Stimme ist ganz weich.

„Papa platzt passabel...", doch sie schläft ein, bevor sie ihre Alliteration vollenden kann. Heinrich freut sich, dass sie nicht „Herr Papa" gesagt hat, und gibt ihr einen Kuss auf die Stirn. Seine Lippen verweilen lange. Nach einer Weile steht er auf, und da er sich nicht sicher ist, ob Greta bereits schläft, geht er leise in die Küche. Dort lauscht er dem gleichmäßigen Ticken der Standuhr in der Stube, bis die Tür aufgeht und Anna mit einer Kerze in der Hand eintritt.

„Herr Hermann? Wünschen Sie noch etwas?"

Er blinzelt sie an und schüttelt den Kopf.

„Nein. Danke. Eigentlich nicht."

„Würde es Ihnen etwas ausmachen, wenn ich mir noch ein Brot schmiere?"

„Ach was. Bitte."

Seine Haushälterin stellt die Kerze auf den Küchentisch und wühlt einige Minuten unentschlossen in der Speisekammer.

„Geht es Ihnen auch gut?“, fragt sie.
Heinrich überlegt.
„Nun“, sagt er. Dann überlegt er weiter. Er ist sich nicht sicher. Diese Frage hatte er sich lange nicht gestellt.
Anna setzt sich an den Tisch und beginnt, sich ein Brot mit Gänseschmalz zu schmieren.
„Nun“, setzt Heinrich wieder an. „Die letzte Reise ist nun einmal ein Reinfall gewesen. In jeder Hinsicht.“
Er dreht sich eine Zigarette, während er weiter überlegt.
„Ich habe nicht den Eindruck, dass Hagenbeck mich noch einmal auf eine Expedition zu schicken gedenkt.“
Anna nimmt den ersten Bissen, aber sie bleibt aufmerksam.
„Wenn sich unter den Vögeln nicht zufällig eine Rarität versteckt hätte, die Carl mit sattem Profit an einen Sammler verkauft hätte. Und ich -“
Heinrich bricht ab und fragt, ob er einmal abbeißen dürfe. Seine Haushälterin hält ihm das Schwarzbrot vor die Nase. Sie essen gemeinsam und wieder ist nur das Ticken der Standuhr zu hören, bis er glaubt, Schritte im Flur zu vernehmen. Er erstarrt und das Brot gleitet ihm aus den Fingern.
„Ach, Herrgott noch mal.“
Doch da ist nichts gewesen. Nur das Ticken. Er beugt sich vor, um die Brotscheibe wieder aufzusammeln, aber Anna ist schneller. „Lassen Sie nur“, sagt sie.
„Entschuldige. Ich bin angespannt. Ein langer Tag.“
Heinrich nimmt sich wieder etwas Tabak aus dem Beutel.
„Alle wissen es doch – dass die Ausstellung so gut läuft, liegt tatsächlich nur an Friedländers Plakaten, an den Herren von der Reklame. ‚Die deutschen Menschenfresser!‘ - so etwas zum Beispiel. Das interessiert die Menschen.“
„Ja.“ Anna kaut noch einen letzten Bissen. „Diese Leute könnten wohl selbst eine Ausstellung voller Sachsen zu füllen wissen“, lacht sie.

„Da ist Zukunft drin, ja." Und nach weiteren Sekunden des Nachdenkens: „Warum sollte Mechthild nicht daran teilhaben?"

„Vielleicht spielt sie auch mal in einem dieser bewegten Filme mit?" bemerkt seine Haushälterin.

„Ach was." Heinrich winkt ab. „Dieses Schattentheater. Der reine Jahrmarkt. Solange man echte Menschen sehen kann, in Fleisch und Blut, und sie riechen und hören und anfassen kann, hat das kaum eine Zukunft."

Eine halbe Stunde später, nachdem er sich die Zähne geputzt und die Haare gewaschen hat, schleicht Heinrich Hermann mit weichen Schritten ins Schlafzimmer. Auf seinem Nachttisch liegt eine Postkarte von Ludwig und Johannes aus Honolulu - „Schön hier, aber doch auch nicht anders! Gewerkschaften werden übrigens auch nicht gerne gesehen. Brüder zur Sonne! – was hier aber zumindest Sinn ergibt. Ganz der Ihre und auf Ihr Wohl – Immer Ihr Assistent" - daneben lagen die Reisebeschreibungen der Sandwich-Inseln von Samuel Clemens und direkt darunter eine der Zeichnungen Ludwigs – ein Portrait von Heinrich, das ihm zum Abschied unter die Verträge geschmuggelt worden war. Mit langen, dünnen Gliedmaßen und seinem unordentlichen, löchrigen Reiseanzug steht Heinrich an einem unwirklichen Strand aus Strichen und Punkten, die ihm mal wie Vögel, mal wie Schmetterlinge oder wie Gischt erscheinen. Auf dem Bild lächelt er.

Heinrich sitzt auf der Bettkante, schlüpft aus seinen Pantoffeln, löscht die Kerze und lässt sich langsam und flach atmend sinken.

Dann liegt er ganz still und wartet auf den Schlaf.

30

Als Carl Hagenbeck seinen Agenten Heinrich Hermann und die neuen Ausstellungsobjekte aus Kaiser-Wilhelms-Land im Hamburger Hafen abholte, vergaß Heinrich allerdings doch, die Grüße seines Freundes auszurichten. Sie wurden mit Konfetti, einem Empfangskomitee von schätzungsweise zwei Dutzend hohen Bürgern, Blumensträußen und einer fünfköpfigen Kapelle empfangen. Zu der Melodie des Helenenmarsches hieß Hagenbeck das neue Volk aufs herzlichste in Deutschland willkommen und präsentierte allen Anwesenden – vor allen jedoch den geschätzten Herren von der Presse und den werten Herren und Damen Wilden – das erste fertig gestellte Plakat der anstehenden Ausstellung, auf dem typisch afrikanische Westsaharaneger bis an die Zähne bewaffnet in einer chinesischen Dschunke saßen.

Doch niemand achtete darauf.

In diesem Moment tauchte ein gewaltiger Zeppelin von Südosten über der Spitze des Michels wie vor einer himmelblauen Leinwand auf und zog alle Aufmerksamkeit auf sich. Die Kapelle brach mitten im Stück ab, einige Damen schrieen leise auf, die Journalisten rannten aufgeregt durcheinander und Heinrich und Peter blinzelten genau in dem Moment in den Himmel, als die Sonne sich hinter dem Luftschiff versteckte und seine Umrisse so scharf umriss, dass es ihnen schien, sie müssten nur die Hand ausstrecken, um es zu berühren.

Sogar Hagenbeck selbst vergaß für diesen Moment den Grund seines Hierseins.

So sah niemand auf das Plakat, das in dicken blutroten Lettern verkündete:

„VERSÄUMEN SIE NICHT
CARL HAGENBECKS
GROSSE KANNIBALEN-SCHAU!“

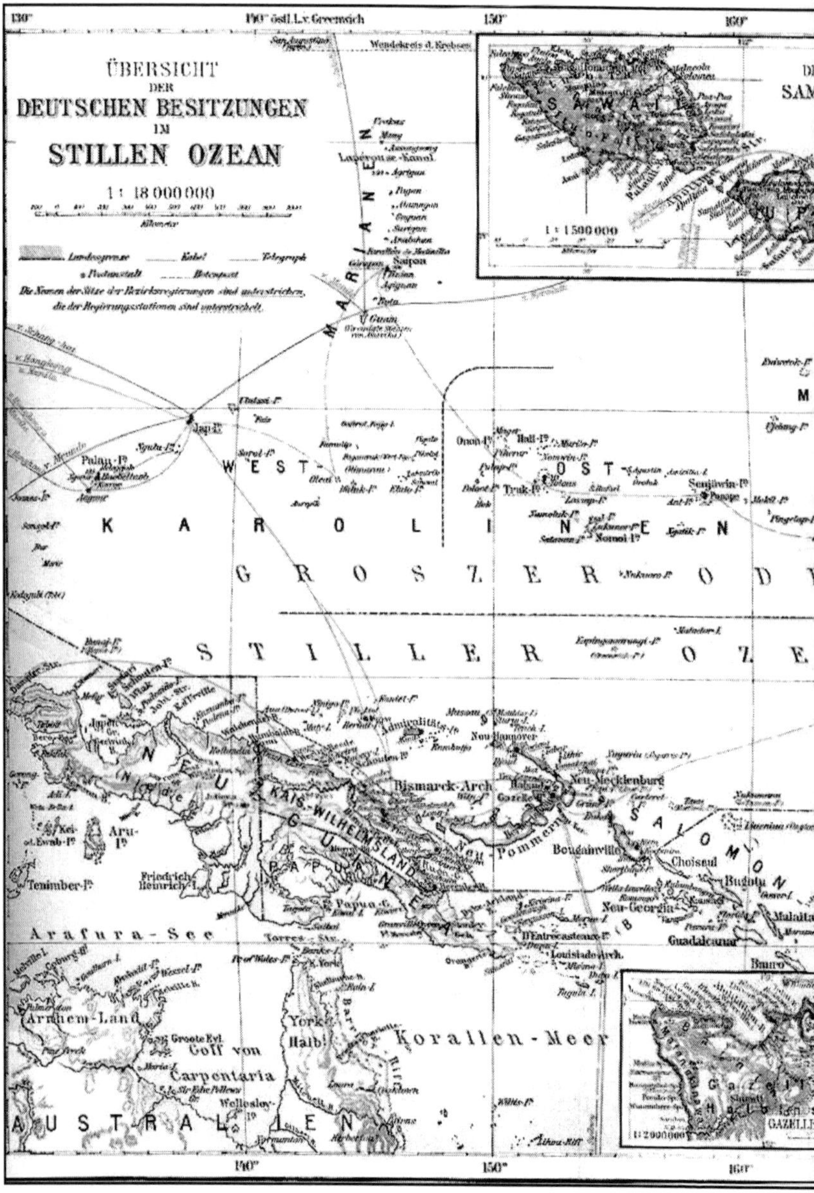

ÜBERSICHT
DER
DEUTSCHEN BESITZUNGEN
IM
STILLEN OZEAN
1 : 18 000 000
140° östl. L. v. Greenwich
150°
160°
130°
Wendekreis d. Krebses
1 : 1 500 000
SAWAII
M A R I A N E N
Saipan
Guam
Jap-I.
Palau-I.
W E S T -
O S T
Truk-I.
Ponape
K A R O L I N E N
G R O S Z E R O Z E A N
S T I L L E R O Z E A N
Admiralitäts-I.
Neu Hannover
Bismarck-Arch.
Neu-Mecklenburg
Neu-Pommern
Gazelle-H.
KAIS.-WILHELMSLAND
N E U G U I N E A
Bougainville
Choiseul
S A L O M O N
Neu-Georgia
Malaita
Guadalcanar
D'Entrecasteaux-I.
Louisiade-Arch.
Aru-I.
Tenimber-I.
Friedrich Heinrich-I.
Arafura-See
Torres-Str.
Arnhem-Land
Golf von Carpentaria
Wellesley-I.
York-Halb.
Korallen-Meer
A U S T R A L I E N
1 : 2 000 000
GAZELLE

NACHWORT

„Große Kannibalenschau“ ist keine Dokumentation, es ist auch kein Sachbuch. Es ist ein Roman.

Wann immer mir danach war, habe ich Erdachtes und Erfundenes mit den wahren Ereignissen und den Fakten rund um die Völkerausstellungen, dem Tierpark Hagenbeck im Jahr 1899 und dem Leben in den Kolonien miteinander verwoben.

Die meisten Details zu den Völkerschauen sind dem Buch „Gezähmte Wilde. Die Zurschaustellung ‚exotischer‘ Menschen in Deutschland 1870-1940“ von Anne Dreesbach entnommen, einer bei Campus 2005 veröffentlichten Dissertation.

Wer sich näher über Hagenbeck und die Geschichte des Hamburger Zoos informieren möchte, dem sei die Biografie „Carl Hagenbeck“ von Haug von Kuenheim (Ellen & Richter Verlag, 2007) empfohlen.

Am unterhaltsamsten sind Hagenbecks eigene Erinnerungen in „Von Tieren und Menschen.“ Aus diesem Buch stammen einige der nacherzählten Anekdoten, wie das Ertrinken der ersten Haustiere von Carl oder auch das Werbelied des alten Hagenbecks zur Ausstellung des großen Hausschweines.

Und wer mehr über Kaiser-Wilhelms-Land wissen möchte, dem empfehle ich das Internet und eine Reise nach Papua-Neuguinea. Es sollen heutzutage sogar Flüge dorthin gehen. Heinrich Hermann würde allerdings auch dabei übel werden.

CKLKH